W0330281

NARBENTOD

PHILIP STARCK

Philip Starck
c/o wirfinden.es
Athensleben 46
39446 Staßfurt OT Athensleben
Deutschland

E-Mail: philip.starck1982@gmail.com
fb: https://www.facebook.com/ThrillerAutorPhilipStarck

Ausgabe 03.12.2024

Lektorat und Korrektorat: Heidemarie Rabe

Covergestaltung: Torsten Müller (Buchcover Design)
Covermotiv: Shutterstock ID 703973239, Leonardo.ai, Photoshop, Midjourney

Das Werk darf – auch teilweise – nur mit Genehmigung des Autors wiedergegeben werden.

Copyright © 2024 Philip Starck
Alle Rechte vorbehalten.

ÜBER DAS BUCH

Dein Tod ist sein Leben, dein Leben sein Tod!

In einer leerstehenden Wohnung kommt es zu einem grausigen Fund: Auf dem Parkett liegt die Leiche einer jungen Frau. Sie ist kunstvoll zurechtgemacht, hält einen Spiegel in der rechten Hand und ihre Beine sind verkohlt.

Schon bald taucht eine weitere Leiche auf und der Mörder dürstet nach mehr. Kriminalhauptkommissar Simon Lehmann und seine Kollegin Marie Voigt stehen vor einem erschütternden Rätsel. Was will der Täter mit dieser grausamen Inszenierung ausdrücken? Verbirgt sich dahinter eine versteckte Botschaft?

Je näher das Ermittlerduo der Wahrheit kommt, desto größer wird die Gefahr. Und nur ein einziger Fehler kann den Tod bedeuten.

Narbentod ist der vierte Band aus der Reihe um Simon Lehmann und Marie Voigt. Der Thriller kann unabhängig von den ersten drei Bänden gelesen werden. Wenn du auf nervenzerreißende Spannung und packende Pageturner stehst, darfst du den brandneuen Thriller von Philip Starck nicht verpassen. Lies jetzt *Narbentod*.

Für Silvia, Luisa & Oskar

Manche Narben werden nur im Tod verheilen.

— ANONYM

PROLOG

Lange hatte er auf diesen Moment gewartet. In wenigen Stunden war es so weit, dann würde Jana ihre gerechte Strafe erhalten. Sie lag wehrlos und still auf dem kalten Boden, nur drei Schritte von ihm entfernt. Durch das Nachtsichtgerät sah er, wie sich die zierliche Silhouette ihres Körpers dunkel vom grünlich dargestellten Boden abhob. Er hörte ihre Atmung, gleichmäßig hob und senkte sich der Brustkorb.

Im Schlaf würde er Jana nicht töten. Einfach einzuschlafen und nie wieder aufzuwachen, war der Tod, den sich die meisten Menschen wünschten. Doch das wäre zu leicht, den Gefallen würde er ihr nicht tun.

Sie würde qualvoll enden. Vor ihrem Tod sollte sie richtig leiden. Das war ihm wichtig, sonst hätte er sich das ganze Drumherum sparen können. Sie sollte unerträgliche Schmerzen spüren, ständig an der Grenze zur Ohnmacht stehen. So würde sie wenigstens im Ansatz nachvollziehen können, wie es ihm ergangen war.

Plötzlich winkelte sie den linken Arm an und das Bein knickte ein. Wachte sie gerade auf?

Er trat einen großen Schritt zurück, achtete darauf, lautlos aufzutreten. Unter keinen Umständen durfte sie bemerken, dass er da war.

Jana drehte sich um. Sie hatte sich ganz normal im Schlaf bewegt, aufgewacht war sie nicht. Es wäre auch seltsam gewesen. Der Menge K.-o.-Tropfen nach müsste sie die nächsten Stunden in einer Art Koma durchschlafen.

Er genoss jede Minute, hätte sie am liebsten weiter beobachtet. Er könnte diesen Moment ewig auf sich wirken lassen. Besonders der Gedanke an den Augenblick, in dem sie begriff, dass sie für immer verloren war, löste ein Prickeln in ihm aus. Er wollte sehen, wie sie psychisch zusammenbrach, um ihr dann körperlich den Rest zu geben. Dazu hatte er extra etwas vorbereitet. Er freute sich schon darauf, wie ihre Augen aus dem Kopf quellen würden, wenn sie sah, was er mit ihr vorhatte.

Er dachte an die Eisenplatte, die auf dem Boden lag. Die Platte war etwa einen Zentimeter dick, einen Quadratmeter groß und wog mindestens doppelt so viel wie die Frau. Unter keinen Umständen würde sie sie hochheben können, niemals. Dazu war sie nicht stark genug, dafür hatte sie nicht die Kraft.

Noch ein letzter Blick auf Jana. Dann würde er diesen Ort verlassen und seinen Plan weiter in die Tat umsetzen.

KAPITEL 1

»Das ist noch nicht spruchreif«, sagte Marie.

Simon kniff die Augen zusammen. »Was ist da bei dir los?«

»Du wirst es schon früh genug erfahren.«

Simon parkte den Wagen vor dem Backsteinaltbau aus dem 18. Jahrhundert. Er nahm den Kaffeebecher aus der Halterung zwischen den beiden Vordersitzen und kippte die abgekühlte Brühe in einem Schluck hinunter. Sein Sohn Lukas war mitten in der Nacht aufgewacht. Er hatte sich zu ihm gelegt und ihm aus einem Märchenbuch vorgelesen. Die Quittung bekam er jetzt in Form dieser unendlichen Müdigkeit, die sich über seinen Geist legte. Doch niemals würde er auch nur einen dieser Momente bereuen. Mit seinem Sohn Zeit zu verbringen, war immer das Schönste, was er tun konnte. Er stellte den leeren Kaffeebecher zurück in die Mittelkonsole und stieg aus.

Der Streifenpolizist, der zuerst in der Wohnung am Waldweg 29 eingetroffen war, empfing sie. Sein Name war Johannes Wegner und der feste Händedruck passte zu seiner muskulösen Statur. Mit tiefer Stimme sagte er: »Nicht erschrecken, der Gestank ist unerträglich.«

»Danke für die Vorwarnung«, erwiderte Simon und war froh, dass er noch nichts gefrühstückt hatte.

Wegner betrat den Flur und hielt die hölzerne Tür mit dem Milchglas in der Mitte auf. »Hier entlang.«

Sie gingen die Treppe hinauf, das alte Holz knarrte unter ihren Schuhen. Obwohl die Fenster im Flur sperrangelweit geöffnet waren, wurde der Geruch von Stufe zu Stufe beißender.

Auf dem Boden im Flur der Wohnung lag ein roter Teppich, der mit jedem Schritt eine Ladung Staub absonderte. Die Partikel glitzerten in der Luft.

Die Möbel im Wohnzimmer waren antik. Ein hoher Eichenschrank bildete das Herzstück des Raums. Das Öl-Gemälde an der Wand dahinter zeigte eine Naturlandschaft, Berge, eine Lichtung in einem Tannenwald und einen prachtvollen Hirsch, der an einem See stand und den Betrachter ansah. Die Fenster waren verstaubt und dämmten die paar Sonnenstrahlen, die die Blätter des Kastanienbaums, der im Vorgarten stand, durchgelassen hatten.

»Unerträglich«, sagte Marie.

Simon hasste diesen Geruch, den er schon unzählige Male erlebt hatte und der fast unausweichlich einen Vorboten darstellte für eine kräftezehrende Zeit, die er am Ende oft nur durch Hartnäckigkeit, schnelle Entscheidungen und eine gehörige Portion Glück überlebte. Es war der Geruch des Todes, der ihm in diesem aus der Zeit der industriellen Revolution stammenden Haus entgegenschlug. Er suchte sich seinen Weg durch die Nase, drang ins Gehirn. Dort beförderte er die schlimmsten Erinnerungen ans Tageslicht. Gedanken an vergangene Fälle, die Körper toter Männer und Frauen, vieler toter Frauen. Sein Gehirn leitete die Information an den Magen weiter, gab den Befehl, die Inhalte über den falschen Ausgang auszuscheiden. Nur unter großer Anstrengung konnte Simon diesem Drang widerstehen. Er zwang sich, sich auf die Leiche zu konzentrieren, die da vor ihm lag, und versuchte, seinen Geruchssinn auszuschalten. Er antwortete seiner Kollegin. »Ist mir aus der Seele gesprochen.«

»Ein seltsamer Anblick, nicht wahr?«, sagte der Streifenpolizist.

Auf dem Boden lag die Leiche einer jungen Frau, die unglaublich schön war, was durch die Art, wie sie hergerichtet war, noch verstärkt wurde. Ihre Haut war blass, sie hatte rote Wangen und volle Lippen, über denen ein kleines Muttermal saß. Ihr Haar war zu zwei Zöpfen geflochten, die seitlich auf dem Parkett von ihr weg ragten. Wirklich seltsam war die Tatsache, dass sie einen Spiegel in der rechten Hand hielt und ein glitzerndes Kleid trug, das so lang war, dass es die Beine und Füße vollständig verdeckte. Es wirkte irgendwie inszeniert. Simon schaute Marie und den Streifenpolizisten an und fragte: »Sicher, dass es kein Selbstmord ist?«

Der Streifenpolizist ging in die Hocke und streifte das Kleid hoch bis an die Hüfte der Frau. Man hätte dieses Verhalten leicht als unpassend empfinden können, hätte es nicht den Blick auf ein entscheidendes Detail freigegeben. »Sicher.«

Marie hielt sich die Hand vor den Mund. »Was ist das?«

Wegner beschrieb das Offensichtliche. »Ihre Beine sind komplett verkohlt. Von den Zehen fast bis zur Hüfte.«

»Also kein Selbstmord«, schloss Simon mit dieser neuen Information kategorisch aus. Wer sich selbst töten wollte, schnitt sich die Pulsadern auf, erhängte sich in der Scheune oder stürzte sich von einer Brücke oder vor einen Zug. Aber man verbrannte sich nicht die Beine, um zu sterben.

Simon schaute nach oben. An der Decke über der Leiche hing ein riesiger Kronleuchter. Jeder Kristall war sorgfältig geschliffen und poliert und mit Blättern, Blüten und Ranken verziert. Das Glitzern erzeugte ein faszinierendes Spiel aus Licht und Schatten. »Wäre sie hier ermordet worden, müssten die Decke und der Kronleuchter schwarz von Rauch und Ruß sein.«

Maries Augen glitten über das Parkett, offenbar suchte sie nach verbrannten Stellen, fand aber keine. »Auch auf dem Boden gibt es keine Brandstellen.«

»Sie muss woanders getötet und hier abgelegt worden sein.« Simon versuchte, sich vorzustellen, wie die junge Frau gestorben war. »Was mich wundert«, sagte er. »Warum sind nur ihre Beine verbrannt und nicht der ganze Körper?«

KAPITEL 2

»So etwas habe ich noch nie gesehen«, sagte Herr Karnartz. Der große drahtige Mann hatte die tote Frau in der Wohnung unter ihm gefunden und anschließend die Polizei informiert. Jetzt saß er auf der alten Ledercouch, sein Bein wippte nervös hin und her. »Die letzte Leiche habe ich gesehen, als meine Mutter uns verlassen hat. Aber sie war im hohen Alter eines natürlichen Todes gestorben. Und die Leute vom Bestattungsinstitut hatten sie schön herausgeputzt.« Sein Blick wanderte zu einem eingerahmten Schwarz-Weiß-Bild. »Sie sah so selig aus.«

Simon konnte den Schrecken des Mannes verstehen. Obwohl er in den Jahren bei der Polizei schon unzählige Tote gesehen hatte, nahm ihn ein Leichenfund immer wieder aufs Neue mit. »Wieso waren Sie in der Wohnung?«

»Der Gestank«, antwortete Karnartz zunächst knapp und berichtete dann weiter. »Schon länger war mir dieser unangenehme Geruch im Flur aufgefallen. Zuerst hatte ich keine Idee, wo er herkommen könnte. Aber dann wurde er stärker und besonders auf der dritten Etage war es kaum auszuhalten. Immer wieder habe ich an der Wohnungstür geklingelt, doch es gab keine Reaktion.« Der Mann atmete tief ein und schlug das eine Bein über das andere. »War ja auch zu erwarten, schließlich wohnt dort seit Jahren niemand mehr. Und irgendwann ist der Gestank so unerträglich geworden, dass ich den Vermieter angerufen habe. Aber ich habe ihn nicht erreicht.«

»Und wie sind Sie in die Wohnung gekommen?«, fragte Marie und blickte Karnartz mit ihrem liebevollen Lächeln an.

»Ich habe einen Zweitschlüssel.«

Simon beugte sich nach vorn. Der Sessel, in dem er saß, war bereits in die Jahre gekommen. Er war so tief in das ausgesessene Polster gesunken, dass er nur mit Mühe aufstehen und das Glas mit dem Wasser, das vor ihm auf dem Tisch stand, erreichen konnte. Er trank einen Schluck. »Woher haben Sie den Schlüssel?«

Karnartz lächelte. »Mit meinen 67 Jahren bin ich zwar nicht mehr der Jüngste, aber im Vergleich zu meinen Nachbarn bin ich ein regelrechter Jungspund. Wenn mal irgendwo eine Glühbirne ausgetauscht werden muss oder der Wasserhahn tropft, dann bin ich zur Stelle. Ich bin so eine Art Hausmeister und habe deshalb die Schlüssel zu allen Wohnungen. Also zu allen, bis auf den von Frau Mayer. Sie hasst mich, seitdem ich den Efeu an der Außenwand entfernt habe. Sie fand es romantisch, im Sommer abends bei Kerzenschein dort zu lesen. Aber die Wurzeln graben sich in den Putz und machen die Substanz des Hauses kaputt. Das wollte sie nicht verstehen.«

Der Mann driftete ab und kam von Hölzchen auf Stöckchen. Er sprach darüber, dass er jeden Donnerstag die schwarzen Tonnen für die Müllabfuhr herausstellte, dass er die Straße fegte und dass er allein den Gärtner bezahlte, obwohl er doch nur so eine kleine Rente hatte.

Am liebsten hätte Simon diese Schlenker unterbunden, doch Marie gab ihm mit einer unscheinbaren Handbewegung zu verstehen, dass er geduldig sein und den Mann ausreden lassen sollte.

Als sich der Finder der Leiche immer weiter vom eigentlichen Thema entfernte, lenkte schließlich Marie das Gespräch wieder zurück. »Und was haben Sie in dem Raum gemacht?«

Bis gerade hatte Karnartz Simon immer direkt in die Augen geschaut. Doch jetzt wanderte sein Blick auf den Boden. »Als ich die Tür geöffnet habe, schlug mir direkt dieser üble Gestank entgegen. Ich dachte, dass der Geruch im Flur schon eine Zumutung wäre. Aber das war wirklich widerlich.«

Die hektischen Bewegungen der Beine und der fehlende Blickkontakt ließen Simon aufhorchen. Der Mann wirkte nervös und seine Antwort ging auch an der Frage vorbei, was er in dem Raum gemacht hatte. Simon musterte sein Gegenüber aufmerksam, aber dieser blickte immer noch auf seine Schuhspitzen. »Wie haben Sie die Leiche entdeckt?«

»Im Treppenhaus habe ich die Fenster aufgerissen. Ich bin nach unten gegangen und habe die Haus- und Gartentür geöffnet. Nach ein paar Minuten Durchzug habe ich mich dann endlich in die Wohnung getraut.«

Simon wurde langsam ungeduldig. Der Mann erzählte ihm viel zu detailliert von Dingen, die zunächst nicht unmittelbar eine Rolle spielten. Die Leiche wurde vor wenigen Stunden gefunden, und es war klar, dass mit jeder weiteren Minute, die die Polizei verlor, die Chancen sanken, den Mörder zu finden. Betont freundlich fragte er: »Haben Sie etwas berührt oder verändert?«

»Ehrlich gesagt, ich habe tief Luft geholt und bin in die Wohnung gegangen. Ich kenne sie recht gut, sie hat den gleichen Schnitt wie meine.«

Simon schaute sich um. Genau wie in der Wohnung unten führten vom Flur drei große Zimmer ab. Der einzige Unterschied lag in dem Durchbruch in der Wand, der die beiden Zimmer, die zur Straße hin ausgerichtet waren, verband, sodass ein großer Raum in der Wohnung entstand, wo die Leiche lag. Eigentlich war die Wohnung viel zu groß für einen alleinstehenden Mann, aber wahrscheinlich lebte der Mann schon seit Jahrzehnten hier, zahlte eine so geringe Miete, dass ein Umzug in eine kleinere Wohnung trotzdem teurer für ihn wäre. Er fragte sich, ob es am Alter des Mannes lag, dass er nicht zum Punkt kam. Oder hatte er etwas zu verbergen?

»Zunächst habe ich dann in die Küche geschaut. Ich dachte, dass sich dort verdorbenes Essen befinden könnte, aber diese schien seit Jahren nicht benutzt worden zu sein. Im Wohnzimmer habe ich dann die Leiche entdeckt.« Karnartz hob den Kopf, schaute die beiden Polizisten an und legte die Stirn in Falten. »Die Tote sah aus wie eine Prinzessin. Ganz seltsam.«

Wie eine Prinzessin, wiederholte Simon die Worte im Kopf und rief sich das Bild der Leiche in Erinnerung. Das glitzernde Kleid, der Spiegel in der Hand der Toten. Ja, es wirkte irgendwie inszeniert, aber den Eindruck, dass der Mörder sie als Prinzessin präsentieren wollte, konnte er nicht nachvollziehen. Dazu fehlte eine Krone im Haar.

Auch Marie schien dieser Punkt zu überraschen, wie ihre hochgezogenen Augenbrauen verrieten. »Was meinen Sie mit ›wie eine Prinzessin‹?«

»Sie hat das irgendwie ausgestrahlt. Ich weiß auch nicht.«

Simon machte sich eine Notiz im Kopf. Auch wenn der Vergleich für ihn selbst zum jetzigen Zeitpunkt noch keinen Sinn ergab, könnte dieser später noch eine Rolle spielen. »Haben Sie die Leiche angefasst?«

Der Mann zuckte zusammen. »Natürlich nicht. Ich habe direkt die Polizei alarmiert.«

Simon schaute auf das alte Nokia-Handy, das auf dem Tisch zwischen ihnen lag, und fragte sich, ob so etwas nicht ins Museum gehörte. Jetzt fiel ihm auf, dass ein alter Röhrenfernseher auf der Kommode an der Wand stand, dass die Schränke aus den Achtzigern stammten und dass die Couch auch komplett durchgesessen war. Seit Jahren war hier wohl nichts mehr gemacht worden.

»Das haben Sie genau richtig gemacht«, sagte Marie. Sie schaute Simon an und erinnerte ihn mit einem Blick daran, dass er geduldig sein sollte. Sie hatten es schließlich mit einem älteren Herrn zu tun, der vielleicht nicht so oft jemanden hatte, mit dem er reden konnte.

»Hat außer Ihnen noch jemand Zugang zur Wohnung?«

»Nicht, dass ich wüsste.«

»Kannten Sie die Tote?«

»Gott sei Dank nicht.« Karnartz schüttelte den Kopf. Sein Gesicht war weiß wie Kreide.

»Könnten Sie uns bitte den Kontakt des Vermieters mitteilen«, bat Marie und setzte den Stift auf der nächsten Seite in ihrem Block an.

»Peter Sauter.« Er buchstabierte den Namen und gab ihnen die Telefonnummer. »Aber ich habe ihn seit Jahren nicht mehr erreicht.«

KAPITEL 3

»Was sagen Sie zu der Toten?«, fragte Simon. Sein Blick glitt über die Instrumente, die fein säuberlich auf dem Stahltisch in Sektionssaal 4 aufgereiht waren. Bei dem Gedanken daran, wie die Leiche damit zerlegt wurde, bekam er ein mulmiges Gefühl im Magen. Dieses Unbehagen verstärkte sich durch den stechenden Geruch von Verwesung und Formaldehyd, der sich in der Kleidung festsetzte und den Laura jedes Mal sofort erkannte, wenn er abends nach Hause kam. Und diese nervige Rechtsmedizinerin machte es kein bisschen besser. Er war schon gespannt, was sie heute wieder für eine Überraschung für ihn und Marie bereithielt.

»Herr Kriminalhauptkommissar Lehmann, eine Sache kann ich Ihnen mit 100-prozentiger Sicherheit sagen.« Hirschburg blickte ihn mit einem bedeutungsvollen Blick an.

Simon und Marie schauten voller Erwartung zur Rechtsmedizinerin. Würden Sie jetzt einen Hinweis bekommen, der sie in dem Fall ein entscheidendes Stück weiterbrachte?

»Die Frau ist eindeutig tot«, sagte die Professorin und kam sich echt witzig vor.

Natürlich ist sie tot, dachte Simon und verdrehte innerlich die Augen. Sonst würde ihre Leiche nicht hier auf dem Metalltisch liegen. In den ganzen Jahren, in denen er mit der Rechtsmedizinerin zusammenarbeitete, hatte er noch kein einziges vernünftiges Gespräch mit ihr geführt. Jedes Mal scheiterte es an ihrer seltsamen Art.

»Wie lange ist die Frau bereits tot?«, fragte Simon und betrachtete die Haut und die Leichenflecken.

»Die Körpertemperatur und der Zustand der Haut lassen darauf schließen, dass das Opfer seit etwa 72 Stunden tot ist.«

»Und können Sie schon sagen, woran sie gestorben ist?«, fragte Marie.

»Multiples Organversagen«, antwortete die Professorin. »Die Hitze hat schwere Verbrennungen an den Beinen verursacht, die zu massivem Flüssigkeitsverlust und unerträglichen Schmerzen führten.«

»Die Arme«, sagte Marie. »Das wünscht man niemandem.«

Die Rechtsmedizinerin fuhr fort. »In der Folge wurde das Nervensystem geschädigt, was zu einem Schock geführt hat. Die Blutgefäße haben sich unkontrolliert erweitert, der Blutdruck ist plötzlich stark abgefallen. Ohne medizinische Hilfe bedeutet dies den Tod.«

»Und haben Sie eine Idee, warum nur die Beine verkohlt sein könnten, während der Oberkörper, die Arme und Kopf unversehrt sind.«

»In den Überresten der Beine sind Splitter enthalten.« Sie hob einen Beutel hoch, in dem kleine glänzende Stücke enthalten waren. »Diese haben wir mit einer Pinzette aus der Leiche entfernt.«

»Aus welchem Material bestehen diese Splitter?«, fragte Marie.

»Sie stammen von geschmolzenem Metall. Der Täter könnte eine Art heiße Zange benutzt haben, um die Beine zu verbrennen, Frau ... äh.«

»Marie Voigt«, stellte sich Marie zum gefühlt zwanzigsten Mal vor. »Polizeikommissarin.«

»Sind wir uns eigentlich schon einmal begegnet?« Die Rechtsmedizinerin runzelte die Stirn. Ob sie sich tatsächlich nicht erinnerte oder ob sie nur vorgab, nicht zu wissen, wer da vor ihr stand, war aus ihrem Gesicht schwer ablesbar.

»Wir haben in den letzten drei Fällen eng zusammengearbeitet.«

»Ah.« Hirschburg hob erstaunt die Augenbrauen. »Jetzt erinnere ich mich wieder. Ich habe Ihren Einsatz immer sehr geschätzt.«

Wie peinlich, dachte Simon. Es tat ihm leid, dass er Marie nicht vor dieser schrecklichen Person schützen konnte. Leider führte kein Weg an der Professorin vorbei. »Gibt es Hinweise auf ein Sexualverbrechen?«

»Ich kann weder Spuren von Sperma nachweisen noch von Verletzungen, die darauf schließen lassen, dass jemand gewaltsam in sie eingedrungen ist.«

Simon betrachtete die Leiche. »Auf den ersten Blick kann ich weder blaue Flecken noch Stich-, Schnitt- oder Schusswunden erkennen. Haben Sie Anzeichen dafür entdeckt, dass es einen Kampf zwischen Täter und Opfer gab?«

»Die Leiche hat neben den Brandspuren noch eine ganz offensichtliche Verletzung«, empörte sich die Professorin über die aus ihrer Sicht unfähigen Kollegen. »Schauen Sie sich den Oberschenkel einmal genauer an. Es ist kaum zu übersehen.«

Simon inspizierte erst den linken und dann den rechten Oberschenkel. Fragend schaute er zu Marie, die ebenfalls nach der Verletzung suchte. Wo sollte denn da eine Wunde sein? Heute übertraf sich die Rechtsmedizinerin mit ihrer nervigen Art einmal wieder selbst.

»Schauen Sie doch genau hin«, forderte Hirschburg die beiden Polizisten ein weiteres Mal auf.

Simon ging näher an den Tisch heran und versuchte, eine Verletzung zu erkennen, doch er fand nichts.

Auch Marie beugte sich hinunter und schüttelte den Kopf. »Da ist nichts.«

»Sind Sie blind?« Mit ihrem Fuß betätigte Frau Hirschburg einen Knopf auf dem Boden, der schwere Stahltisch mit der Leiche hob sich empor und ging der Professorin bis zur Brust. »Kommen Sie mal hier rüber.«

Simon und Marie wechselten auf die andere Seite des Tisches.

Die Rechtsmedizinerin zeigte mit ihrem Metallstab auf eine winzige Stelle in der Haut. »Sehen Sie das. Dort hat die Leiche eine Stichwunde. Da!«

Simon ballte die Faust und merkte, wie sein Kiefer verkrampfte. Hatte die Professorin ernsthaft von Marie und ihm erwartet, dass sie als Laien mit bloßem Auge einen Nadelstich erkannten? Er atmete dreimal ganz tief ein und aus und zählte dabei im Kopf. Eins, zwei, drei. »Hat der Stich mit ihrem Tod zu tun?«

»Woher soll ich das denn wissen?«, erwiderte Hirschburg. »Bin ich Hellseher.«

Am liebsten hätte Simon seinen Kopf gegen die Wand geschlagen. Diese Frau brachte ihn einfach auf die Palme.

Und es wurde von Tag zu Tag schlimmer. »Wie lange haben Sie denn eigentlich noch bis zur Rente?«

Hirschburg riss die Augen auf. »Wollen Sie mich jetzt loswerden, oder was? Das ist ja ein Skandal.«

»Ich frage mich nur, was wir ohne Sie machen würden.«

Marie senkte ihren Kopf und ging näher an die Leiche heran. Plötzlich verzog sie das Gesicht. »Was ist denn mit dem Auge los?«

Die Rechtsmedizinerin zog die Schultern hoch. »Was soll denn damit sein? Das sind ganz normale blaue Augen, so wie bei etwa zehn Prozent der Weltbevölkerung.«

»Das gibt es ja nicht«, sagte Marie und bewegte ihren Kopf ein Stück näher an das Gesicht der Toten heran, sodass sie mit ihrer Nase fast die blasse Haut an der Wange berührte. »Sieht wirklich aus wie eine Kontaktlinse.«

»Ausgeschlossen«, sagte die Professorin. »Ich mache diesen Job seit 20 Jahren. Das hätte ich bemerkt.«

Marie nahm die Lupe vom Tisch, platzierte ihren Zeigefinger auf dem Lid und den Daumen auf der Wange. Dann zog sie das Auge auseinander.

»Was fällt Ihnen ein?«, kreischte Hirschburg hysterisch. »Fassen Sie meine Leiche nicht an!«

Marie schaute die Professorin herausfordernd an. »Die Frau trägt Kontaktlinsen. Haben Sie das etwa nicht bemerkt?«

Die Rechtsmedizinerin erstarrte für einen Sekundenbruchteil. Durch ihren Kopf mussten tausend Gedanken schießen. Wie konnte sie selbst von anderen erwarten, dass diese einen winzigen Nadelstich entdecken würden, aber gleichzeitig übersah sie dieses offensichtliche Detail? Dann fing sie sich wieder und ihre Miene nahm die übliche Arroganz an. »Ach, Sie meinen die Kontaktlinsen.« Ihre Hand wischte durch die Luft, als würde es sich um eine Nebensächlichkeit handeln. »Ich habe Sie akustisch nicht richtig verstanden.«

Marie lächelte lauwarm. Man sah ihr an, dass sie Hirschburg nicht ein Wort glaubte.

Hektisch kramte die Rechtsmedizinerin eine Akte hervor, ergänzte den mit dem Computer geschriebenen Text mit ihrem Kugelschreiber und zeigte auf die frisch hinzugefügten Worte. »Das habe ich übrigens auch in meinem Bericht vermerkt.«

Bei Simon löste die Situation Fremdschämen aus. Sie hielt sich offensichtlich für unfehlbar und wollte dieses Bild sich selbst gegenüber um jeden Preis aufrechterhalten. »Haben wir irgendwelche Hinweise auf die Identität der Toten?«

»Ich habe ihre Fingerabdrücke genommen«, sagte Hirschburg, die den Themenwechsel dankbar annahm und so tat, als ob nichts gewesen wäre. »Aber das hat zu nichts geführt. Deshalb habe ich noch ein Röntgenbild von ihrem Kiefer gemacht.«

Es gab also keinerlei Anhaltspunkte auf ihre Person, dachte Simon und hoffte, dass ihnen keine langwierige Suche nach der Identität bevorstand. Hoffentlich würden die Fingerabdrücke doch noch ein Ergebnis liefern. Die Informationen von Zahnärzten einzuholen, würde eine Ewigkeit dauern.

KAPITEL 4

Jana öffnete die Augen und sah nichts. Es war stockdunkel und totenstill. Wo war sie, schrie es in ihr. Warum war ihr schwindelig? Und wieso tat ihr der Schädel so weh?

Sie bewegte den Kopf in alle Richtungen und hoffte, vorn, oben, links oder rechts irgendwo etwas sehen zu können. Aber die Dunkelheit war undurchdringlich. Sie spürte, wie Angst in ihr aufstieg. Nur nicht in Panik verfallen, redete sie sich ein.

Sie hob die Hand vor ihr Gesicht, bewegte sie vor ihren Augen. Sie spürte den Luftzug von der Bewegung, aber sehen konnte sie nichts.

Sie stand auf. Ihre Glieder schmerzten, ihr Magen war leer, der Mund war so trocken, dass die Zunge am Gaumen klebte. Und es roch faul, nach Verwesung.

Sie streckte die Arme aus und fühlte eine Art Säule aus Metall. Sie lehnte sich dagegen und schloss die Augen. An ihrem Rücken spürte sie, wie die Farbe abblätterte.

Es gab keinen Raum ohne Tür, jeder Raum hatte einen Ausgang, er musste also irgendwo sein.

In der Dunkelheit hob Jana die Arme nach vorn. Behutsam setzte sie einen Fuß vor den anderen. Sie ging ein paar Schritte, der Boden war fest und jeder Schritt erzeugte ein leises Echo, das von Wand zu Wand geworfen wurde.

Sie kam sich vor wie in einem schlechten Horrorfilm. Fehlte nur noch, dass sich irgendwo eine Tür öffnete und jemand mit einer Axt in den Raum stürmte und sie totschlug.

Die ersten Meter verliefen, ohne dass sie auf ein Hindernis stieß. Behutsam erhöhte sie das Tempo, setzte rascher einen Fuß vor den anderen. Der Axtmann in ihrem Kopf nahm mehr und mehr Gestalt an.

Plötzlich wurde sie aus ihren Gedanken gerissen und spürte einen Schmerz in ihrer Hüfte. Irgendetwas hatte sich ihr in den Weg gestellt. Sie bewegte die Hände nach unten und tastete das Hindernis ab. Es musste eine Art Mauer sein, scharfe Kanten, hüfthoch, etwa zwei Meter lang und vollständig mit Kacheln bedeckt, die teilweise abgebrochen waren.

Wo war sie, schrie es einmal mehr in ihr. Es könnte eine verlassene Fabrik, ein altes Krankenhaus, aber auch ein ausrangierter Schlachthof sein. Ein Schauer lief ihr den Rücken hinunter. Wie war sie hier hingekommen?

Nach ein paar weiteren Metern spürte Jana etwas Rundes zwischen ihren Händen. Sie tastete es ab und erkannte, dass es Rohre oder Kabel sein mussten.

Sie tastete sich daran weiter voran. Der Raum machte einen Bogen und sie gelangte zu einer Wand aus Kacheln. Wenn sie mit ihren Fingerspitzen darüberfuhr, merkte sie, dass viele von ihnen zerbrochen waren. Irgendetwas klebte daran. Hoffentlich kein Blut!

Dann fühlte sie eine Öffnung in der Wand. Glück

gehabt, dachte sie. Das war bestimmt ein Fenster, aus dem sie hinausklettern konnte.

Doch sie fand keinen Griff. Das war kein Fenster, es war einfach nur eine Einlassung in der Wand.

Die Hoffnung löste sich auf und verwandelte sich in Panik. Das durfte sie nicht zulassen. Sie versuchte, die Angst mit Logik zu ersticken: Sie hatte jetzt drei Seiten abgetastet. Blieb also nur noch eine vierte Wand übrig. Dort musste dann die Tür zu finden sein, durch die sie verschwinden konnte. Anders konnte es nicht sein. Ein Raum hatte vier Wände. An mindestens einer Wand gab es eine Tür. Da sie diese bisher nicht gefunden hatte, würde sie bald kommen. Der Fall war klar, gleich wäre die Situation gelöst. Ganz einfach.

Aber eine Tür fand sie nicht. An der nächsten Wand befand sich ein Gitter. Statt den Raum abzuschließen, machte der Raum zwei weitere Schlenker. Sie fühlte ein weiteres Gitter, eine weitere Einlassung, weitere Kacheln mit Rissen, bis sie wieder bei den Rohren angelangt war. Der Raum war nicht rechteckig, sondern hatte eine Form wie ein L. Und eine Tür war schlicht und einfach nicht vorhanden. Sie war gefangen.

KAPITEL 5

Der Gedanke, dass es sich um ein Gefängnis oder gar einen Kerker handeln könnte, machte sich in ihrem Geist breit und jagte tausend Gedanken in ihr Bewusstsein: Wer hielt sie gefangen? Wie lange war sie schon hier? Und das Schlimmste, was hatte die Person mit ihr vor?

Jana ließ sich fallen, kauerte sich auf den Boden und weinte bitterlich. Die Beine waren angewinkelt, die Arme darum geschlungen und der Kopf lag auf den Knien. Die Tränen rollten an ihren Wangen herunter an der Nase vorbei, flossen in ihren Mund und befeuchteten die Zunge mit dem salzigen Nass.

Ihr Oberkörper zitterte und bebte. Keiner kümmerte sich um sie. Niemand war da, der ihr helfen konnte. Warum musste ihr so etwas passieren, dachte Jana und fragte sich, ob Gott ihr jemals vergeben hatte. Oder war das jetzt ihre Strafe? Sie fühlte sich wie ein Häufchen Elend.

Aber das Weinen brachte natürlich nichts. Sie musste sich zusammenreißen und nachdenken.

Sie setzte sich hin, lehnte sich an die Wand, schloss die

Augen und atmete tief durch. Sie spürte, wie der Atem durch ihre Nase in die Lunge floss und sich den Weg durch den Mund nach draußen suchte. Ihr Geist beruhigte sich und sie sah auf einmal mehrere Möglichkeiten.

Jana könnte auf Hilfe warten. Irgendwann würde man sie vermissen. Übers Handy würde man sie nicht erreichen und irgendwann die Polizei verständigen. Aber was wäre, wenn man sie nicht rechtzeitig finden würde. Das war ein zu hohes Risiko.

Nach Hilfe zu schreien, war auch keine Option. Sie wollte nicht, dass der Täter wusste, dass sie wach war und Angst hatte. Falls er es bisher nicht mitbekommen hatte, könnte das für sie von Vorteil sein. Vielleicht ließ sich das irgendwie ausnutzen und sie konnte sich überraschend zur Wehr setzen.

Blieb nur eine sinnvolle Möglichkeit: Sie musste einen Ausweg suchen. Wenn sie nicht durch eine Tür hineingelangt war, musste sie entweder durch einen Durchbruch in der Decke oder durch ein Loch im Boden in diesen Raum gekommen sein. Den Untergrund abzusuchen, war recht einfach. Das würde sie als Nächstes tun.

Damit der Entführer ihre Schritte nicht hörte, zog sie die Schuhe aus. Sie bewegte sich von Wand zu Wand und wieder zurück. An ihren Füßen spürte sie Steinplatten, vielleicht waren es auch Kacheln oder Fliesen. Und da war noch etwas. Ein leises Knirschen, wenn die Staubkörner unter ihren Füßen über den Boden rieben.

Wenn sie zu einer Wand gelangte, trat sie einen Schritt zur Seite und schritt zur gegenüberliegenden Wand zurück. Sie zählte die Schritte, ging immer hin und her in einer Schlangenlinie.

Bestimmte Punkte prägte sie sich ein. Eine herausgebrochene Kachel, die Einlassung in die Wand, der Verlauf der

Rohre. Die Stelle, an der sie sich so erschreckt hatte, als sie mit dem Kopf durch Spinnenweben gelaufen war. Auf diese Weise bildete sie ein Bild des Raums in ihrem Kopf nach.

Inzwischen war Jana fast alle Bereiche abgelaufen, nur wenige Meter fehlten. Und plötzlich bemerkte sie eine Kante auf dem Boden. Sie war nicht besonders hoch, vielleicht zwei oder drei Zentimeter. Die Erhebung fühlte sich anders an als die restlichen Kacheln, die den Boden bedeckten. Die Oberfläche war rau.

Sie setzte ihren Fuß an eine andere Stelle und plötzlich bewegte sich der Boden unter ihr. Es war ein kaum wahrnehmbares Wackeln wie bei einem lockeren Gullydeckel auf der Straße. Unter ihren Füßen lag eine Eisenplatte, und als sie mit dem Bein wieder zurücktrat, ertönte ein dumpfes Poltern. Befand sich darunter ihr Weg in die Freiheit?

KAPITEL 6

»Ich sehe es nicht.« Simon betrachtete das Foto der Leiche, das die Kollegen von der Spurensicherung abfotografiert und ausgedruckt hatten. Das Mittagessen lag ihm schwer im Magen, am liebsten hätte er ein kurzes Nickerchen gemacht. Aber das war in seinem Büro auf der Polizeistation natürlich nicht möglich. Hier musste er fit und aufmerksam wirken, selbst wenn er total kaputt war.

»Da«, antwortete Marie. Sie nahm einen Stift und zeigte auf ein Foto des Opfers. »Auf beiden Seiten der Stirn befindet sich ein Abdruck im Haar.«

Simon beugte sich nach vorn, um das Bild genauer betrachten zu können. »Hat die Hirschburg etwas von Verletzungen im Schädelbereich gesagt?«

»In unserem Gespräch hat sie nichts davon erwähnt und im Bericht steht ausdrücklich, dass keine Gewalteinwirkung oberhalb der Hüfte stattgefunden hat. Da sind nur die Brandverletzungen an den Beinen.«

Simon stand auf, notierte die Entdeckung auf einem

Zettel, den er zu den anderen an die Wand hängte. »Aber wer ist die Frau?«

»Von den drei Bewohnern, die bei Herrn Karnartz im Haus leben, kannte sie niemand.« Marie stand auf und schloss das Fenster. »Frau Mayer konnte ich allerdings nicht erreichen. Sie wohnt im Erdgeschoss und könnte eventuell gehört haben, wie sich die schwere Tür geschlossen hat. Ich habe ihr aufs Band gesprochen.«

Simon erinnerte sich. Wenn man die schwere Tür einfach zufallen ließ, fiel sie mit einem lauten Rums, der durchs ganze Treppenhaus ging, ins Schloss. »Ist einem Bewohner des Hauses etwas aufgefallen?«

»Niemand hat etwas mitbekommen, nicht das Zuknallen der Eingangstür, keine Schritte im Treppenhaus, kein Geklimper eines Schlüssels zu einer ungewöhnlichen Zeit. Nichts.« Marie schaute nachdenklich auf den Boden. »Sie sind alle alt und verbringen die meiste Zeit vor dem Fernseher. Kein Wunder, dass die Bewohner dazu nichts zu sagen haben.«

Simon nahm einen Zettel und strich die Namen der anderen Hausbewohner durch. Auf einen schrieb er »Mayer« und dahinter ein Fragezeichen. Dann klebte er ihn an die Wand.

»Auch die Vermissten bin ich durchgegangen.« Marie hob einen Stapel Blätter in die Luft. »Die Frau passt zu keiner der in den Meldungen beschriebenen Personen.«

»Vielleicht liegt zwischen ihrem Verschwinden und dem Tod zu wenig Zeit, als dass sich jemand ernsthaft Sorgen machen würde«, überlegte Simon. »Mit ein bisschen Glück meldet sich noch jemand.« Das kam hin und wieder vor, aber leider nicht allzu häufig.

Bei einem Mord war die Aufklärungsquote in den ersten

24 Stunden am höchsten. Danach nahm sie rapide ab. Einfach abzuwarten und nichts zu tun in der Hoffnung, dass ein solcher Glücksfall eintrat, war deshalb keine Option. Dafür lief ihnen die Zeit viel zu schnell davon. »Vor acht Stunden haben wir die Leiche gefunden.«

KAPITEL 7

Eine Schwere machte sich im Büro breit. Nach kurzem Schweigen fragte Marie: »Meinst du, Opfer und Täter kannten sich?«

»Mir kommt es vor, als ginge es um etwas Persönliches.« Simon legte die Stirn in Falten. »Für eine fremde Person würde man doch nicht so viel Aufwand betreiben.«

»Vielleicht haben die verbrannten Füße etwas mit dem Leben oder der Persönlichkeit des Opfers zu tun«, überlegte Marie. »Vielleicht hat sie einen Ort betreten, den sie nicht betreten durfte. Deshalb hat der Täter ihre Füße verbrannt.«

Simon griff den Gedanken auf. Er erhob sich von seinem Stuhl und ging im Raum auf und ab. »Oder die Frau hat eine Grenze überschritten und wurde dafür bestraft. Das kann auch im übertragenen Sinne sein.«

»Du darfst mich jetzt aber nicht für verrückt halten«, sagte Marie, lehnte sich gegen die Wand und strich sich eine blonde Strähne aus dem Gesicht, die sie hinter ihrem Ohr einhakte. »Der gesamte Fundort hat irgendwie etwas Traumhaftes. Das Kleid, der majestätische Kronleuchter an der Decke. Dieser ganze Raum vermittelt das Gefühl eines Palastes.«

»Die Darstellung wirkte inszeniert«, sagte Simon. »Mir kam es vor wie eine perfekt ausgeklügelte Präsentation, bei der jedes Detail sorgfältig geplant war. Es wirkte fast so, als würde ein Künstler sein Werk ausstellen.«

»Auch dieser Spiegel«, sagte Marie. »Mit Absicht hat der Mörder dem Opfer diesen in die rechte Hand gelegt.«

»Der Spiegel sagt uns, dass es um mehr als einen Mord geht«, überlegte Simon. »Vielleicht wollte der Mörder die Tote dazu bringen, auf etwas zu blicken, das sie nicht sehen wollte. Sie sollte sich mit einer unangenehmen Wahrheit oder einer Schuld auseinanderzusetzen, die sie bis dahin verdrängt hatte.«

»Meinst du, es ist sein erstes Opfer?«

»Man kann es nur hoffen.« Oft sahen die ersten Taten eines Mörders anders aus, unbeholfener und weniger selbstbewusst. Der Täter machte Fehler und man merkte, dass ihm der Zeitdruck zusetzte. Dieser Mord dagegen wirkte, als hätte sich der Täter alle Zeit der Welt genommen, als würde er statt auf die schnelle Durchführung eher auf die Qualität der Präsentation achten, als hätte er sein Handwerk bereits zur Meisterschaft geführt. Simon lief es eiskalt den Rücken hinunter.

»Am Griff der Schublade und im Schrank wurden frische Fingerabdrücke gefunden«, sagte Marie und zeigte auf einen gelb markierten Absatz in dem Bericht.

»Die stammen allerdings nicht vom Opfer«, erwiderte Simon.

Marie hob die Augenbrauen und in ihrer Miene lag der Ausdruck von Verwunderung. »Diese Kombination ähnelte eigentlich einem Raubmord. Der Killer geht in eine Wohnung oder ein Haus, tötet den Bewohner und öffnet

Schubladen und Schränke auf der Suche nach Wertgegenständen.«

»Aber das macht doch keinen Sinn. Die Tote hatte gar nicht dort gewohnt.« Nach einem Moment des Schweigens ging er weiter in dem Bericht. »Die Spuren sind dieselben wie auf dem Türgriff.«

»Gibt es weitere Spuren auf der Klinke?«

»Die Fingerabdrücke überlagern sich in drei Schichten.« Simon kratzte sich nachdenklich am Kopf. »Allerdings nur von einer Person.«

»Komisch«, antwortete Marie und es war klar, was das bedeutete. »Die Abdrücke stammen wahrscheinlich vom Finder, der sich mehrfach an dem Ort aufgehalten haben muss. Er ist hineingegangen und hat das erste Mal Fingerabdrücke dort hinterlassen.«

»Dann ist er rausgegangen, was die zweite Schicht an Spuren belegt. Und dann ist er ein drittes Mal wiedergekommen und hat auf uns gewartet.« Simon nickte. »So steht es auch in dem Bericht.«

»Was hat er dort gemacht? Warum ist er zurückgekehrt?«, fragte Marie und ihre Augen blitzten. »Dafür gibt es nur eine Erklärung.«

Simon wusste genau, was seiner Kollegin durch den Kopf ging.

KAPITEL 8

Das Metall war kalt, rau und rostig. Jana würde diese Eisenplatte auf dem Boden anheben, auch wenn sie sich dabei die Arme ausreißen müsste. Mit den Fingern fühlte sie darüber, um herauszufinden, wie groß sie war.

Vor ihren Augen entstand das Bild einer Platte mit einer Größe von einem Meter mal einem Meter und einer Stärke von ein bis zwei Zentimetern. Sie hatte keine Ahnung, wie viel Kilogramm so etwas wiegen würde. Aber ihr war klar, dass das Metall sehr schwer sein würde. Besonders für eine Frau, die eine zarte Statur hatte. Wahrscheinlich wog die Platte doppelt so viel wie sie selbst.

Der Boden war uneben, sodass sich unter der Eisenplatte kleine Ritzen auftaten. Sie tastete sie ab und fand eine Spalte, in die ihre Finger passten. Sie ging in die Hocke, griff darunter und versuchte, die Knie hochzudrücken. Aber sofort wurde ihr klar, dass sie mit nur einer Hand unter der Platte keine Chance hatte.

Jana tastete weiter und fand an der nächsten Seite

zwischen dem Metall und dem Boden eine Lücke, in der sie mit beiden Händen Halt finden konnte. Sie schob die Finger darunter, der Staub und die feinen Körner auf dem Boden drückten sich unter ihre Fingernägel. Die dünne Haut, die am unteren Rand über die Nägel wuchs, stülpte sich nach hinten. Es tat höllisch weh.

Die Platte lag bis zu ihren Ballen auf der Handfläche und die Daumen drückte sie fest oben auf das Metall. Die Arme befanden sich genau zwischen ihren Beinen. Es war die perfekte Position. So konnte sie die meiste Kraft aufbauen.

Sie atmete tief ein, schloss die Augen und drückte mit aller Kraft die Beine nach oben. Aber die Platte bewegte sich keinen Millimeter.

Scheiße, sagte Jana zu sich. Sie gab sich einen Moment, um neue Kraft zu schöpfen. Atmete tief ein. Innerlich sprach sie sich Mut zu. Der Anfang war am schwersten, da war das Gewicht am höchsten. Sobald sie die Platte ein paar Zentimeter angehoben haben würde, wäre der Rest einfach. Es musste gehen, es musste einfach gehen.

Wieder nahm sie all ihre Kraft zusammen und drückte die Beine durch. Sie spürte die Muskeln in den Oberschenkeln, im Brustkorb, der Schulter und in den Armen. Sie biss sich auf die Zähne, die Sehnen am Hals drangen nach draußen. Sie drückte und drückte. Sie stöhnte, Spucke flog wie Funken aus ihrem Mund. Der Staub klebte an ihrem verschwitzten Körper, zwischen den Brüsten floss der Schweiß hinab. Und dann passierte es: Die schwere Eisenplatte bewegte sich.

Mein Gott, dachte Jana und musste an ihre Oma denken, die immer gesagt hatte, dass der bloße Glaube Berge versetzen konnte. Dies war einer jener Momente.

Sie stöhnte, drückte die schwere Eisenplatte höher. Jeder Zentimeter, den sie die Platte anhob, war ein für sie bis dahin ungekannter Kraftakt. Der Schweiß rann an Wirbelsäule und Brustbein hinunter, ihre Haare klebten an der Stirn und im Nacken und ihre Augen brannten vom Salz.

Jana merkte, wie ihre Finger feucht wurden und hoffte, dass das Metall an der nassen Haut nicht abrutschte. Sie bekam Angst. Was wäre, wenn es runterfallen würde? Sie hatte keine Schuhe an, das Metall würde ihre Füße zerquetschen. Wenn sie nicht mehr laufen könnte, wie sollte sie dann jemals wieder aus dieser Hölle entkommen.

Stopp, sagte sie sich. Sie durfte diese negativen Gedanken nicht zulassen. Sie musste ihren Kopf trotz dieser aussichtslosen Lage mit positiven Gedanken füllen. Und sie musste sich auf das Heben konzentrieren.

Doch plötzlich rutschte die Platte auf der linken Seite ein Stück nach hinten. Als das Eisen über den Boden knirschte, gab es ein fürchterliches Geräusch, so als würde man mit den Fingernägeln über eine Tafel kratzen.

Das Metall glitt ihr aus der linken Hand und krachte auf den Boden. Die Finger auf der rechten Seite waren noch darunter und wurden mit voller Wucht eingequetscht.

Sie hatte sich gesagt, dass sie nicht schreien würde, dass sie ihrem Peiniger nicht zeigen würde, dass sie wach war, dass sie um ihr Leben fürchtete und dass sie Todesangst hatte.

Aber jetzt konnte sie sich nicht kontrollieren. Ihre Finger klemmten unter der Platte und die Schreie drangen aus ihrem Mund. »Hilfe! Hilfe!«, schrie sie. »Hilfe!«

Es war kein brennender Schmerz und es war auch kein schneidender Schmerz. Stattdessen fühlte es sich an, als wären die Finger plattgedrückt worden. Es war ein stechender Schmerz, den sie in dieser Stärke noch nie verspürt hatte.

Was sollte sie machen? Sie hatte keine Chance. Sie war gefangen unter der Platte. »Hilfe! Hilfe!«, schrie und schrie Jana. Aber es brachte nichts. Niemand kam.

KAPITEL 9

Simon wusste, dass Schweigen oft mehr Druck bei Befragten erzeugte, als wenn man ununterbrochen auf sie einredete.

Mit seiner Kollegin Marie hatte Simon eine Theorie zu den Fingerabdrücken entworfen. So waren erste Fingerabdrücke entstanden, als Karnartz die Tote in der Wohnung abgelegt hatte. Die zweite Schicht hatte sich darübergelegt, als der Mann die Wohnung verlassen hatte. Und als Karnartz die Wohnung dann ein zweites Mal betreten hatte und eine weitere Schicht mit Fingerabdrücken hinterlassen hatte, hatte er die Polizei informiert. Er hat vorgegeben, die Leiche entdeckt zu haben, und hat dann den unschuldigen Finder gespielt. Obwohl er selbst der Täter war.

Ernst blickte Simon in die Augen von Karnartz und wartete. Wortlos hatten sie sich die letzten fünf Minuten gegenübergesessen, aber in diesem Fall schien die Taktik mit dem Schweigen nicht aufzugehen. Nach einer gefühlten Ewigkeit fragte er ein drittes Mal: »Was ist vorgestern Nacht in der Wohnung unter Ihnen geschehen? Was haben Sie getan?«

Karnartz schwieg und starrte ins Leere. Genau wie im ersten Gespräch hatte der Mann die Beine übereinandergeschlagen und wippte unruhig mit dem Fuß hin und her.

Simon saß wieder in jenem alten Sessel, in den man so ungewöhnlich tief einsank. Er konfrontierte den Mann mit den Tatsachen und hoffte, in dessen Augen irgendwelche Anzeichen der Wahrheit zu entdecken: »So, wie sich Ihre Fußabdrücke über den Boden verteilen, wirkt es, als wären sie mehr als einmal durch die Wohnung gelaufen.«

Auf der Stirn von Karnartz bildete sich eine Ader, und er musste schlucken. Er griff zu seinem Wasser und trank die letzten Schlucke, aber er antwortete nicht. Stattdessen änderte er zum dritten Mal in dem kurzen Gespräch seine Sitzhaltung.

Sein Gegenüber war eindeutig nervös, dachte Simon. Was hatte er zu verbergen? »Wir haben Fingerabdrücke an Schranktüren und Griffen von Schubladen gefunden.«

Die Wangen von Karnartz röteten sich. Er öffnete den Mund, wollte offensichtlich etwas sagen, schloss ihn dann aber gleich wieder, ohne zu antworten.

Simon erhob sich aus dem Sessel, griff in seine Hosentasche und holte Latexhandschuhe hervor. Als er sie über die Finger gezogen hatte, zeigte er auf das Glas, was der Mann gerade ausgetrunken hatte. »Dürfte ich das bitte mitnehmen, wir brauchen Ihre Fingerabdrücke.«

Ungläubig starrte Karnartz Simon an. Er wirkte wie ein Mann, der kurz davor stand zu reden.

»Also, ein letztes Mal, was haben Sie in der Wohnung gemacht?« Simon schaute Karnartz in die alten Augen, aus denen sich eine unscheinbare Träne löste.

Der Mann schaute nach links und rechts. So, als wollte er sichergehen, dass niemand das Gespräch mithörte. Dann stand er auf und ging zur Schlafzimmertür. »Geben Sie mir einen Augenblick, ich bin gleich wieder da.«

Erst hörte Simon ein Rascheln, dann quietschte eine Tür und anschließend kam der Mann mit einem Koffer aus Holz zurück, den er auf den Tisch stellte. Noch immer hatte er einen hochroten Kopf und man sah ihm an, dass ihm die Situation äußerst unangenehm war. »Das habe ich in der Wohnung gefunden.«

»Gestohlen« hätte Simons Sprachgefühl zufolge besser gepasst. Aber er wollte den Mann nicht zurechtweisen. »Und was ist das?«

Statt zu antworten, öffnete Karnartz den Koffer. Im Licht, das durch das Fenster in den Raum drang, begann es zu glänzen. Im Inneren befanden sich Schmuck, Ringe, Ketten und Juwelen. Der Mann hob einen Haarreifen in die Höhe, der mit kleinen Edelsteinen besetzt war. »Das trug die Frau im Haar.«

Simon erinnerte sich an das erste Gespräch mit dem Mann. »Haben Sie deshalb gesagt, dass die Tote aussah wie eine Prinzessin?«

Der Mann nickte. »Es wirkte wie eine Krone.«

»Und warum haben Sie den Koffer mitgenommen?«, fragte Simon und vermied ebenfalls das Wort »gestohlen«, so wie der Mann es zuvor auch getan hatte.

Der Mann sah zu Boden. »Ich habe nicht viel. Und betteln möchte ich nicht, wie so viele andere Menschen in meinem Alter.«

KAPITEL 10

Was sollte sie machen?, war das Einzige, woran Janas schmerzerfüllter Geist noch denken konnte. Sie musste ihre Finger irgendwie unter der schweren Eisenplatte herausbekommen. Sonst wäre sie dem Entführer noch mehr ausgeliefert, als sie es ohnehin schon war. Sie musste etwas machen. Irgendwas.

Nach einer Weile ließ die Panik nach und sie musste nüchtern erkennen, dass sie im Grunde keine Wahl hatte. Sie biss sich auf die Zähne. Noch einmal würde es richtig wehtun, vielleicht würde sie bei der Aktion auch einen oder mehrere Finger verlieren. Aber davon durfte sie sich jetzt nicht abhalten lassen. Es war wie bei einem Salamander, der den Schwanz abwarf, um sein Leben zu retten.

Sie riss und zerrte an der Hand, knickte sie nach links, nach rechts. Sie hatte das Gefühl, dass sich die Fingernägel von der Haut und die Muskeln von den Knochen lösten. Es war unerträglich, die Schmerzen vertausendfachten sich. Und dann, von einem Augenblick zum nächsten war ihre Hand frei. Es tat höllisch weh, aber Jana war wirklich frei.

KAPITEL 11

»Wann erzählst du es mir denn endlich?« Langsam wurde Simon allmählich ungeduldig. Seitdem er mit Marie zusammenarbeitete, hatte sie noch nie einen Freund gehabt. Zumindest hatte sie ihm gegenüber niemals einen erwähnt.

Simon hatte ihr immer einen starken Partner an die Seite gewünscht und fragte sich, warum sie keinen hatte. Denn im Grunde war sie eine hübsche Frau und ein offenherziger Mensch. »Also, hast du jemanden kennengelernt?«

»Willst du auch einen?«, ignorierte Marie Simons Frage und nahm einen Kaffeefilter aus der Verpackung. Aus dem Schrank holte sie zwei Tassen.

»Immer doch«, auf einen Kaffee hatte er sich schon gefreut, seitdem er aufgestanden war. Aus dem Kühlschrank reichte er ihr die Milch. »Erzählst du es mir jetzt?«

Marie drückte auf den Knopf und das Wasser blubberte durch den Filter. Sie setzte sich an den Tisch in der Küche, sodass die Sonne sie nicht blendete. Statt auf die Frage einzugehen, sprach sie über den Fall. »Frau Mayer hat sich zurückgemeldet.«

»Marie«, sagte Simon, der sich nicht so leicht ablenken lassen wollte. »Hast du jemanden gefunden?«

Marie wartete, bis der Kaffee fertig war, und kippte die braune Flüssigkeit in eine Tasse. Für Simon warf sie zwei Stücke Zucker in den Kaffee, obwohl sie ganz genau wusste, dass er ihn ohne Zucker trank, und drückte ihm das Getränk in die Hand. »Bitte schön.«

»Das ist ja ganz reizend von dir«, bedankte sich Simon übertrieben freundlich. »Warum machst du es denn so spannend? Oder gibt es vielleicht doch einen geheimnisvollen Typen mit Leichen im Keller?«

»Simon«, sagte sie, stemmte die Fäuste in die Hüfte und schaute ihn ermahnend an, »Bitte frag mich nicht über mein Privatleben aus. Merkst du denn nicht, dass ich darüber nicht sprechen möchte?«

Natürlich hatte Simon das gemerkt, sogar sehr deutlich. Es war so offensichtlich, dass es selbst jemandem ohne jegliches Gespür nicht entgangen wäre. »Ich freue mich doch so für dich, Marie«, versuchte Simon zu beschwichtigen. »Und geteiltes Glück ist doppeltes Glück.«

Aber es half nichts. Marie schüttelte den Kopf. Sie wollte nicht darüber sprechen und blieb dabei.

»Muss ich dich etwa abhören lassen?«, scherzte er und zwinkerte ihr zu. »Ich kenne da einen sehr kompetenten Kollegen aus der IT.«

Ihr Blick verdunkelte sich. »Also, das würde ich dir ja zutrauen, Simon.«

Mit den Getränken in der Hand gingen sie zurück ins Büro.

»Du hattest eben etwas von Frau Mayer erwähnt«, sagte Simon. »Was ist mit ihr?«

»Sie ist übers Wochenende bei ihren Kindern in Norddeutschland gewesen.«

»Dann bringt uns das auch nicht weiter«, sagte Simon und hakte den Punkt für sich ab. Er setzte sich an seinen Rechner und loggte sich ein, aber in dem Moment startete das Gerät ein Update.

»Hast du die E-Mail von der Hirschburg gesehen?«, fragte Marie.

»Einen Moment, mein Rechner fährt gerade hoch.« Gebannt starrte Simon auf den Balken auf dem Bildschirm. Nach einer halben Ewigkeit war es so weit. Er loggte sich ein, öffnete Word und hatte Glück. Der Bericht vom Vorabend war durch den Neustart nicht verloren gegangen.

»Ich lese sie mir jetzt durch.« Er klickte auf die Mail von der Rechtsmedizinerin und las laut die Empfehlung der Frau. »Kontaktieren Sie die mexikanische und kolumbianische Botschaft und lassen Sie sich Bilder und Namen der Einreisenden geben.«

»Verstehst du das?«, fragte Marie. »Die Frau braucht nicht nur einen Benimmkurs, sondern muss irgendwann einmal einen Kurs in Kommunikation machen.«

»Vielleicht sollten wir ihr zum Geburtstag eine Rhetorik-Schulung schenken«, sagte Simon und musste lachen. Ein paar Informationen zum Hintergrund wären tatsächlich hilfreich gewesen. »Hast du den Anhang gesehen?«

Marie schüttelte den Kopf.

Simon öffnete die Datei. Um das wissenschaftliche Fachchinesisch zu verstehen, las er das Dokument zweimal durch. Dann fasste er zusammen: »Das ist interessant. Mehrere Punkte an der Kontaktlinse waren auffällig. Entweder in der Flüssigkeit oder auf der Kontaktlinse befanden sich Partikel von Kokain. In dem Bericht steht auch, dass sich zum Zeitpunkt des Todes kein Kokain in Haaren und im Blut befanden.«

»Vielleicht hatte die Frau die Substanz an den Fingern,

als sie sich diese eingesetzt hat.« Marie zögerte und straffte die Schultern. »Reicht dieser Fall vielleicht ins Drogenmilieu? Es ist doch allgemein bekannt, dass hier Konflikte durch Gewalt gelöst werden.«

»Allerdings trifft man dieses Maß an Brutalität eher in Hamburg und Berlin als hier in Düsseldorf. Dann werden Menschen in einer Lagerhalle gefoltert oder irgendwer fährt auf einem Motorrad an seinem Opfer vorbei und feuert mit einer osteuropäischen Schnellfeuerpistole ein paar Schüsse auf den Kopf ab.« Er massierte sich mit den Fingern die Schläfen. »Wenn es eine Inszenierung gibt, dann eher so, dass klar wird, welcher Clan oder welche Rockergruppe den Mord ausgeführt hat. Jeder soll wissen, was passiert, wenn man sich mit dieser Gruppierung anlegt.«

»Aber der Mord scheint einen anderen Hintergrund zu haben. Es sieht eher nach etwas Psychologischem aus.«

»Was aber am interessantesten ist«, sagte Simon. »Die Kontaktlinse darf in Europa nicht verkauft werden, weil sie Chemikalien enthält, die hier nicht zugelassen sind. Sie wird nur in zwei Ländern in Südamerika vertrieben, nämlich in Mexiko und Kolumbien.«

KAPITEL 12

»Guten Appetit«, sagte die Rechtsmedizinerin und ließ ein schelmisches Lächeln über ihre Lippen gleiten.

Simon spießte mit der Gabel eine Fritte auf und tunkte sie in den Ketchup. Das Essen in der Kantine der Universitätsklinik, wo sich auch das rechtsmedizinische Institut befand, war zwar nicht das beste, aber immerhin gab es heute Schnitzel mit Pommes. Das ging ja immer.

»Erinnern Sie sich an den Stich in den Oberschenkel, der beim Opfer festgestellt wurde?«, fragte die Professorin und tippte auf ihren Oberschenkel, als würden Simon und Marie diesen Körperteil nicht kennen.

Natürlich erinnerte sich Simon. Die Frau hatte sie längere Zeit suchen lassen, bis sie ihnen den Stich endlich gezeigt hatte. »Was ist damit?«

»Unter dem Mikroskop zeigten die Gewebeproben nur eine kleine Anzahl von Zellen, die Insulin für den Körper herstellen.«

Simon verstand nur Bahnhof und kaute weiter auf

seinem Essen herum. Maries Gesichtsausdruck nach zu urteilen, schien es ihr ähnlich zu gehen.

Hirschburg fuhr fort. »Außerdem waren bei der Toten die Gefäßwände der Nieren verdickt, sodass die Filterfunktion eingeschränkt gewesen sein musste.«

Aha, dachte Simon und entschied sich, weiter abzuwarten. Er würde schon früh genug erfahren, warum diese Punkte wichtig waren.

»Die toxikologische Untersuchung hat extrem schwankende Blutwerte ergeben«, sagte die Professorin. Sie schaute Simon und Marie bedeutungsvoll in die Augen.

»Und wie bringt uns das weiter?«, fragte Marie und setzte ein Lächeln auf.

»Die Frau hat zu Lebzeiten mit Diabetes gekämpft, deshalb auch die Stichwunde.«

Simon schaute seine Kollegin an und wagte eine Interpretation. »Falls die Frau also betäubt worden war, dann auf jeden Fall nicht durch einen Einstich in den Oberschenkel.«

Die Professorin nickte zustimmend. »Ein Gift muss sie auf anderem Weg eingenommen haben, falls der Täter sie auf diese Art und Weise gefügig gemacht hatte.«

»Und haben Sie noch etwas über die Metallsplitter im Bein herausgefunden?«

»Wir wissen jetzt, dass es sich um Eisen handelt. Mehr lässt sich aber leider nicht sagen.«

Simon öffnete die Flasche mit Wasser, füllte sein Glas und führte es zum Mund.

Als die Professorin das Getränk sah, fiel ihr ein: »Im Urin haben wir auch kein Kokain gefunden.«

Das hatte sie nur gesagt, um Simon zu ärgern. Da sie die Droge schon im Haar nicht nachweisen konnten, war klar, dass im Urin auch nichts zu finden wäre. Er bereute in diesem Moment, dem Wunsch der Professorin nachgekommen zu sein, sich zum gemeinsamen Mittagessen zu treffen.

Maries Handy piepte. Sie fischte das Telefon aus der Handtasche und flüsterte in das Gerät. »Ja, bitte?«

Eine Männerstimme war aus dem Gerät zu hören, die sie offensichtlich nicht so schnell wegdrücken wollte.

Simon neigte seinen Kopf. Er wollte das Gespräch unbedingt mithören. Auch die Professorin wirkte konzentriert.

Maries Augen leuchteten. »Ich dich auch«, sagte sie und steckte das Telefon wieder in ihre Tasche.

Simon blickte sie erwartungsvoll an. »Dein neuer Freund?«

»Privat«, erwiderte Marie und schoss ihm einen mahnenden Blick rüber.

Jetzt klingelte auf einmal auch das Telefon von Simon. Er sah auf das Display und hob ab. »Hallo, ich stelle dich auf laut. Marie und Frau Hirschburg sind bei mir.«

Nachdem Simon den Namen der Professorin genannt hatte, hörte man ein Seufzen in der Leitung. Dann fuhr Kowalski, der am liebsten Birkenstocks trug und für die Technik zuständig war, fort. »Ich weiß, wer die Leiche ist.«

Simon hob die Augenbrauen. Mit einem Mal wurde er hellhörig. Die erste große Hürde war genommen. Nicht selten nahm ein Fall mit der Identifizierung der Opfer an Fahrt auf und konnte dann schnell gelöst werden. »Wie hast du das herausgefunden?«

»Die Frau war mit dem Flugzeug nach Kolumbien gereist.« Der Kollege aus der Technik sprach mit vollem Mund.

Typisch Kowalski, dachte Simon. Sicherlich aß er gerade wieder ein Stück Pizza und auf seinem Tisch stapelten sich die Kartons der letzten Tage.

»Ich habe vom Flughafen die Daten erhalten«, fuhr

Kowalski fort. »Die Reisenden habe ich dann nach Alter, Geschlecht und dem Zeitraum ihres Auslandsaufenthaltes gefiltert. Von den übrig gebliebenen Frauen habe ich mir aus unseren Datenbanken die Fotos aus den Reisepässen und Personalausweisen gesucht und diese mit den Bildern unseres Opfers abgeglichen, um sie zu identifizieren.«

KAPITEL 13

»Was ist denn jetzt schon wieder?«, antwortete der Mann, als er die Polizeimarke sah. Er stand in einer kurzen Hose im Eingang, trug eine Baseballkappe von den New York Yankees auf seinem Kopf und lehnte sich an den Rahmen der Tür.

Simon stand wie gelähmt vor ihm und auch Marie schien das Erscheinungsbild des Mannes nicht unberührt zu lassen. Wimpern und Augenbrauen fehlten, die Ohren und die Nasenflügel waren verstümmelt. Finger, Hände, Arme und der Kopf waren wie jeder andere sichtbare Körperteil von wulstigen Brandnarben übersät. Kein Stück der normalen Haut eines Menschen schien an seinem Körper übrig zu sein. Der Mann sah aus, als wäre er direkt aus der Hölle gekommen. Schon sein bloßer Anblick erzeugte bei Simon ein mulmiges Gefühl. In einem Hollywoodfilm wäre er definitiv der Böse gewesen, das wäre von vornherein klar. Aber im Grunde konnte der Mann einem nur leidtun.

»Herr Boser, sagt Ihnen der Name Nina Wolff etwas?«, fragte Simon. Über die Datenbank der Polizei hatten sie herausgefunden, dass das Opfer 27 Jahre alt war und dass dieser Mann und das Opfer sich gegenseitig angezeigt hatten, sodass die Polizei bereits einige Male anrücken musste. Natürlich musste ihm der Name der Frau etwas sagen.

»Will sie mich wieder wegen irgendeiner Lappalie verklagen?«, fragte Boser. »Weil ich mein Auto zu nah an ihrem geparkt habe? Oder weil mein Hund sie angebellt hat?« Wie auf Kommando schoss eine Bulldogge um die Ecke. Aus dem Maul tropfte der Speichel und bei jedem Schritt sah man, wie die Muskeln am Körper arbeiteten.

Simon dachte an die verbrannten Beine der Leiche. War es Zufall, dass der Mann mit Brandwunden übersät war? Oder gab es vielleicht eine Verbindung? »Es geht nicht um die Anzeigen.«

»Was will die denn dann? Sie ist doch schon vor einer ganzen Weile ausgezogen.«

Simon hatte im System auch gesehen, dass Nina Wolff den Wohnsitz vor einem halben Jahr aufgegeben hatte. »Dürfen wir reinkommen?«

Eine Frau ging durchs Haus. Als sie Boser sah, senkte sie den Kopf, erhöhte das Tempo und ging grußlos an ihnen vorbei.

Der Mund, der weniger an den verwachsenen Lippen als an den Zähnen erkennbar war, verzog sich. »Auf Besuch bin ich nicht vorbereitet.«

Normalerweise hätte Simon es mit etwas mehr Nachdruck versucht, aber der Mann machte ihm Angst und deshalb war er froh, dass er die Wohnung nicht betreten musste. Er senkte die Stimme und konzentrierte sich genau auf das Gesicht des Befragten. Er wollte schauen, wie der Mann auf die nächste Information reagierte. Würde er überrascht sein? Oder wusste er bereits von ihrem Schicksal? Er hoffte, das aus der Miene herauslesen zu können. Leise sagte er: »Nina Wolff ist tot.«

Der Mann mit den Narben stockte, die wulstige Haut in seinem Gesicht bewegte sich und seine Augen funkelten. Aber er sagte nichts.

Eigentlich konnte Simon die Menschen ganz gut einschätzen, aber in diesem Fall war es unmöglich. Das entstellte Gesicht ließ keine normale Mimik zu. »Wir haben gerade mit den Ermittlungen begonnen. Was können Sie uns zu Nina Wolff sagen?«

»Sie hat mich gehasst«, spuckte er aus. Ärger und Traurigkeit schwangen in seiner Stimme. »Sie hat mir ständig zu verstehen gegeben, wie hässlich und abstoßend sie mich findet.«

»Wieso hat sie das getan?«, fragte Marie. »Hat sie auch andere Nachbarn so behandelt?«

»Die Nachbarn sprechen nicht mit mir. Sie können sich sicherlich vorstellen, dass eine Person mit meinem Aussehen es nicht leicht hat.«

»Hatte sie denn einen Grund?«, formulierte Marie ihre Frage um.

Boser zuckte mit den Schultern. »Die Leute ekeln sich, sie haben Angst vor mir. Viele machen einen großen Bogen um mich herum, wenn sie mich auf der Straße sehen. Besonders im Dunkeln. Ich habe Frau Wolff nie gemocht.«

»Ich frage ungern«, sagte Marie, ihre Stimme war sanft und einfühlsam. »Möchten Sie mir erzählen, wie es zu Ihren Verletzungen gekommen ist?«

Der Mann schaute auf den Boden. Darüber zu sprechen, fiel ihm offensichtlich schwer. »Ich hatte einen Unfall. Im Sommer vor zwei Jahren bin ich mit meinem Auto von der Fahrbahn abgekommen und gegen einen Baum gefahren.« Er machte eine Pause und holte tief Luft. »Das Fahrzeug ging in Flammen auf. Als ich im Krankenhaus aufgewacht bin, habe ich erfahren, dass ein Busfahrer mich gerettet hatte.« Eine Träne bildete sich in seinem Auge und rann eine der lang gezogenen Narben hinunter. »Er hat sein Leben riskiert, um mich aus dem Wagen zu ziehen.«

Marie legte die Hand auf den vernarbten Unterarm des Mannes und schaute ihm in die Augen. Mit einfühlsamer Stimme sagte sie: »Das tut mir leid.«

»Manchmal frage ich mich, ob es nicht besser gewesen wäre, wenn der Bus weitergefahren wäre.«

Simon musste schlucken. So etwas zu hören, war nicht einfach. Jedem konnte ein schwerer Unfall passieren, er war froh, dass er von einem solchen Unglück bisher verschont geblieben war. Nach einer Weile des Schweigens fragte er: »Ich muss Ihnen eine routinemäßige Frage stellen. Was haben Sie vorgestern gemacht?«

»Ist das der Tag, an dem sie gestorben ist?«

Simon nickte.

»Ich war mit meinem Rocky spazieren.« Boser streichelte dem Hund über den Kopf.

»Kann das jemand bezeugen?«

»Mit meinem Aussehen ist es nicht leicht, Freunde zu finden, geschweige denn eine Partnerin.« Der Mann schüttelte den Kopf und die Narben am Hals verzerrten sich. Er fragte ganz direkt: »Ich war allein. Verdächtigen Sie mich?«

»Im Augenblick müssen wir jeden als Verdächtigen behandeln, bis wir das Gegenteil beweisen können.«

»Man darf so etwas ja eigentlich gar nicht sagen.« Boser zuckte mit den Schultern. »Aber ihr Tod stört mich nicht im Geringsten. Von mir aus hätte es schon vor einem Jahr geschehen können, bevor ich hier eingezogen bin. Dann wäre mir viel erspart geblieben.«

KAPITEL 14

Jana lag auf dem Boden und wusste nicht, ob Tag oder Nacht war. Sie hielt sich die Hand, die immer noch wahnsinnig schmerzte. Sie hätte gedacht, dass der Schmerz schneller abnehmen oder sie sich wenigstens schneller daran gewöhnen würde, aber das tat sie nicht. Am liebsten würde sie sich ansehen, welche Wunde die schwere Eisenplatte an ihren Fingern hinterlassen hatte. Doch in der Dunkelheit ging das nicht.

Vorsichtig fuhr Jana mit der anderen Hand über die Verletzung. Sie spürte direkt, dass sie flacher war, dass sich getrocknete Kruste statt zarter Haut dort befand. Hoffentlich waren die Finger nicht gebrochen.

Sie dachte an den Rost, den sie auf der Platte gefühlt hatte, und überlegte, wann sie das letzte Mal eine Tetanusimpfung bekommen hatte. Es musste einige Jahre her sein, aber genau wusste sie es natürlich nicht. Eine Blutvergiftung war jetzt das Letzte, was sie gebrauchen konnte.

Jana wollte sich auf ihre Umgebung konzentrieren. Klar, in der Dunkelheit konnte sie nichts sehen, aber sie wollte ihre komplette Aufmerksamkeit den Geräuschen widmen.

Doch der Schmerz war so schlimm, dass er sich ständig in ihr Bewusstsein drängte.

Und dann kam noch die Angst hinzu, diese Angst einzuschlafen. Ihre Augen waren müde und ihr Geist driftete ab. Aber dieses Mal nicht zu den Schmerzen in ihrer Hand, sondern woanders hin. In eine ganz andere Welt.

Schlagartig öffnete sie die Augen. Hatte sie gerade Schritte gehört? Oder hatten die Gedanken sich mit ihren Träumen gemischt? Sie war sich nicht sicher. Aber sie wusste, dass sie wach bleiben musste. Wenn der Mann sich näherte, dann musste sie reagieren können. Sie musste trotz ihrer Müdigkeit und Schmerzen klar denken. Sie musste in der Lage sein, sich zu wehren. Andernfalls wäre sie dem Täter schutzlos ausgeliefert.

Niemals dürfte sie einschlafen, sagte Jana sich. Niemals, niemals, niemals, niemals, niemals, niemals. Und während dieser Gedanke durch ihren Geist hallte, schlugen die Augenlider ihren eigenen Weg ein. Sie waren schwer wie Eisen und glitten unaufhaltsam nach unten.

KAPITEL 15

Plötzlich schreckte Jana auf. Was war das? Hatte sie ein Rascheln gehört? Oder hatte sie das wieder nur geträumt?

Sie sprang auf, drückte sich dabei, ohne nachzudenken, mit der kaputten Hand hoch. Ein Blitz von unerträglichem Schmerz fuhr durch ihren Körper. Sie schluckte ihn herunter und schlug wild um sich. Wenn der Täter in der Nähe wäre, so hoffte sie, dass sie ihn treffen würde. Und sobald er vom Schlag getroffen schreien oder stöhnen würde, wüsste sie, wo er stand, und könnte angreifen. Aber da war niemand.

Eine gefühlte Ewigkeit wartete Jana ab, lauschte. Aber sie hörte nichts, kein Rascheln, keine Schritte, keinen Wind, rein gar nichts.

Sie lehnte sich an die Wand, wieder überkam sie die Müdigkeit. Diesmal würde sie nicht dagegen ankämpfen. Sie hatte verstanden, dass sie keine Chance hatte.

Sie ging ein paar Schritte zur Seite, legte sich direkt neben die Mauer und schloss die Augen. So konnte sie von der Wandseite schon mal nicht angegriffen werden.

Wieder fragte sie sich, wo sie war und was der Entführer mit ihr vorhatte. Sie dachte an diese unerträglichen Schmerzen in der Hand und dann schlief sie ein.

Das zweite Mal, als sie aufwachte, hatte sie sich zur Seite gedreht, sodass ihr Oberkörper auf der kaputten Hand lag. Die Schmerzen hatten sie geweckt. Sie drehte sich um und schlief wieder ein.

Beim dritten Mal hörte sie ein Rascheln und dieses Mal war es anders als davor. Auch nachdem sie die Augen geöffnet hatte, setzte es sich fort. Es war leise, aber real.

Vorsichtig stand Jana auf und schlich unhörbar in die Richtung der Metallplatte. Sie streckte die Arme von sich und kreiste die Schultern und Handgelenke, wie ein Boxer, der sich auf den entscheidenden Kampf vorbereitet.

Jetzt gab es ein lautes Knirschen. Es klang, als würde Metall über den Boden gleiten. Das musste die Eisenplatte sein, die zur Seite geschoben wurde.

Sie wunderte sich, dass das Geräusch so laut war. Wollte der Täter etwa, dass sie mitbekam, wie er in den Raum gelangte? War das ein Psychospiel des Täters?

Das eine Bein stellte sie nach vorne, das andere nach hinten, um in eine Position wie ein Boxer zu gelangen. Sie wusste: Als Ziele kamen die Augen, der Hals oder die Weichteile infrage. Viele Versuche würde sie nicht haben. Sie musste den Angreifer beim ersten, zweiten oder spätestens beim dritten Versuch empfindlich treffen. Sonst wäre sie verloren.

Ihre Chancen waren verschwindend klein, sie sah den Mann nicht, sie wusste nicht, ob er von vorn kam oder von der Seite, sie wusste nicht, ob er ein Messer, eine Stange, vielleicht auch Pfefferspray oder sogar eine Pistole hatte.

Das Einzige, was sie machen konnte, war ruhig zu bleiben und zu hoffen, dass er sie nicht bemerkte. Und in dem Moment, in dem sie das Gefühl hatte, dass er in ihrer Nähe war, wollte sie mit voller Wucht auf Höhe des Kopfes zuschlagen. Vielleicht könnte sie ihm auch in den Hals beißen, ihm die Fingernägel durch die Kehle drücken oder ihm den Daumen in die Augen pressen, wie sie es in einer Spiegel-TV-Reportage von einem Fremdenlegionär gehört hatte. Mental war Jana zu allem bereit. Sie würde kämpfen bis zum letzten Tropfen Blut.

Und so stand sie da, atmete tief ein und wieder aus. Jetzt, da die Gefahr unmittelbar vor ihr stand und die Situation die endgültige Entscheidung bringen würde, ob sie entkommen würde oder für immer verloren wäre, spürte sie die Quetschungen an der Hand nicht mehr. Ihre Konzentration galt allein diesem lauten Kratzen des Metalls, das über den Boden schrappte.

Dann hörte sie, wie Schuhe auf Metall traten. Sie ging davon aus, dass unter der Platte eine Treppe zu einem Durchgang war. Jetzt hörte sie Schritte ganz in ihrer Nähe. Er war im Raum.

KAPITEL 16

»Warum ausgerechnet meine Nina?« Mit kreidebleichem Gesicht saß Elias Wolff, der Vater des Opfers, auf seinem Ledersessel, die Beine über Kreuz, die Hände auf dem Knie gefaltet und der Körper eingefroren wie eine Statue. »Sie war doch gerade einmal 27 Jahre alt? Warum sie?«

Die Sekretärin des Anwalts hatte Simon und Marie in das Büro eingeladen, was sich im Erdgeschoss seines Privathauses befand. Wahrscheinlich wollte er die Polizei nicht in den repräsentativen Räumen in der Innenstadt empfangen, um kein schlechtes Licht auf seine Kanzlei zu werfen.

Simon setzte ein trauriges Lächeln auf. Die Luft im Raum war zum Schneiden, es fühlte sich an, als würde ein Stein langsam über ihn rollen und ihn zerquetschen. Auch die farbenfrohen Bilder an der Wand, die von einem expressionistischen Maler aus den 1920er-Jahren stammten, änderten daran nichts. »Es tut mir leid.«

Elias Wolff zeigte keine Reaktion. Er war völlig in sich gekehrt, seine Gedanken schienen um den Tod seiner

Tochter zu kreisen. Die Außenwelt war in diesem Moment für ihn nicht existent. Es gab nur seine tote Tochter und ihn.

Marie nahm einen Schluck Wasser und stellte das Glas zurück auf den massiven Eichentisch. Das Geräusch, als es die Tischplatte berührte, füllte den Raum.

»Warum sie?«, entfuhr es dem Vater erneut. Sein Blick wanderte Richtung Simon, aber die Augen schienen durch ihn hindurch zur Eiche im Garten zu sehen, unter dem eine Hollywood-Schaukel stand, die im Wind vor- und zurückschwang. »Nina war mein Engel.«

In seiner Zeit als Polizist hatte Simon vielfach die traurige Nachricht des Todes eines geliebten Familienmitglieds überbracht, und jedes Mal waren es die schwierigsten Momente in seinem Job. Still saß er auf seinem Stuhl. Für ihn galt es nur, die erdrückende Stille und das Leid des Mannes auszuhalten, während dieser den Tod seiner Tochter ertragen musste. Eine Last, die ungleich größer war.

»Herr Wolff?«, fragte Marie mit dem Versuch, ihn aus seinen Gedanken ins Hier und Jetzt zurückzuholen. »Können Sie uns etwas über Ihre Tochter erzählen?«

Kaum merklich drehte sich der Kopf des Mannes in die Richtung seiner Kollegin. Er nickte stumm, öffnete den Mund, brachte aber kein Wort heraus. Zu tief saß der Schmerz.

»Wann haben Sie Nina das letzte Mal gesehen?«, flüsterte Marie.

Der Mann schwieg und zuckte mit den Schultern.

Simon nannte dem Befragten die Adresse des Fundortes und schob ihm ein Foto des Hauses vor die Augen. »Waren Sie schon einmal hier? Kennen Sie das Gebäude?« Er schaute ihm in die Augen und überlegte, ob seine Frage überhaupt bei dem Befragten angekommen war oder ob er versuchte, sich an das Haus zu erinnern.

Dann schüttelte der Anwalt den Kopf.

»Können Sie uns bitte sagen, wo Ihre Tochter wohnt.«

Der Anwalt stand auf. Seine Arme und Schultern hingen schlaff herunter. Er schlurfte mit den schwarzen Lederschuhen über den Boden, verließ das Zimmer und ging am Empfang vorbei. Mit einer leichten Handbewegung deutete er seiner dunkelhaarigen Sekretärin mit dem dezenten roten Lippenstift, dass er nach oben gehen würde.

Simon und Marie folgten ihm in den Wohnbereich des Hauses. Der Boden war aus edlem Parkett, die Wände gesäumt von massiven Holzschränken, und von der Decke spannten sich freiliegende Balken. Der Ort strahlte eine Wärme und Naturverbundenheit aus, die man dem Anwalt in seinem teuren Anzug zunächst gar nicht ansah.

An der Wand hingen gerahmte Bilder: Wolff allein, Wolff mit seiner Tochter, und einige Aufnahmen, die die beiden zusammen zeigten. Simon fiel auf, dass es keine Aufnahmen mit der Mutter gab, was vielleicht auf eine Trennung hindeutete, an die der Mann nicht ständig erinnert werden wollte. Merkwürdiger war jedoch, dass kein einziges Bild den Anwalt und seinen Sohn zeigte, obwohl Simon aus den Datenbanken der Polizei von ihm wusste.

In der ersten Etage bog der Mann um eine Ecke, öffnete eine Tür und trat in ein helles Zimmer.

Hier wohnte also das Opfer, dachte Simon und schaute sich um. An der Wand hing eine große Weltkarte, auf der farbige Stecknadeln die vielen Reisen des Opfers dokumentierten, daneben war eine Collage mit Fotos aus aller Welt. Er hätte erwartet, dass eine junge Frau, die die Welt bereist hatte und unabhängig sein wollte, nicht mehr bei den Eltern leben würde.

Wolff ging zum Bett, ließ sich auf die Matratze der

Tochter fallen und vergrub sein Gesicht in ihrem Kissen. Seine Trauer war unüberhörbar.

»Um herauszufinden, wer ihr das angetan hat, brauchen wir Ihre Mithilfe.« Maries Stimme war sanft und einfühlsam, brachte aber zugleich die notwendige Dringlichkeit mit sich. »Erzählen Sie uns von ihr. Jedes Detail kann uns helfen.«

Der Anwalt schüttelte den Kopf. Über die Tochter zu sprechen, schien gerade zu viel für ihn zu sein. Alles schien zu viel für ihn zu sein.

Simon schaute sich im Zimmer um. Auf einer Kommode entdeckte er einen seltsamen Gegenstand. Zwischen großen Muscheln, orientalischen Schalen und bunten Ohrringen, die sie von ihren zahlreichen Reisen mitgebracht haben musste, lag etwas, das so gar nicht zu diesem unbeschwerten Leben passen wollte: eine schwarze kleine Dose.

Simon trat näher heran. Der Blick des Anwalts folgte seiner Hand, und in seinen Augen konnte Simon eine Frage erkennen, die er sofort beantwortete: »Das ist Pfefferspray.« Er las den Text auf dem Etikett durch. »Aber nicht gegen Menschen, sondern gegen Tiere.«

»Kennen Sie Herrn Boser?«, fragte Marie nach dem Mann mit den Brandnarben.

Wolff schüttelte den Kopf. In seinem Gesicht konnte man ablesen, dass er nichts mit dem Namen anfangen konnte.

Bisher hatte der Vater auf keine einzige Frage geantwortet und die Zeit lief ihnen davon. Wie konnte man das Gespräch voranbringen?, überlegte Simon. Vielleicht konnte er sich ja von einer anderen Seite annähern. »Wir würden gerne mit Ihrer Frau sprechen. Wann kommt sie nach Hause?«

Der Mann schluckte. »Wir sind geschieden.«

Das hatte sich Simon schon gedacht. »Wo finden wir sie?«

Der Mann schüttelte den Kopf. »Vor Jahren hat sie das Land verlassen.«

»Wo ist sie?«

»Sie ist nach Südamerika ausgewandert.« Er atmete tief ein und wieder aus. »Erst war sie einige Jahre in Argentinien, dann in Mexiko und dann hat sie sich nicht mehr gemeldet. Wo sie jetzt lebt, kann ich Ihnen nicht sagen.«

»Trotz der beiden Kinder?«, fragte Simon.

»Sie hatte eine tiefe Depression und sagte, dass sie uns aus Liebe zu den Kindern verlässt. Sie hatte die beiden immer nur angeschrien, manchmal war sie auch handgreiflich geworden. Ihr fehlte die Kraft, ein guter Mensch zu sein.«

Simon musste schlucken. Er dachte an Lukas, wie er manchmal abends in seinem Arm einschlief, und konnte sich überhaupt nicht vorstellen, ein Kind nicht gut zu behandeln.

Es klopfte an der Tür. Wolff reagierte nicht und auch Simon und Marie sagten nichts. Die Klinke senkte sich, die Tür ging einen Spalt auf und der Kopf einer dunkelhaarigen Frau vom Empfang ragte in den Raum. »In Ihrem Büro wartet ein Mandant auf Sie.«

In Zeitlupe drehte sich der Kopf des Mannes in ihre Richtung. »Wie bitte?«

»Ein Mandant«, wiederholte die Sekretärin, lächelte freundlich und erkannte, dass etwas nicht stimmte. »Was soll ich ihm sagen?«

Der Anwalt schaute auf den Boden und zuckte mit den Schultern, sein Kopf war leer.

Die Frau schaute zu Simon und Marie. Sie wusste nicht, was sie machen sollte.

Marie ergriff das Wort. »Sagen Sie dem Mandanten, dass ein Vorfall im engsten Kreis der Familie geschehen ist. Herr Wolff wird sich in Kürze bei ihm melden oder ihm einen Vertreter nennen.«

Die Frau wirkte erschrocken. »Was ist passiert?«

Marie schüttelte den Kopf. »Das wird Herr Wolff Ihnen zum geeigneten Zeitpunkt persönlich mitteilen.«

Leise, kaum hörbar schloss die Frau die Tür.

Der Anwalt schaute Marie erleichtert an. »Danke.«

Marie nickte kaum merklich.

»Warum sie?«, sagte der Anwalt und stand auf. Wie in Trance ging er zum Schrank, nahm ein Foto in die Hand, auf dem seine Tochter auf einem Pferd saß und in die Kamera lächelte.

Wolff setzte sich aufs Bett und löste das Bild aus dem Rahmen. Mit seinen Fingern strich er erst über das Gesicht und dann über das Haar seiner Tochter. Eine Träne rollte über sein kreidebleiches Gesicht und tropfte vom glatt rasierten Kinn auf das Foto. »Wie ist sie gestorben?«

Simon schaute ihn an und überlegte, wie man es so formulieren könnte, dass es so wirkte, als hätte sie nicht lange gelitten. Tatsächlich war überhaupt nicht klar, ob die junge Frau den Schmerzen nur kurz oder über einen längeren Zeitraum ausgesetzt war. Überhaupt tappten sie noch völlig im Dunkeln. Wenn er zum jetzigen Zeitpunkt einen Täter benennen müsste, so wäre Henri Boser, der Mann mit den Narben, der beste Kandidat. Aber im Grunde ging das nicht über grobe Spekulation hinaus. Nur die gegenseitigen Anzeigen sprachen für ihn und das Feuer als verbindendes Element zwischen den verkohlten Beinen und den Brandnarben am Körper des Mannes. Simon bemühte einen Allgemeinplatz. »Details dürfen wir aus ermittlungstaktischen Gründen nicht preisgeben.«

»Kann ich sie sehen?«, fragte Wolff. Mit seinen roten Augen schaute er erst Simon und dann Marie an.

Simon musste schlucken. Er straffte den Rücken, nickte und sagte freundlich. »Sie können sie sehen. Wir bitten allerdings um etwas Geduld.«

»Ich will sie sehen«, sagte der Anwalt. Er stand auf, ging auf Simon zu und stellte sich dicht vor ihn. »Jetzt.«

Simon blieb ganz ruhig. Er atmete tief ein, schaute dem Mann fest in die Augen. »Das geht leider nicht.«

»Ich will zu meiner Tochter«, schrie Wolff. Er packte Simon am Hemd. »Ich will sofort zu ihr!«

Marie riss das Pfefferspray aus der Halterung am Gürtel und hielt es dem Anwalt vor das Gesicht.

Simon streckte beschwichtigend seine Hand aus, um sie vom Einsatz des Sprays abzuhalten. An Wolff gerichtet sagte er: »Lassen Sie mich los.«

»Was heißt hier, ich kann Sie nicht sehen?«, entgegnete der Mann. »Natürlich kann ich Sie sehen, ich bin Anwalt. Führen Sie mich zu ihr.«

»Herr Wolff, gerne würden wir Ihnen den Leichnam zeigen.« Nach einer kurzen Pause fügte Simon hinzu: »Er ist allerdings bisher nicht freigeben.«

Der Mann ballte die Faust und holte mit dem Arm aus. Ungelenk schlug er zu.

Doch Simon wehrte den Angriff ab und starrte ihm in die Augen. »Muss ich Sie festnehmen?«

Wolff hielt inne. Man sah, wie er innerlich mit sich kämpfte. Dann ließ er sich auf den Boden fallen und schluchzte. »Warum musste es ausgerechnet sie treffen? Warum ausgerechnet meine Prinzessin? Warum nicht Maxim?«

KAPITEL 17

Simon erinnerte sich gar nicht mehr daran, wann er das letzte Mal einen Döner gegessen hatte. Früher, als er mit den Jungs in der Altstadt unterwegs war, haben sie sich nachts noch so versorgt, um dem Alkohol wenigstens ein bisschen was entgegenzusetzen. Jetzt hatte er einen Bärenhunger und kaum Zeit bis zur nächsten Befragung. Da kam der Imbiss am Straßenrand genau richtig.

Marie kämpfte damit, beim Essen einigermaßen gut auszusehen, sofern sich dies bei diesem Gericht überhaupt bewerkstelligen ließ. »Elias Wolff würde ich als Täter beim jetzigen Stand ausschließen. Zu hundert Prozent nehme ich ihm ab, dass er um seine Tochter trauert. Ein Motiv hätte er auch nicht.«

Simon nickte zustimmend.

Marie griff nach dem Stift und machte drei Fragezeichen hinter den Namen des Anwalts, was so viel bedeutete, dass die Wahrscheinlichkeit, dass der Mann der Täter war, aus aktueller Sicht gering war.

»Der Finder wirkt etwas nervös und ich weiß einfach

nicht warum. Aber macht ihn das zum Täter?«, fragte Simon und biss einmal kräftig in das gefüllte Fladenbrot.

»Vielleicht gibt es eine Verbindung zwischen ihm und dem Opfer?« Marie tupfte sich Soße weg, die an ihrer Wange kleben geblieben war.

Simon kaute zu Ende und spülte mit einem Schluck Cola nach. Er dachte an das Gewicht der Leiche, die Hirschburg zufolge 55 Kilogramm gewogen hatte. »Ihn als Täter kann ich mir beim besten Willen nicht vorstellen. Er hat sicher nicht einmal die Kraft, die Leiche die Etagen hochzutragen.«

Marie schrieb zwei Fragezeichen hinter den Namen Karnartz. »Was ist mit Boser? Vielleicht wollte er sich für die Anzeigen und das aus seiner Sicht Niederträchtige an der Frau rächen?«

Simon dachte an den Mann mit den Brandnarben. Es war wirklich ein schauriger Anblick, es war leicht, sich vor ihm zu fürchten oder herablassend über ihn zu reden. »Eine Anzeige reicht mir nicht aus für einen Mord.«

»Sein Körper ist in großen Teilen verbrannt sowie die Beine des Opfers.« Marie legte den halben Döner auf das Tablett und lehnte sich im Stuhl zurück. »Vielleicht haben ja die Wunden etwas mit der Frau zu tun.«

Simon nickte. »Boser sprach davon, dass er sich diese bei einem Autounfall zugezogen hatte.«

»Im Juli vor zwei Jahren.«

»Das müssen wir prüfen.«

KAPITEL 18

Simon und Marie standen vor dem Eingang des Hauses, wo Maxim Wolff, der Sohn des Anwalts, wohnte. Der Putz blätterte von der Fassade ab. Die Lampe über der Tür war kaputt. An einem Haken am Haus befanden sich die traurigen Reste eines Rennrads, von dem der Sattel und das Vorderrad gestohlen worden waren. Nur der Rahmen und das Hinterrad hingen einsam an dem rostigen Schloss.

Mit dem Licht seiner Handy-Taschenlampe leuchtete Simon die Klingelschilder an und fand ganz unten den Namen ›Wolff‹. Beim ersten Klingeln passierte nichts.

Er versuchte es zwei weitere Male.

Dann ertönte eine müde Stimme. »Ja?«

»Kriminalpolizei, machen Sie auf.« Marie sprach über die Sprechanlage mit dem Sohn des Anwalts in der Hoffnung, dass er auf eine Frau offener reagieren würde als auf einen Mann.

Die Stimme klang überrascht. »Worum geht es?«

»Ein Kollege und ich würden gerne mit Ihnen sprechen.«

»Oh«, sagte Maxim Wolff und Stille folgte. Er schien zu überlegen.

»Hallo«, sagte Marie. »Sind Sie noch da?«

»Geben Sie mir einen Moment.«

Zwei junge Männer in Kapuzenpullovern gingen am Hauseingang vorbei. Über ihr Handy hörten sie Rap-Musik. In der Hand hielten sie Bierflaschen.

Plötzlich öffnete sich die Tür. Der Sohn des Anwalts bat Simon und Marie herein. »Die Anlage spinnt mal wieder.«

Er stellte sich vor, dann folgten Simon und Marie ihm durch das Treppenhaus nach oben. Die meisten Lampen waren kaputt. Aber ganz dunkel war es nicht, da in irgendeinem Stockwerk die Leuchte funktionieren musste.

Simon trat zuerst in die Wohnung. Er spürte einen Windzug und fragte sich, ob er Marihuana roch, dessen Geruch durch die offenen Fenster noch nicht ganz nach draußen geweht wurde. War das etwa der Grund, warum der junge Mann sie so lange hatte warten lassen? Um noch einmal durchzulüften?

Marie sah Simon an und rümpfte gut sichtbar die Nase, um ihm zu signalisieren, dass sie den Geruch auch wahrnahm.

Die Wohnung bestand aus einem einzigen Zimmer und wollte mit den ausgeblichenen Tapeten so gar nicht zu dem repräsentativen Büro des Vaters passen. In der einen Wand war eine Pantry-Küche eingelassen, an der zweiten Wand stand das Bett und daneben eine Couch. Darüber hingen Poster von Bob Marley, Jimi Hendrix und anderen Stars, mit denen junge Menschen mit einem Hang zum Kiffen vorzugsweise ihre Zimmer schmückten. Die dritte Wand bestand aus weit geöffneten Fenstern und einer Tür, die auf einen Balkon führte. Die letzte Wand wurde vollständig von einem Flachbildschirm eingenommen, auf dem ein Computerspiel pausierte. Die Musik war bedrohlich, Blutspritzer bedeckten den Boden. Sicherlich ein Kampfspiel oder ein Ego-Shooter.

»Setzen Sie sich doch bitte«, sagte der junge Mann und deutete auf das Sofa. Seine Augen waren gelb, die Augenlider hingen herunter wie schwere Vorhänge. Ganz fit sah er nicht aus. »Darf ich Ihnen ein Wasser anbieten?«

»Nein danke«, antwortete Marie und lächelte.

Auch Simon lehnte ab und nahm Platz. Seinen Arm legte er auf die Lehne mit dem zerrissenen Stoff. Die vornehme Sprache, die er sicherlich von der guten Erziehung seiner Eltern mitgenommen hatte, fügte sich genauso wenig ins Bild wie die zerrissenen Jeans und das unrasierte Gesicht. Simon überlegte, warum ein angesehener Anwalt seinen Sohn in so einem Loch vor sich hinvegetieren ließ.

»Wie kann ich Ihnen helfen?«

Simon schaute dem jungen Mann in die glasigen Augen. »Sie müssen jetzt ganz gefasst sein.«

»Wird mir das Internet abgestellt?«, fragte Maxim. In seinem Gesicht lag das blanke Entsetzen.

Simon schüttelte den Kopf und dachte, dass er deshalb natürlich keinen Besuch von der Polizei erhalten würde. »Es geht um Ihre Schwester.«

Es dauerte ein paar Sekunden, dann versteinerte das Gesicht des Mannes. Er kaute auf seinen Lippen herum und schüttelte den Kopf. »Ich wusste es«, sagte er mehr zu sich selbst. »Ich habe immer geahnt, dass es nicht gut für sie ausgehen wird.«

»Sie wurde ermordet«, sagte Marie mit sanfter Stimme.

Maxim schüttelte ungläubig den Kopf. »Wir werden alle sterben.«

Simon fragte sich, ob diese Aussage mit seinem psychischen Zustand zu tun hatte, eine schizophrene Angststörung etwa, die zu solchen Äußerungen aus dem Mund eines zugedröhnten jungen Mannes führte. Oder hatte er vielleicht einen konkreten Anhaltspunkt. »Wer könnte sie getötet haben?«

»Das weiß ich nicht«, sagte der Mann. Sein Blick war abwesend und leer. »Aber er wird uns alle holen, einen nach dem anderen. Niemanden wird er verschonen.«

Simon überlegte, ob eine Befragung in dieser Verfassung hilfreich wäre. Der Mann verfiel zunehmend in einen Zustand des Wahnsinns. Um ihn nicht zu verlieren, musste er das Gespräch in Richtung solider Fakten lenken. »Was haben Sie von letztem Samstag auf Sonntag gemacht?«

Maxim schaute Simon irritiert an und zeigte auf den Bildschirm. »Was soll ich schon gemacht haben?«

»Haben Sie Freunde getroffen? Oder waren Sie essen?«, fragte Simon. Er merkte, dass der Mann den Hintergrund der Frage gar nicht verstand. Er schien völlig weggetreten zu sein.

»Was soll ich in einem Restaurant? Ich habe mir ein neues Spiel heruntergeladen und die ganze Nacht durchgezockt.«

»Kann das jemand bezeugen?«

Maxim schüttelte den Kopf. »Nur die Charaktere aus dem Spiel, aber das reicht Ihnen sicherlich nicht.«

Simon notierte sich, dass der Mann kein Alibi hatte. »Erzählen Sie mir von Ihrer Schwester.«

Der junge Mann zuckte mit den Schultern. »Nina war Papas Liebling.«

Marie notierte es in ihr Notizbuch. Mit einem traurigen Lächeln sah sie den Mann an und forderte ihn mit einem Nicken auf, weiterzusprechen. »Und?«

»Jeden Wunsch hat Papa ihr von den Lippen abgelesen. Sie war diejenige, die ein Praktikum in New York machen durfte. Sie war diejenige, die alle Urlaube bezahlt bekam, egal ob in Venedig, auf Ibiza oder in der DomRep. Er behandelte sie wie eine Prinzessin.« Er machte eine Pause und sah traurig auf den Boden. »Mich betrachtete er als Faulenzer, als missratenen Sohn. Wenn ich mal ein neues Computerspiel haben wollte, musste ich dafür im Supermarkt schuften. Aber wenn er gewusst hätte ...«

Simon horchte auf, aber er sagte nichts. Er hatte das Gefühl, dass er dem jungen Mann Raum und Zeit geben musste, um sich auszulassen.

Maxim sprach weiter. »Ich weiß nicht, was es war. Aber ich bin mir sicher, dass sie etwas verbarg. Sie hatte ein schlimmes Geheimnis.«

KAPITEL 19

Jana wartete und die Zeit verging, aber in der Dunkelheit schien die andere Person sich genauso wenig zu rühren wie sie.

Was sollte sie machen?, überlegte Jana. Sollte sie abwarten oder zum Angriff übergehen?

Die Gedanken rasten durch ihren Kopf. Was, wenn er ein Nachtsichtgerät hatte und mit einem Messer in der Hand um sie herumkreiste? Ob er den Geruch ihres kalten Angstschweißes bemerkt hatte? Genoss er es vielleicht?

Irgendwann hielt sie diese Gedankenfolter nicht mehr länger aus. Lautlos trat sie in die Richtung, aus der das Geräusch gekommen war.

Von der Wand bis zum Loch waren es insgesamt zehn Schritte, sie hatte den Abstand abgezählt und ihn sich eingeprägt. Dreimal hatte Jana bereits die Füße voreinander gesetzt, sieben Schritte fehlten also.

Plötzlich spürte sie ein Kribbeln im Inneren ihrer Nase. Oh nein, schoss es ihr durch den Kopf. Nicht, dass sie niesen musste. Würde eine ihrer tausend Allergien ausgerechnet jetzt anschlagen?

Sie blieb stehen, hielt sich die Nase zu, biss sich auf den Kiefer und hatte Glück. Das Kribbeln ging weg.

Dann dachte Jana wieder an ihre Situation. Sie hatte für einen Moment nur auf sich selbst geachtet und nicht mitbekommen, was um sie herum geschah. Hatte sich der Mann bewegt? Stand er vielleicht direkt vor ihr?

Sie ruderte mit den Armen im Kreis. Falls der Mann da wäre, würde sie ihn so entdecken. Aber um sie herum war nur Leere.

Sie ging weiter, befand sich einen letzten Schritt von dem Loch entfernt. Doch dann musste sie ohne Vorwarnung niesen.

KAPITEL 20

Jana war aufgeflogen. Ihr Niesen hatte sie in der Dunkelheit verraten und sie hörte, dass der Mann etwas flüsterte. Aber ohne zu zögern, schlug sie zu.

Die Stelle, an der ihre Faust auf den Mann prallte, war weich. Sie wusste nicht, welchen Körperteil sie getroffen hatte, aber sie hörte, dass der Mann stöhnte. Blitzschnell schob sie ein paar Fausthiebe hinterher.

Sie bemerkte, wie der Mann zu Boden ging, sprang dorthin, wo sie ihn vermutete, fand ihn und schlug im Dunkeln unzählige Male zu.

Der Mann ließ es mit sich geschehen. Dass er sich überhaupt nicht wehren würde, damit hätte sie nicht gerechnet. Er schien lediglich zum Schutz die Arme über den Kopf zu halten, anstatt einen Gegenangriff zu starten.

Gut für mich, fuhr es Jana durch den Kopf. Ihre Fäuste hämmerten auf ihn ein. Hin und wieder stieß sie auf etwas Hartes, den Kiefer, die Wangenknochen oder vielleicht die Stirn. Sie wusste nicht, was es war, aber es war ihr auch egal. Hauptsache der Mann war außer Gefecht gesetzt.

»Hören Sie bitte auf«, sagte die Stimme. Sie war leise, fast flüsternd, kaum wahrnehmbar in ihrer Wut.

Jana ignorierte ihn. All diese Angst, die sich in ihr aufgebaut hatte, entlud sich wie ein Gewitter in ihren Hieben.

»Hören Sie auf, sofort«, flüsterte die Stimme. »Ich kenne den Weg nach draußen.«

»Warum haben Sie mich gefangen genommen?«, schrie Jana.

»Psst, ganz leise. Sonst wird er uns hören«, sagte die Stimme. »Ich will Ihnen helfen.«

Ihre Hände legte sie um den Hals des Mannes und spürte den rauen Bart. Sie war jederzeit bereit, zuzudrücken. »Was wollen Sie von mir?«

»Er ist ganz nah«, flüsterte der Mann. »Wir müssen gehen.«

KAPITEL 21

»Prima, dass ihr so schnell da seid«, sagte Kowalski mit vollem Mund. »Wollt ihr auch ein Stück Pizza?«

»Was ist so dringend?«, fragte Simon.

»Ich möchte euch etwas zeigen.« Kowalski beugte sich nach vorne und drehte seinen Bildschirm. »Lasst uns gemeinsam ein Video anschauen?«

Marie schob einen Stuhl an den Tisch, setzte sich und griff nach einem Stück Pizza. Simon nahm auf dem Schreibtisch Platz, der sich unter seinem Gewicht bog. Kowalski drückte auf Play.

In der Aufnahme tanzte eine Frau in einem knappen Röckchen und engem Bikini vor einem Spiegel. Sie beugte sich zu einem Tisch hinunter, legte den Finger auf die eine Seite der Nase und zog mit dem anderen Loch einen Strich weißen Pulvers weg. Dann drehte sie sich um, sodass man sie erkennen konnte. Es war Nina Wolff, die in Sektionssaal 4 tot auf einem Stahltisch lag.

Marie stoppte das Video und schaute Simon an. »Ist das etwa das Geheimnis, von dem ihr Bruder gesprochen hat?«

»Passen würde es«, erwiderte Simon. »Von wem haben wir das?«

»Es war auf einer Festplatte, die wir mit der Post erhalten haben.« Kowalski zeigte auf eine Tüte, in der sich ein kleines rechteckiges Gerät befand. »Von anonym.«

»Gibt es Hinweise auf die Herkunft?«

»Die Festplatte stammt aus dem Supermarkt. Es gibt auch keine elektronischen Spuren, die auf den Computer schließen lassen, von dem die Datei auf den Datenträger übertragen wurde.« Kowalskis Blick verriet, dass sie sich nicht allzu viele Hoffnungen machen durften. »Den Brief habe ich an die Spurensicherung weitergegeben. Vielleicht finden die ja noch was.«

Idealerweise wüssten sie, von wem das Video stammte. Aber auch, wenn sie das nicht herausbekommen würden, kannten sie jetzt zumindest das Opfer etwas besser.

»Ihr wisst ja«, sagte Kowalski und schaltete das Video wieder ein. »Das Beste kommt zum Schluss.«

In der Aufnahme tanzte die Frau durchs Haus und die Kamera folgte. Das war keine gewöhnliche Party in einem Club. Sie musste irgendwo in einem Privathaus stattgefunden haben. Die Gäste tranken Cocktails und Champagner. Drogen wurden ganz offen konsumiert.

»Gleich ist es so weit«, sagte Kowalski.

Im Bild sah man einen Pool. Die Frauen, die darin badeten, waren offensichtlich nach einem bestimmten Schema zusammengestellt worden, blond und jung und ein üppiges Dekolleté.

Nina Wolff schien sich in vertrauter Umgebung zu bewegen. Über die Kamera wunderte sich niemand. Im Gegenteil, manche zogen lustige Gesichter, als sie sahen, dass sie gefilmt wurden.

»Jetzt genau hinsehen.«

Und da erschien auf dem Display ein bekanntes Gesicht. »Nina«, sagte der Mann und legte seine Arme um das Opfer. Ohne die Umarmung zu lösen, zog der Mann sie näher zu sich, um mit ihr zu tanzen. Sie sprachen vertraut, bevor sich die Frau mit einer eleganten Drehung in den nächsten Raum verabschiedete.

Marie hob die Augenbrauen und schaute Simon an. »Oh Gott. Jetzt reicht der Fall bis in die höchsten Kreise.«

KAPITEL 22

Jana war geschockt. Hatte der Mann das wirklich gesagt? Oder war sie jetzt völlig verrückt geworden? Sie war gefangen, hatte Todesangst und jetzt sollte zufällig jemand vorbeikommen, den sie erst verprügelte, um sich dann von ihm retten zu lassen. Das ergab doch alles überhaupt keinen Sinn. »Wer sind Sie?«

»Ich wohne hier«, flüsterte der Mann.

Sie drückte ihre Finger, die sich noch um die Kehle schlangen, zusammen. »Sagen Sie die Wahrheit.«

»Ich bin ein Obdachloser.« Eine Pause folgte. »Halten Sie Ihre Hand in die Luft. Ich habe etwas für Sie.«

Der Mann hatte sich nicht gewehrt. Wenn es wirklich der Entführer wäre, hätte er sie ohne Umstände töten können. Irgendwie vertraute sie ihm.

Sie nahm die Hand von seinem Hals und streckte sie aus. Was würde er ihr wohl geben?

Es dauerte einen Moment, dann fand der Mann mit seiner Hand ihren Oberarm. Er fuhr mit den Fingern daran herunter, legte seine Handfläche unter die ihre und platzierte etwas in ihrer Hand.

Jana spürte einen festen Gegenstand. Er war nicht besonders schwer. Aber er konnte sehr nützlich sein.

»Das ist für Sie.«

Sie ließ von ihm ab und stand auf. »Vielen Dank.«

»Wir müssen gehen«, flüsterte der Mann. »Sofort. Ich hoffe, es ist nicht schon zu spät.«

Sie hörte ein Rascheln, der Mann war wohl ebenfalls aufgestanden. Wieder spürte sie, wie er mit seinen rauen Fingern ihre Hand fasste. Sie schloss ihre Hand ganz fest um seine und ließ sich von ihm führen. Gemeinsam gingen sie die Treppe hinunter.

»Ganz leise, er ist hier.«

KAPITEL 23

Der Wind kam aus Südosten und trug die Frische des Waldes durch die Straßen. Nichts war hier zu spüren von der Stadtluft mit ihren Abgasen und vom unentwegten Verkehr, der sich durch die Innenstadt schlängelte. Obwohl der Ortsteil Gallberg noch zu Düsseldorf gehörte, konnte er sich der Hektik der Großstadt entziehen. Er hatte nicht einmal eine Einkaufsstraße.

»Ich habe den Unfall von Boser geprüft«, sagte Kowalski. Durch das Telefon war seine Stimme nicht ganz deutlich.

Simon konnte sich genau vorstellen, wie sein Kollege zurückgelehnt in seinem Bürostuhl saß mit einem Stück Pizza in der Hand. Ihm selbst würde es schwerfallen, bei einem Unfall mit so schrecklichen Folgen sein Essen genießen zu können. »Und? Hast du etwas herausgefunden?«

»Ich habe die Meldung von damals gefunden. In der Nacht hat ein Busfahrer die Feuerwehr alarmiert. Als die Kollegen eintrafen, hatte er den Fahrer bereits aus dem brennenden Wagen gezogen. In den Zeitungen wurde der Busfahrer danach gelobt und wurde auch vom Bürgermeister empfangen. Ohne seinen Einsatz wäre der Mann nicht mehr am Leben.«

»Dann stimmen die Angaben des Mannes.«

»Genau. Ich habe dir dazu auch noch ein paar Zeitungsartikel per E-Mail geschickt.«

»Vielen Dank«, verabschiedete sich Simon. Er steckte sein Handy in die Tasche, ging um die Kurve und sah die Adresse, wegen der er hier in diese Gegend gefahren war.

Das Licht brannte in der ersten Etage der modernen Villa. Normalerweise hätte man die Gardinen der raumhohen Fenster geschlossen, um die Privatsphäre zu wahren und nicht gesehen zu werden. Aber Peter Dorfmann war Mitglied im Stadtrat von Düsseldorf und wollte natürlich, dass jeder, den es abends in diese vornehme Gegend verschlug, sah, dass er sich rund um die Uhr für die Wähler und die Stadt Düsseldorf aufopferte. Und das auch zu Zeiten, zu denen jeder normale Mensch vor dem Fernseher saß, ein Buch las oder auf der Couch mit seinem Handy spielte. Simon stand vor dem Haus und betätigte die Klingel.

Kurz darauf hörte er die Stimme einer Frau in der Sprechanlage. »Ja, bitte?«

»Simon Lehmann von der Kriminalpolizei. Ich würde gerne mit Herrn Dorfmann in einer dringenden Angelegenheit sprechen.« Er war allein hierhergekommen. Marie hatte eine Verabredung, sie wollte aber nicht damit herausrücken, mit wem. Das war bestimmt ihr Liebhaber. Oder waren sie bereits fest zusammen?

»Einen Moment.«

Simon wartete. Reflexartig schaute er auf sein Handy und entdeckte eine Nachricht von seiner Frau, die schrieb, dass Lukas wieder Bauchschmerzen hatte. Der Arme, dachte Simon, hoffentlich geht das bald vorbei.

Aus dem Inneren näherten sich Schritte, dann öffnete sich die Tür. »Kommen Sie herein«, sagte die Frau, mit der er gerade gesprochen hatte. Das knielange Kleid betonte ihre schlanke Figur und passte vom Blauton zu ihren Augen. Sie war noch keine dreißig. Ihre Haare waren nass, sie schien gerade aus dem Bad gekommen zu sein. »Ich führe Sie in sein Büro.«

Der Eingangsbereich erstreckte sich imposant vor Simon und wirkte fast wie die Lobby eines Luxus-Hotels. Italienischer Marmor glänzte im gedämpften Licht, während stilvoll arrangierte Blumenkübel dem Raum eine durchdachte Eleganz gaben. Kein Zweifel, der Politiker war erfolgreich, das sah man auf den ersten Blick. Aber während Simon den opulenten Raum betrachtete, nagte eine Frage an ihm: Wie konnte sich jemand in den Mittdreißigern solch einen Lebensstil leisten?

Simon folgte der Frau über eine breite Treppe. In den Stein waren LED-Leuchten eingelassen, die die Konturen der Stufen betonten. Im ersten Stockwerk klopfte sie an die Tür und schaute hinein. »Die Polizei möchte mit dir sprechen.«

Der Mann, der auf dem Bürostuhl aus schwarzem Leder saß, nahm seine Brille vom Tisch und setzte sie auf die Nase. Unter dem Rand der Fassung sah man die dichten Augenbrauen seines markanten Gesichts. Er reichte Simon die Hand und sagte mit fester Stimme: »Peter Dorfmann. Wie kann ich Ihnen um diese fortgeschrittene Uhrzeit helfen?« Einen Sitzplatz bot er ihm nicht an.

Simon war müde und wollte nach Hause. Um es kurz zu halten, kam er direkt zur Sache. »Es geht um einen Mordfall.«

»Oh je, das tut mir sehr leid für die Angehörigen.« Dorfmann hob die Augenbrauen und schaltete den Fernseher aus, der an der Wand hing und einen Sender zeigte, über den sich der Politiker über die aktuellen Nachrichten informierte. Er schaute Simon erwartungsvoll an. »Was ist denn passiert?«

»Eine Frau wurde ermordet. Es scheint, als würden Sie das Opfer kennen. Sie heißt Nina Wolff.«

Dorfmann wiederholte den Namen, lehnte sich in seinem Stuhl zurück und schloss die Augen, um besser nachdenken zu können. Dann erwiderte er: »Ich kenne natürlich Elias Wolff. Er ist ein bekannter Anwalt und guter Freund von mir. Ist die Tote seine Tochter?«

Simon machte sich im Kopf eine Notiz dazu, dass es durch die Bekanntschaft der beiden Männer neben dem Video eine weitere Verbindung zwischen dem Politiker und Nina Wolff gab. »So ist es.«

»Elias habe ich vor circa sieben Jahren kennengelernt«, sagte Dorfmann. »Die Tochter machte zu diesem Zeitpunkt ein Praktikum in New York. Persönlich habe ich sie leider nie getroffen.«

Im Vergleich zu Karnartz, der die Leiche gefunden hatte, zeigte der Politiker keine Symptome des Lügens. Weder Schweißperlen auf der Stirn noch das Vermeiden von Blickkontakt oder eine angespannte Körperhaltung, die auf Unbehagen hindeuten könnten. Aber das Video, das ihnen anonym zugestellt worden war, bewies, dass der Mann log. Er ist ein guter Schauspieler, dachte Simon. Wahrscheinlich gehörte die Fähigkeit dazu, wenn man als Politiker erfolgreich sein wollte. »Wissen Sie sonst etwas über die junge Frau?«

»Leider nein.« Dorfmann schüttelte den Kopf. Dann stand er auf, ging zu Simon und reichte ihm die Hand. »Wir arbeiten an einem wichtigen Konzept für neue Fahrradwege in der Stadt. Sie wissen ja, wir haben verkehrstechnisch einige Herausforderungen hier in Düsseldorf. Meine Empfehlung wollte ich heute noch ausformulieren.«

Der Mann schien es gewohnt zu sein, Treffen zu beenden, indem er seinem Gegenüber einfach die ausgestreckte Hand hinhielt. Aber so einfach wollte Simon sich nicht von dem Politiker abwimmeln lassen. Er blieb einfach stehen und ignorierte dieses eindeutige Signal. »Was haben Sie am Abend vor zwei Tagen gemacht?« Er stellte die Frage, die bereits einer Anschuldigung glich, mit derselben Selbstverständlichkeit, mit der Dorfmann ihn zuvor hatte aus dem Raum verweisen wollen.

»Ich habe gesagt, dass ich die Frau nicht kenne. Damit ist das Thema für mich erledigt«, erwiderte Dorfmann barsch. »Warum möchten Sie wissen, was ich an dem Abend gemacht habe? Verdächtigen Sie mich etwa?«

KAPITEL 24

»Reine Routine. Ich möchte alle Punkte jetzt klären. So stelle ich sicher, dass ich Sie nicht ein zweites Mal aus Ihrer Arbeit reißen muss. Sie wissen ja, wir sind alle bestrebt, möglichst zeitsparend zu arbeiten.«

Der Politiker nickte, schien jedoch nicht besonders überzeugt zu sein. Dennoch zeigte er sich gewillt, eine Antwort auf diese Frage zu liefern. Alles andere würde ihn auch nur verdächtig erscheinen lassen. Er ging zum Schreibtisch und drückte einen Knopf. »Ich frage meine Frau, sie hat den Überblick über die Termine.«

Simons Augen glitten durch den Raum. Hinter dem Mann an der Wand reihten sich Zeitungsartikel auf, die die scheinbar unzähligen Erfolge des Politikers zeigten. Dazwischen hingen Bilder von ihm und seiner Frau, wie sie an einem Strand mit nackten Füßen durch den feinen Sand spazierten. Palmen, Sand und türkisfarbenes Meer.

Die Tür öffnete sich und die Ehefrau erschien. Inzwischen hatte sie ein dezentes Make-up aufgetragen, das durch roten Lippenstift betont wurde. Ihr Haar war getrocknet und zu einem Pferdezopf zusammengebunden. Sie sah gut aus, man musste aufpassen, dass man sich nicht von ihrer Schönheit und Eleganz ablenken ließ, sondern bei der Sache blieb. »Wie kann ich behilflich sein?«

»Herr Lehmann möchte wissen, was wir am Wochenende gemacht haben.«

Die Frau ratterte alle Termine herunter. Sie schien sie komplett im Kopf zu haben und wie ein Computer abrufen zu können.

Simon schrieb alles fein säuberlich in sein Notizbuch. Die Frau redete so schnell, dass er ein paar Mal nachhaken musste, um es zu notieren. Er fragte sich, ob sie absichtlich dieses Tempo vorlegte, damit er mit dem Schreiben nicht hinterherkam.

Jede Stunde war durchgetaktet, aber ausgerechnet an dem Tag, an dem der Mord geschehen war und die Leiche abgelegt worden sein musste, erinnerte sie sich nicht. Sie öffnete den Kalender. »Da steht nichts.«

Simon stellte sich ans Fenster und sah nach draußen. Der Garten zog sich ein Stück ins Feld hinein, am Ende stand ein Hochbeet. Dieses Haus war ganz bestimmt nicht das aus dem Video, dachte er. Der Pool fehlte. »Frau Dorfmann, kennen Sie eine Frau mit dem Namen Nina Wolff?«

»Wir kennen Ihren Vater«, schoss es ebenso schnell aus ihr heraus, wie sie zuvor den Kalender abgerufen hatte. »Wir spielen manchmal gemeinsam Golf. Er hat ein beeindruckendes Handicap.«

Simon setzte sich. »Herr Dorfmann, darf ich noch einmal einen Moment mit Ihnen allein sprechen?«

Dorfmann sah seine Frau an und nickte leicht mit dem Kopf Richtung Tür. Diese verstand die Geste und verließ den Raum.

»Ich habe ein Video von Ihnen und Frau Wolff.«

Der Mann zuckte mit den Schultern. »Ich bin Politiker, täglich treffe ich eine Vielzahl verschiedener Menschen. Kann schon sein, dass wir uns irgendwo einmal begegnet sind.«

Simon zückte sein Handy, suchte die Aufzeichnung der Party und drückte auf Play. »Schauen Sie mal.«

Dorfmann musste schlucken, als er das Video sah, behielt aber sonst die Haltung. »Eine gewöhnliche Party. Was ist schon dabei?«

Simon ließ die Aufnahme laufen. Auf dem Display erschienen die Bilder mit dem Kokain auf dem Tisch. Man sah, wie der Politiker und Nina Wolff sich unterhielten.

»Woher haben Sie das?«

Simon schüttelte den Kopf. Zu gerne hätte er selbst die Antwort auf diese Frage gehabt, aber sein Gegenüber sollte nicht wissen, dass er im Dunkeln tappte. »Das darf ich Ihnen nicht sagen.«

Im Video tanzten die beiden jetzt miteinander.

Dorfmann ballte die Fäuste, sein Kopf wurde rot und er presste heraus: »Löschen Sie dieses Video.«

»Es wurde im Rahmen einer Ermittlung sichergestellt und dient als Beweismaterial«, erwiderte Simon ruhig und sachlich. Er spannte seine muskulösen Schultern an und richtete sich zu seiner vollen Größe auf. Die meisten Menschen hatten Respekt, wenn sie sein breites Kreuz sahen und er sie mit einem bösen Blick anstarrte.

Nicht aber Dorfmann. Er kam jetzt so dicht an Simon heran, dass er seinen Atem spüren konnte. Dieses Mal klang die Stimme des Mannes bedrohlich. »Löschen Sie sofort diese Aufzeichnung.«

Simon ballte die Fäuste, die Luft war zum Schneiden. »Alles, was Sie sagen, kann vor Gericht gegen Sie verwendet werden.«

»Wer ist Ihr Vorgesetzter?«, fragte der Mann.

Simon ließ sich von seinem Unbehagen nichts anmerken. Die Polizei agierte unabhängig von der Politik. Dennoch waren Menschen wie Dorfmann einflussreich. Man wusste nie, wer wen kannte und wer wem noch einen Gefallen schuldete. Aber er hatte keine Wahl. Wenn er es ihm nicht sagen würde, würde er schwach wirken und der Mann würde es am Ende sowieso herausfinden.

»Ich berichte an Herrn Bohrmann.«

»An Hans also.« Dorfmann nickte und lächelte triumphierend. »Jetzt bitte ich Sie ein letztes Mal höflich, sofort dieses Video zu löschen.«

Simons Brustkorb hob und senkte sich. War der Mann in den Mord verwickelt? Oder hatte er Angst, dass diese Bilder an die Öffentlichkeit gelangten und seiner Karriere als Politiker schadeten oder diese sogar beendeten? »Die Vernichtung von Beweismitteln ist eine Straftat«, sagte Simon, erhob sich und schaute dem Mann fest in die Augen. »Einen schönen Abend noch.«

Der Politiker zischte ihm ins Ohr. »Ihnen ist nicht klar, mit wem Sie sich gerade anlegen. Ihre Karriere bei der Polizei ist für immer vorbei.«

KAPITEL 25

»Schön, dass Sie es alle einrichten konnten«, sagte Bohrmann. »Lassen Sie uns über den Fall sprechen.« Er schaute die Professorin, Simon, Marie und Kowalski nacheinander an.

Es war acht Uhr, den Termin hatte der Chef eine Stunde früher am Morgen rausgeschickt. Mit so wenig Vorlauf war noch nie ein Treffen angesetzt worden. Normalerweise ging mindestens ein Tag voraus, um alles vorzubereiten und sich abzustimmen.

Simon fragte sich, ob sein Gespräch mit dem Ratsmitglied Dorfmann der Auslöser für das Meeting war? Dass der Mann eine Verbindung zu der Toten hatte, stellte ein heikles Thema dar und erforderte besonderes Feingefühl. Ein kleiner Fehler könnte dazu führen, dass der Politiker Einfluss auf die Ermittlungen ausübte, und sei es nur, dass er seinen guten Kontakt zum Polizeipräsidenten spielen ließ. Wenn so etwas passieren würde, würde Bohrmann das natürlich niemals offen zugeben. »Worauf sollen wir den Schwerpunkt legen?«

»Nur den aktuellen Stand«, sagte der Chef in einem beiläufigen Ton, der gespielt sein konnte.

Simon wollte anfangen, da öffnete sich die Tür und die Sekretärin brachte ein Tablett mit Tassen und Kaffee herein. Darauf lagen mehrere Kekse, einer mit Schokolade.

Die Professorin reagierte sofort. »Frau ... äh.«

Marie, die an der Fensterbank lehnte, ging zu der Frau hinüber und reichte ihr eine Visitenkarte. »Marie Voigt.«

»Frau, äh, Voigt, wären Sie bitte so freundlich, mir einen Kaffee einzuschenken. Schwarz mit zwei Stücken Zucker bitte.« Sie beugte sich nach vorn und schnappte sich den Schokoladen-Keks, bevor es jemand anderes tun konnte.

Maries Kinnlade klappte herunter. Die Professorin hatte ihr schon wieder ganz selbstverständlich den Stuhl weggenommen und machte sich an den Einstellungen zu schaffen. Ihrem Gesichtsausdruck nach zu urteilen, war sie ganz unglücklich darüber, dass sie die Höhe des Stuhls und die Neigung der Rückenlehne selbst richtig einstellen musste. So musste sie die lästige Aufgabe übernehmen, ihn in ihre gewünschte Position zu bringen. Und jetzt wollte die Professorin auch noch, dass sie ihr einen Kaffee eingoss. Die Frau hatte nicht mehr alle Tassen im Schrank. »Frau äh Professor äh Hirschburg, das bekommen Sie doch bestimmt auch allein hin. Äh.«

Um die Situation zu entschärfen, schenkte die Sekretärin ganz schnell einen Kaffee ein, legte zwei Zuckerstücke auf die Untertasse und stellte das Getränk vor der Professorin auf den Tisch. »Schon erledigt.«

An der Wand hing eine Karte von Düsseldorf, auf der Stecknadeln den Wohnort und den Fundort der Leiche kennzeichneten. Außerdem markierten Pins die Stellen, wo die Befragten wohnten. Daneben waren farbige Karten an die Wand geklebt.

»Lassen Sie uns einen Befragten nach dem anderen durchgehen«, sagte Simon und zeigte auf die Karte, auf der der Name des Finders draufstand. »Karnartz hat die Leiche gefunden, aus der Wohnung hat er Schmuck gestohlen, wie er zugegeben hat. Aber kommt er auch als Täter infrage?«

»Für einen 67 Jahre alten Mann ist er noch recht fit. Aber dass er eine Frau mit einem Gewicht von 55 Kilo unbemerkt und ohne Hilfe die Treppen hochträgt, kann ich mir schwer vorstellen«, gab Marie den Gedanken wieder, den sie bereits mit Simon durchgespielt hatte.

»Besteht zwischen dem Opfer und dem Finder eine Verbindung?«, warf Bohrmann ein.

»Wir haben nichts gefunden, was auf eine gemeinsame Vorgeschichte schließen lässt.«

Marie ergänzte. »Die Schwester des Mannes ist vor einigen Jahren gestorben. Er besuchte keine Seniorentreffs und nutzte auch keine anderen Möglichkeiten, mit anderen Menschen in Kontakt zu treten. Sein einziger Kontakt ergab sich durch seine gelegentlichen Hausmeisterarbeiten, die in den letzten Jahren auch stetig weniger wurden. Er lebt sehr einsam, hat eigentlich niemanden mehr.«

»Internet hat er auch nicht«, meldete sich Kowalski aus der Technik zu Wort. »Seine Anrufe gingen ausschließlich zu Ärzten und der Rentenversicherung.«

Die Professorin fuhr dazwischen. »Was soll er denn auch für ein Motiv gehabt haben?«

KAPITEL 26

»Das geht mir zu schnell«, flüsterte Jana und ließ sich an der Hand hinter ihm herziehen. Sein Griff war kräftig und sie musste ihm in der Dunkelheit vertrauen. Diesmal ging es nicht nur darum, leise zu sein, sondern sie musste auch darauf achten, sich nicht zu verletzen. Wer wusste schon, was hier unten alles auf dem Boden lag?

»Wir dürfen keine Zeit verlieren«, sagte der Mann. »Sonst wird er uns beide umbringen.«

Jana setzte einen Fuß vor den anderen. Es stank modrig und faulig hier unten. Hier und da spürte sie die scharfen Kanten. Ihre Füße schmerzen, es fühlte sich an, als würde sie über ein Gitter laufen. »Ich habe keine Schuhe an.«

»Kopf runter!«, zischte der Mann.

Sie senkte den Kopf und überlegte, wieso sich der Mann, ohne etwas zu sehen, so schnell durch die Dunkelheit bewegen konnte. Vielleicht war es, wie wenn sie nachts auf Toilette ging. In ihrer Wohnung kannte sie sich blind aus, kannte jeden Zentimeter. Der Gedanke wurde von einem plötzlichen Schmerz an ihrer Stirn verdrängt, als sie gegen etwas Hartes an der Decke stieß. Es gab ein metallisches Geräusch und ihr Schädel dröhnte.

Den Mann interessierte das nicht. Ohne ihr einen Moment zu geben, um ihren Kopf zu prüfen, zog er sie um eine Ecke. Dort blieb er stehen und ließ ihre Hand los.

Jana hörte ein Rascheln, dann das Geräusch eines Zündholzes, das über die raue Fläche einer Streichholzschachtel rieb. Mit einem Mal wurde es hell und der Mann zündete mit dem brennenden Stab eine Kerze an.

Sie schaute ihn an. Sein Bart war lang, die dicken Haare fettig und ungepflegt. Das Gesicht war eingefallen und zerklüftet von Falten, die das harte Leben auf der Straße in die Haut gerissen hatte. Seine Augen wirkten müde. Alt sah er aus, sehr alt.

Er trug ein zerrissenes Holzfällerhemd, dessen ursprüngliche Farben unter dem Schmutz und den Flecken nicht mehr zu erkennen waren. Die Jeans und Schuhe waren voller Löcher. An einer Stelle löste sich die Sohle vom Stoff. Sie fragte sich, wann er sich das letzte Mal gewaschen hatte, und bemerkte erst jetzt, dass der Mann roch. Mehr noch, er stank zum Himmel.

Jana überlegte, warum ihr der Gestank nicht früher aufgefallen war, und hatte auch schnell eine Erklärung parat. Wahrscheinlich hatte sie es wegen der Angst und dem Adrenalin ausgeblendet.

Der Mann bemerkte, wie sie ihn ansah. Seit Jahren schauten ihn täglich Dutzende Menschen mit diesem Blick an, der sagte, was für ein armes Geschöpf er doch war.

»Warum helfen Sie mir?«, fragte Jana.

Der Mann antwortete nicht. Stattdessen schaute er auf den Boden. »Wir müssen weiter.«

Jana nahm seine freie Hand und betrachtete die schmutzigen Fingernägel.

Er hob den Kopf, die Flamme flackerte auf, ein trauriges Lächeln glitt über seine Lippen.

Mit liebevoller Stimme fragte sie: »Warum tun Sie das für mich?«

Er schaute ihr in die Augen. »Mir hat nie jemand geholfen.«

»Aber es ist sehr gefährlich«, sagte sie. »Sie setzen Ihr Leben aufs Spiel.«

Eine Träne löste sich aus seinen traurigen Augen. »Ich habe nichts zu verlieren. Wenn ich Sie rette, war mein Leben wenigstens nicht umsonst.«

Jana musste schlucken. Sie lehnte sich nach vorn, nahm den Mann in den Arm und drückte ihn fest an ihren Körper. Sie selbst kam aus einer wohlhabenden Familie. Man hatte ihr alles in die Wiege gelegt, und immer wenn sie einen ihrer unzähligen Fehler gemacht hatte, war jemand für sie da, der sie auffing. Selbst damals, als sich dieses schreckliche Ereignis zugetragen hatte. Der Obdachlose dürfte ein solches Netz niemals gehabt haben.

»Lassen Sie uns gehen.« Der Mann legte Jana eine Kerze und eine Packung Streichhölzer in die Hand. Dann liefen sie weiter.

Sie bogen mal nach links, mal nach rechts. Immer wieder führten die Gänge in eine andere Richtung. An den Wänden hingen Kabel. An der Decke und am Boden verliefen Rohre, über die sie mal hinüberstiegen und unter denen sie sich mal hindurchduckten.

Dann war der Boden mit Wasser bedeckt. Mit den nackten Füßen watete Jana hindurch und die Haut an den Füßen weichte vom Wasser auf.

Was war das für ein seltsamer Ort, dachte Jana. Selbst wenn sie die Eisenplatte zur Seite hätte schieben können, allein herausgefunden hätte sie nie.

»Pssst«, sagte der Mann, blieb stehen und legte einen Finger auf seine Lippen. »Haben Sie das gehört?«

Sie hielt an, bewegte sich nicht. Im Licht der Kerze sah sie, dass der Mann die Augen schloss und seine Hand ans Ohr hielt, um ihr zu verstehen zu geben, dass er in die Dunkelheit lauschte. Einen kurzen Moment später flüsterte er: »Weiter.«

Der Mann ging um eine Ecke. Als sie ebenfalls um die Ecke bog, war er verschwunden.

KAPITEL 27

»Habgier«, antwortete Simon auf die Frage nach dem Motiv vom Finder der Leiche. Er glaubte zwar selbst nicht so richtig daran, aber er durfte keine Möglichkeit vorschnell ausschließen. »Vielleicht ist Nina Wolff eingebrochen, wollte den teuren Schmuck stehlen. Karnartz hat es bemerkt und hat versucht, Profit aus der Situation zu schlagen.«

Simon schaute in die Gesichter von Bohrmann, der Professorin, Kowalski und Marie. Ganz überzeugt sahen sie nicht aus, womit sie das Gefühl widerspiegelten, was er selbst auch hatte. Er hielt ein Foto von Boser hoch, der mit dem Opfer im Streit stand. »Der Mann war ein ehemaliger Nachbar des Opfers.«

»Seine Haut ist ja komplett mit Brandnarben überzogen«, bemerkte Bohrmann. »Die Beine des Opfers sind verbrannt. Das Feuer verbindet die beiden.«

»Er hatte vor zwei Jahren einen Unfall.« Simon ging zu seinem Platz, zog eine Schublade auf und nahm die Zeitungsartikel, die er von Kowalski per Mail erhalten und sich ausgedruckt hatte. Einen nach dem anderen hielt er in die Höhe. »Damals ist er mit seinem Wagen von der Fahrbahn abgekommen und gegen einen Baum geprallt. Dank eines mutigen Busfahrers konnte er gerettet werden.«

Bohrmann nickte und brachte eine weitere Verbindung ins Gespräch. »Das Opfer hat den Mann angezeigt, richtig?«

»Es war nicht nur eine Anzeige«, antwortete Marie, die die Vorfälle recherchiert und zusammengetragen hatte. »Es hat sich mit der Zeit entwickelt.«

»Was ist passiert?«, wollte Bohrmann wissen.

Marie schlug ihr Notizbuch auf. »Vor etwa einem Jahr soll Boser die Frau in Pempelfort am Handgelenk gepackt und in Richtung seines Wagens gezogen haben. Es spielte sich nachts in der Nähe eines Parks ab.«

Die Blicke der Anwesenden klebten an Maries Lippen. Man konnte förmlich sehen, wie sich in ihren Köpfen ein Hauptverdächtiger herauskristallisierte.

Marie fuhr fort. »Zufällig kam die Polizei vorbei. Noch vor Ort hat Nina Wolff Anzeige erstattet, die sie wenig später dann wieder fallen gelassen hat.«

»Wow«, sagte Bohrmann und führte die Kaffeetasse zum Mund.

»Das war aber noch nicht alles«, antwortete Marie. »Einen Monat später ist Boser dann in die Nähe von Nina Wolff gezogen. Und seitdem gab es im Abstand von zwei bis drei Wochen irgendeinen Vorfall, den das Opfer zur Anzeige gebracht hat. Mal soll er sie bedroht haben. Mal soll er ihr nachts aufgelauert und sie von der Garage bis zu ihrer Haustür verfolgt haben. Einmal soll er versucht haben, in ihre Wohnung einzudringen, aber sie hatte die Kette vor der Tür.«

»Und da er immer seinen Hund bei sich hatte, besaß sie ein Pfefferspray gegen Tiere«, ergänzte Simon die Entdeckung, die sie bei der Befragung des Vaters im Zimmer der Toten gemacht hatten.

»Hat das Opfer mit ihrem Vater über die Anzeigen gesprochen? Als Anwalt hätte er ihr doch weiterhelfen können.«

»Am Telefon sagte Elias Wolff, dass ihm diese Ereignisse völlig neu wären«, sagte Marie. »Er hätte sie gerne unterstützt.«

»Erst Stalking und dann kam der Mord«, überlegte Bohrmann.

»Könnte man meinen«, sagte Marie. »Aber seitdem sie vor zwei Monaten weggezogen ist, hat Boser sie in Ruhe gelassen.« Sie legte eine bedeutungsvolle Pause ein. »Sofort nach dem Umzug hat Boser sich ein neues Ziel für seine Einschüchterungen gesucht. Eine andere Nachbarin hat ihn inzwischen mehrfach angezeigt. Sie erhebt genau die gleichen Anschuldigungen.«

»Die Verbindung übers Feuer besteht zwischen dem Opfer und Boser rein zufällig. Boser hat Wolff zwar gestalkt, aber als sie dann weggezogen ist, hat er sich auf eine andere Frau konzentriert«, fasste Bohrmann zusammen. »Irgendwelche Ergänzungen?«

Aus der Runde kam keine Reaktion, Bohrmann schaute auf die Uhr und sagte. »Dann weiter.«

»Was ist mit Dorfmann?«, stellte Simon eine Frage, um sie im Anschluss selbst zu beantworten. »Mein Gefühl sagt mir, dass er etwas über den Mord weiß, was wir nicht wissen.« Das stimmte zwar nicht, aber er formulierte es absichtlich zugespitzt, um zu sehen, ob Bohrmann eine Reaktion zeigte. Er versuchte, damit herauszufinden, ob diese ungewöhnlich kurzfristig angesetzte Besprechung etwas mit Dorfmann zu tun hatte. Er konnte sich gut vorstellen, dass der Politiker noch in der Nacht seinen Chef angerufen hatte, um mit ihm das weitere Vorgehen abzustimmen.

Doch Bohrmann verzog keine Miene, falls er sich mit Dorfmann abgesprochen hatte, ließ er sich dies nicht anmerken. »Wie kommen Sie darauf, dass er etwas weiß?«

»In der Befragung sagte er, dass er den Vater kennt, aber der Tochter nie begegnet sei. Doch es gibt eindeutige Beweise dafür, dass das Gegenteil der Fall ist.« Simon hatte vorsichtshalber eine Sicherheitskopie des Videos angefertigt. Es wäre zwar ein sehr ungewöhnlicher Vorgang, wenn Bohrmann ihn dazu drängen wollen würde, das Video zu löschen. Aber Simon traute seinem Chef alles zu, wenn es seiner Karriere diente. Genau wie diesem Dorfmann. Er fragte sich, welchen Anteil Drohungen und Machtmissbrauch an dessen politischer Karriere hatten. Dass dieses Verhalten auch Simon erfahren hatte, behielt er für sich. »Es gibt Videos, die die beiden verbinden.«

Simon klappte seinen Laptop auf und schloss das Gerät an das Kabel vom Beamer an. Die Leinwand wollte nicht herunterfahren. Simon fummelte ein bisschen an der Anlage herum, bis sie sich endlich entrollte.

Bohrmann schaute auf die Leinwand. In seinem Kopf schien es zu rattern. Ob er sich fragte, wie er das Video am besten für seine Karriere ausnutzen konnte? Einerseits durfte man es sich mit einem hochrangigen Politiker nicht verscherzen, andererseits durfte er ihn auch nicht unterstützen, falls dieser sich wirklich etwas zuschulden kommen lassen hatte. Sonst würde das an Bohrmanns, wie er selbst immer wieder betonte, weißer Weste kleben. »Woher kommt das Video.«

»Wir haben keine Hinweise auf die Herkunft?«, antwortete Kowalski. »Keine elektronischen Spuren und auch keine Fingerabdrücke oder Ähnliches an dem Briefumschlag, in dem sich die Festplatte mit der Datei befand.«

Simon klickte auf Play und ließ das Video weiterlaufen. »So etwas habe ich noch nie gesehen. Ein Mitglied des Stadtrats, das eng umschlungen und völlig zugekokst mit einer halb nackten jungen Frau tanzt.«

»Das beweist gar nichts. Die haben halt ein wenig getrunken und sich zu einem Tanz hinreißen lassen«, tat Bohrmann so, als würde das Video die normalsten Szenen der Welt zeigen. »Wer weiß, mit wie vielen Männern die Frau an dem Abend in ihrem Rausch noch getanzt hat.«

Die Professorin kicherte. »Mich überrascht das nicht. Herr Dorfmann stellt sich immer als vorbildlich dar und so, als würde er über vielen Dingen schweben. Doch es ist nicht das erste Mal, dass er in dubiose Angelegenheiten verwickelt ist.«

Die Blicke richteten sich auf die Professorin. »Ach, das wissen Sie natürlich wieder nicht. Sie verkehren ja in anderen Kreisen als ich«, sagte sie und betonte ›Kreise‹ mit einer derartigen Abfälligkeit, dass man fast das Kotzen bekam.

»Also, es gibt da ja diese Geschichten«, sagte die Professorin. Sie stand auf, ging zum Tablett und schüttete genüsslich Kaffee nach. Die Blicke im Raum folgten ihr. Alle warteten darauf, dass sie mit ihren Ausführungen fortfuhr. Aber die Frau ließ sich Zeit, viel Zeit. Normalerweise hätte sie Marie oder irgendwen anderes um einen Kaffee gebeten, aber jetzt nahm sie sich höchst persönlich alle Zeit der Welt. Sie schöpfte diesen Moment der Aufmerksamkeit voll aus und man sah ihr an, wie sie es genoss, im Rampenlicht zu stehen. »Hat jemand von Ihnen einmal gesehen, wie er lebt?«

KAPITEL 28

Simon dachte an den Abend zurück, als er Dorfmann besucht hatte. Der Politiker besaß ein pompöses Traumhaus in bester Lage.

Mit ihrer gewohnten Arroganz in der Stimme sagte die Rechtsmedizinerin: »Also von dem lächerlichen Gehalt eines Stadtratsmitglieds kann man sich so ein Grundstück im Leben nicht leisten. Schon gar nicht in seinem Alter. Und geerbt hat der bestimmt auch nichts, sein Vater war doch ein einfacher Arbeiter. Wissen Sie, wie er an dieses Grundstück in Toplage gekommen ist?«

Simon wurde hellhörig.

»Dorfmann wusste, dass in der Nähe eine S-Bahn-Station gebaut werden sollte, die den Bezirk an die Stadt anbinden würde. Dank seiner guten Kontakte ist er irgendwie an das Grundstück gekommen. Ich möchte gar nicht erst wissen, was die Gegenleistung dafür war. Vielleicht ein Posten, im schlimmsten Fall auch seine Unterstützung bei der Vergabe eines Bauauftrags. Ich traue dem Mann alles zu.«

»Ihre Spekulationen bringen uns an dieser Stelle überhaupt nicht weiter«, griff Bohrmann ein. Man merkte, dass er die Diskussion um den Politiker verkürzen, vielleicht sogar im Keim ersticken wollte.

»Und das ist übrigens nicht sein einziges Grundstück«, fuhr Hirschburg fort. »Er besitzt im Zentrum ein zweites. Und im Grafenberger Wald hat er eine kleine Hütte. Sie alle stammen von dem gleichen Verkäufer. Und ich sage Ihnen, im Leben könnte er sich das nicht leisten. Und auch seine hübsche Frau nicht. Die kommt ja ebenfalls aus der Gosse.«

Auch wenn er gerade wichtige Informationen erhielt, der Professorin beim Reden zuzuhören, machte Simon aggressiv. Wie konnte man über andere Menschen so herziehen? Er fragte sich, was die anderen im Raum über sie dachten.

»Und was soll das mit der Toten zu tun haben?«, hakte Bohrmann ein.

»Ich möchte ja keine schlafenden Hunde wecken«, sagte die Professorin. »Aber für mich ergibt das ein sehr unschönes Gesamtbild.«

»Wir haben den Besitzer der Wohnung noch nicht ermittelt, in der die Leiche gefunden worden war?«, sagte Simon, was nach den Ausführungen der Professorin auch so verstanden werden konnte, dass die Wohnung vielleicht mit dem Politiker in Verbindung stand. »Hier besteht noch eine vollständige Lücke.«

»Also, wir haben doch überhaupt nichts gegen Dorfmann in der Hand«, sagte Bohrmann. Er stand auf, griff die Karte des Politikers und klebte sie außerhalb der Reihe möglicher Verdächtiger. Dann tippte er auf die Karte mit dem Namen Maxim Wolff. »Was ist mit dem Sohn des Anwalts? Sein Vater hat ihn jahrelang vernachlässigt und dann hat er seine Schwester, das Lieblingskind, aus Eifersucht getötet.«

»Ich habe noch mal mit dem Vater telefoniert«, sagte Marie. »Mit seinem Sohn hat er seit Langem keinen Kontakt mehr. Aber er meinte, dass dieser alles und jeden hasst.«

Der Chef stand auf und pinnte die Karte mit dem Namen des Bruders über den Finder. »Mit seiner Eifersucht hat er ein starkes Motiv, dann noch der Drogenkonsum. Ihm würde ich das zutrauen. Und er hat kein Alibi.«

»Keiner hat ein Alibi. Sie alle stehen völlig blank da«, sagte Marie. »Schauen wir uns seinen Vater an.«

»Das kann ich mir auch nicht vorstellen«, sagte die Hirschburg. »Ich habe ihn mehrfach bei Vorträgen erlebt, und auf mich wirkte er sehr seriös, bodenständig und berechenbar. Einen Mord würde ich ihm nicht zutrauen.«

»Außerdem hätte er lieber den Sohn verloren als seine Tochter«, ergänzte Simon.

»Könnte vielleicht Rache im Spiel sein«, überlegte Bohrmann. »Statt des Bruders könnte sich auch jemand anderes gerächt haben. Als Anwalt hat der Vater bestimmt den einen oder anderen vor den Kopf gestoßen.«

Marie meldete sich zu Wort. »Er hat großen Firmen beim Patentieren von Medikamenten geholfen.«

»Der Sohn hat mehrfach gesagt, dass sie die Prinzessin seines Vaters war«, warf Simon ein. »Und wenn man sie anschaut und sich die Krone hinzudenkt, die der Finder gestohlen hatte, erinnert ihre Kleidung an die einer Prinzessin. Kommt euch das nicht auch komisch vor?«

»Der Finder sagte auch, dass die Szene auf ihn märchenhaft wirkte«, ergänzte Marie. »Mich erinnert die Aufmachung mit dem Spiegel und den verbrannten Füßen irgendwie an das Märchen Schneewittchen.«

»Schneewittchen«, wiederholte Bohrmann und machte sich über den Gedanken lustig. »Wachen Sie endlich einmal aus Ihrer Traumwelt auf. Auf so einen Märchenquatsch kann auch nur so eine Prinzessin wie Sie kommen.« Damit war das Thema erledigt.

»Aber eine Person haben wir vergessen«, sagte Simon. Alle schauten ihn an. »Den Ex-Freund. Erst vor Kurzem haben sie sich getrennt. Ihn haben wir noch nicht befragt.«

KAPITEL 29

Mit ihrer Kerze in der Hand sprach Jana in die Dunkelheit, aber eine Reaktion kam nicht zurück. War das jetzt wirklich sein Ernst? Hatte der Obdachlose sie absichtlich allein dort stehen gelassen? Oder hatte der Entführer sich ihn geschnappt?

Sie ging ein paar Meter, dann teilte sich der Gang in zwei Richtungen. Sie entschied sich für die linke Seite, trat auf etwas Weiches und erschrak. Eine tote Ratte. Auch das noch.

Mit der Kerze leuchtete sie den Weg. Überall waren Rohre, Kabel und Gitter auf dem Boden. Am liebsten würde sie hier stehen bleiben und auf den Obdachlosen warten. Aber sie konnte nicht an diesem düsteren Ort bleiben. Schreien ging auch nicht, dann würde der Entführer sie hören.

Warum hatte der Mann sie alleingelassen? Er hatte doch einen Moment vorher noch gesagt, dass er sie beschützen und dafür auch sein eigenes Leben aufs Spiel setzen wollte. Und jetzt stand sie mutterseelenallein in diesem Labyrinth.

Dann hallten Schritte durch den düsteren Gang. Jemand

näherte sich. Sie schaute in die Dunkelheit, konnte nichts erkennen. Sie sah zur anderen Seite. Niemand war zu sehen.

Er ist hier, zuckte es ihr durch den Kopf. Ein Windstoß kam und die Kerze erlosch.

KAPITEL 30

Jana holte die Streichhölzer aus der Tasche. Die Kerze klemmte sie zwischen Oberarm und Oberkörper, nahm ein Stäbchen aus der Packung und rieb es über die raue Fläche. Der Geruch von Schwefel stieg in ihre Nase, das Feuer entflammte und sie bewegte es zur Kerze. Da nahm sie im Augenwinkel eine Bewegung wahr.

»Wo waren Sie?«, fragte sie. Aber eine Antwort blieb aus.

Jana schaute zur Seite. Von dort näherte sich ein Mann. Sein Gesicht war in Schatten gehüllt, unter der Kapuze konnte sie es nicht erkennen. Das musste ihr Entführer sein. Er war nur wenige Schritte entfernt.

Sie rannte los. Von der plötzlichen Bewegung erlosch die Kerze und sie ließ sie fallen. Es gab ein kurzes Geräusch, als sie in die Pfütze fiel.

Von vorn hörte sie die raue Stimme des Obdachlosen, der ihr den Weg nach draußen zurief. »Am Ende des Ganges links, dann am Ende wieder links, dann zweimal rechts, wieder links und Sie sind am Ausgang.«

»Alles klar.« Jana wiederholte seine Anweisung im Kopf. Zweimal links, zweimal rechts, dann links und raus.

»Ich werde ihn aufhalten«, rief er ihr hinterher.

Die Arme hielt sie weit nach vorn gestreckt, um nicht gegen eine Wand zu laufen. Durch die Dunkelheit hörte sie Schreie, es klang nach einem Kampf um Leben und Tod.

Jana gelangte zu einer Mauer, der Gang endete und teilte sich in zwei Wege auf. Es war stockdunkel und sie lauschte.

Aber sie hörte nichts. Die Schreie waren verstummt. Sie ging links, so wie der Obdachlose es ihr gesagt hatte.

Sie watete weiter durch eine lang gezogene Pfütze. Plötzlich knickte ihr Fuß in einem Loch um. Sie fiel hin und schlug sich das Knie auf. »Scheiße.«

Jana stand auf. Beim Auftreten schmerzte der Fuß, das Knie und eigentlich der ganze Körper.

Sie kam an eine weitere Abzweigung und überlegte. Was hatte der Obdachlose gesagt? Waren es ein- oder zweimal links? Sie wusste es nicht mehr.

Sie bog nach rechts. Behutsam setzte sie einen Fuß vor den anderen und trat plötzlich gegen einen Sims. Vorsichtig hob sie ihr Bein und wollte es auf der Erhöhung absetzen. Da merkte sie, dass es dahinter hinab ging. Sie hatte Glück gehabt, dass sie die Treppe früh genug bemerkt hatte und nicht hinuntergestürzt war.

Von einer Treppe hatte der Obdachlose nichts gesagt. Wo bin ich hier, schoss es Jana durch den Kopf. Sie hatte sich verlaufen. Was ist das hier für eine Hölle?

Zurückgehen war keine Option. Also ging sie hinunter, tastete sich durch die Dunkelheit. Ihre Orientierung hatte sie inzwischen komplett verloren. Sie hoffte einfach, dass sie irgendwie nach draußen gelangen würde.

Als Jana erneut um eine Ecke bog, sah sie plötzlich ein Schimmern am Ende des Ganges. Ein schmaler Lichtstrahl lag an einer Wand. Hoffentlich war das keine Falle, dachte sie. Hoffentlich hatte der Mörder nicht das Licht angezündet, um sie anzulocken, so wie man ein Insekt anlockte, um es totzuschlagen.

Sie hatte keine Wahl. Sie musste dorthin gehen. Vielleicht ging es dort raus.

Vorsichtig ging sie auf das Licht zu, langsam, Schritt für Schritt. Sie lauschte in die Dunkelheit, aber sie hörte nichts. Und je näher sie kam, desto deutlicher erkannte sie, dass das Licht von draußen kam. Dort war ein kleiner rechteckiger Durchlass.

Jana erhöhte das Tempo, kam dem Licht näher. Doch plötzlich hörte sie hinter sich Geräusche.

Sie konnten von dem Obdachlosen stammen oder von dem Entführer. Sie wusste es nicht, aber sie spürte, dass es kein gutes Zeichen war.

Panik ergriff sie und sie stürmte los. Je näher sie dem Fenster kam, desto klarer wurde ihr, dass es winzig war, höchstens so groß wie ein Pizzakarton. Scheiße, zuckte es ihr durch den Kopf, da würde sie nie hindurchpassen.

Sie rannte einfach darauf zu, Hauptsache so weit von dem Entführer weg wie nur möglich. Ihr Körper war am Ende. Seit Stunden, vielleicht sogar Tagen, hatte sie nichts gegessen. Beim Anheben der Metallplatte hatte sie bereits ihre letzten Reserven aufgebraucht, hatte noch den Weg durch den finsteren Keller geschafft. Und jetzt, wo sie hoffentlich einen Ausweg gefunden hatte, musste der Entführer sie entdecken.

Sie befahl sich, sich zusammenreißen. Dieses eine Mal musste ihre Kraft noch ausreichen.

Sie drehte sich um und ging rückwärts. Der Mann näherte sich. Er keuchte, war groß und breit und sie hatte Angst.

Sie stand jetzt mit dem Rücken zu der Wand, in der sich

das Fenster befand. Der Mann kam mit großen Schritten auf sie zu. Sie versuchte, weiter nach hinten zu gehen. Doch da war kein Platz mehr, sie lehnte direkt an der Wand.

Plötzlich quietschte es. Ein ohrenbetäubendes, metallisches Geräusch hallte durch den Gang und sie verlor das Gleichgewicht, stolperte nach hinten. Hatte die Wand sich gerade bewegt?

Jana drehte sich um, mehr Licht fiel in den Gang und blendete ihre Augen. Tatsächlich, das Fenster befand sich gar nicht in einer Wand, es war in eine Tür eingelassen, die sich unter ihrem Gewicht langsam öffnete.

Das war ihre Rettung, das Gefühl der Hoffnung breitete sich in ihr aus. Sie drückte sich fester gegen die Tür und die öffnete sich ein weiteres Stück.

Der Mann war fast bei ihr und streckte die Hand aus, um sie aufzuhalten. Mit einem letzten Kraftakt quetschte sie sich durch den schmalen Spalt. Aber er packte sie mit einem kräftigen Griff am Oberarm und zog sie zurück in die dunkle Hölle.

KAPITEL 31

Seine Finger bohrten sich in Janas Oberarm. Mit einer Hand hielt er sie fest und zog sie an sich heran. Er war größer, kräftiger und stärker als sie. »Du entkommst mir nicht.«

Sie gab nach und ließ sich heranziehen. Aus der Tasche zog sie unauffällig das Messer, das der Obdachlose ihr als Vertrauensbeweis in die Hand gelegt hatte, nachdem sie auf ihn eingeprügelt hatte. Sie erinnerte sich daran, wie sie mit dem Fingern über die riesige Klinge gefahren war und überlegt hatte, was passieren würde, wenn sie damit zustechen würde. Jetzt war der Zeitpunkt, es herauszufinden.

Jana stieß zu, als der Mann sicher war, dass er sie endlich überwältigt hatte und sich seiner Beute gewiss war. Mit aller Kraft rammte sie ihm das Messer in den Oberschenkel.

KAPITEL 32

Mittags war auf der Königsallee nicht die Zeit für die Frauen mit den extravaganten Hüten, großen Sonnenbrillen und den vergrößerten Brüsten. Zu dieser Zeit besuchten sie eher einen Yoga-Kurs oder ließen sich massieren oder die Fingernägel machen. Shoppen kam erst am Nachmittag, aber auch nur, wenn das Wetter mitspielte.

Stattdessen war mittags die Zeit der Manager, Anwälte und Notare, die in die Cafés und Restaurants huschten, um sich beim Lunch mit anderen hochrangigen Personen zu vernetzen und unverbindliche Geschäftsbeziehungen aufzubauen.

Simon stand vor dem Gebäude. Er war allein zu der Befragung des Ex-Freundes gefahren, da er in der Stadt noch privat etwas erledigt hatte. Seine Kaffeemaschine hatte den Geist aufgegeben und er hatte eine neue gekauft. Eigentlich sollte er so etwas außerhalb seiner Dienstzeit machen. Aber bei seinen Mordermittlungen hatte er so viele Überstunden angesammelt, dass er sich manchmal diese Freiheiten erlaubte.

Im unteren Bereich des Gebäudes befand sich eine Modefirma aus Italien, die ihr Flaggschiff-Geschäft hier auf der Kö betrieb. Er wusste gar nicht, dass es hier Privatwohnungen gab, aber jetzt, wo er hier stand, wunderte es ihn auch nicht. Wer reich war, wollte natürlich in exklusiver Lage wohnen, und etwas anderes ließ sich über diese luxuriöseste aller Düsseldorfer Adressen freilich nicht sagen.

Er betrat den Flur, der aus glänzendem Marmor bestand, stieg in den Fahrstuhl und fuhr in die oberste Etage.

Nach dem Klingeln dauerte es einen Augenblick, bis er von innen einen Ruf hörte. »Moment bitte.«

Ungeduldig schaute er auf die Uhr. Zwei Minuten später war noch immer nichts passiert. Wieder klingelte er. Ein genervtes »Ja?« drang aus dem Inneren.

Gefühlt verging eine weitere Ewigkeit, bis sich die Tür öffnete und vor ihm ein Mann in einem Bademantel mit Leoparden-Muster und einer verspiegelten Sonnenbrille erschien, die Frisur war zerzaust.

»Was wollen Sie?« Die Stimme klang patzig.

Simon holte seine Polizeimarke raus. Er mochte diese abfällige Art überhaupt nicht und hoffte, durch seinen Beruf den gewohnten Respekt zu erhalten, den die Bürger den Beamten gegenüber normalerweise zeigten.

Doch der Mann ließ sich davon nicht beeindrucken. »Ich habe nichts verbrochen.«

»Darf ich hineinkommen?«, fragte Simon. »Ich möchte etwas mit Ihnen besprechen.«

»Wenn es sein muss.« Der Mann musterte ihn. »Aber geben Sie mir einen Moment. Ich muss erst Ordnung schaffen.« Ohne Simons Antwort abzuwarten, schlug er die Tür zu.

Simon stand im Flur, schaute auf sein Handy, hatte aber

keine neuen Nachrichten. Er lehnte sich an die Wand und schloss die Augen. Er nutzte die Zeit, um einmal durchzuatmen. Nach fünf Minuten öffnete sich die Tür erneut und er wurde hineingebeten.

Er trat ein und folgte dem Mann in ein Wohnzimmer, das in einen Essbereich und eine Küche überging. Auf der Couch lagen zwei junge Männer und schliefen. Der Besitzer der Wohnung zeigte auf den freien Platz neben den beiden. »Setzen Sie sich.«

»Würden Sie mir bitte Ihren Ausweis zeigen.« Simon wollte zuerst herausfinden, ob er überhaupt mit der gewünschten Person sprach.

Ein weiteres Mal verschwand der Mann und kam wenig später zurück. In der Hand hielt er seinen Reisepass. »Bitte schön.«

»Herr Dreher, wäre es möglich, mit Ihnen unter vier Augen zu sprechen?«, fragte Simon. »Diese Situation erscheint mir etwas unangebracht.«

Dreher dachte nach. Die Leute aufzuwecken und wegzuschicken, schien für ihn nicht die Lösung darzustellen. Er schob eine Glastür zur Seite und trat auf die riesige Terrasse, auf der ein DJ-Pult und ein paar Lautsprecher aufgebaut waren. Aus einer Box, die in der Nähe des Geländers stand, nahm Dreher ein Kissen. Er bot es Simon an und zeigte auf eine Rattancouch. »Setzen Sie sich bitte.« Nach einer kurzen Pause lächelte er Simon an. »Und entschuldigen Sie bitte, dass ich gerade so unfreundlich war. Sie haben mich geweckt. Ich bin ein Nachtmensch, um diese Zeit ist es mir zu hell. Deshalb bin ich auch DJ geworden.«

»Kein Problem«, sagte Simon und nahm Platz. Er versuchte, dem Mann in die Augen zu schauen, aber er sah nur sich selbst in der verspiegelten Brille.

»Worum geht es denn?«, fragte der DJ müde.

»Es geht um Nina Wolff.«

»Oh.« Dreher drückte seinen Rücken durch und beugte sich nach vorne. »Was ist mit ihr?«

Simon atmete tief ein, schaute sein Gegenüber ernst an und sagte mit fester Stimme. »Sie ist tot.«

Das Gesicht versteinerte, dann schlug er sich die Hände vors Gesicht. Tränen kamen unter der Sonnenbrille zum Vorschein.

Simon lächelte ihn mitfühlend an. Dann schaute er die Königsallee hinunter. Von seinem Platz sah er das bunte Treiben, er hörte die Motoren der Luxuskarossen, die zur Schau gestellt wurden, und beobachtete einen Schwan, der über den Ausläufer der Düssel glitt.

Plötzlich trat ein Mann in die Tür. Es war der mit dem Dutt und dem Dreitagebart, der eben noch auf der Couch geschlafen hatte. »Fred?«

Dreher schüttelte den Kopf. Sein Gesicht war noch immer zwischen den Händen vergraben.

»Äh, hast du mein Päckchen gesehen?«, fragte der Mann in der Tür, der die Bewegung des Kopfs wohl nicht verstand.

Simon fragte sich, ob es um Kokain ging.

Dreher zuckte mit den Schultern. Er neigte den Kopf zur Seite. Seine Freunde sollten offenbar nicht sehen, dass er weinte.

Der Mann in der Tür begriff, dass irgendwas nicht stimmte. »Fred, was ist los mit dir? Was will der Mann von dir?«

Doch dieser hob den Kopf, ließ sich in seinen Sitz nach hinten fallen und schüttelte nur den Kopf. »Lasst uns bitte allein«, sagte er. Seine Stimme klang traurig und ging in dem Geräusch eines Ferraris unter, der unten auf der Kö den Motor aufheulen ließ. »Würdest du Floh aufwecken und mit ihm Essen holen gehen.«

»Klar.« Der Mann verließ den Balkon. Aus dem Inneren hörte man Stimmen.

»Woher kennen Sie Nina Wolff?«, fragte Simon.

Dreher starrte ins Leere. »Wir waren ein Paar.«

»Wie lange waren Sie zusammen?«

»Fast drei Jahre.«

»Und von wem ist die Trennung ausgegangen?«

Der Mann musste schlucken. Tief atmete er ein, bevor er sprach. Es war so, als müsste er Kraft dafür schöpfen. »Sie hat Schluss gemacht. Wir hatten immer so eine gute Zeit. Für mich kam es aus heiterem Himmel.«

»Wann war das?«

Dreher schien im Kopf zu rechnen und brauchte einen Moment. »Morgen ist es zwei Monate her. Sie ist dann zu ihrem Vater gezogen.«

Jetzt ergab sich für Simon ein sinnvolles Bild. Vor einem halben Jahr war sie zu ihrem Freund, dem DJ, gezogen. Die Liebe ging in die Brüche und seitdem kommt sie bei ihrem Vater unter. Wahrscheinlich sollte diese Station nur vorübergehend sein, bis sie etwas Neues hatte. Etwas anderes hätte auch nicht zu der Toten gepasst. Er kam zu der Beziehung zurück. »Und warum haben Sie sich getrennt?«

Dreher wich seinem Blick aus. »Sie fühlte sich eingeengt.«

Simon merkte, dass er einen wunden Punkt getroffen hatte. »Ist sie fremdgegangen?«

»Ich glaube schon. Ich weiß es aber nicht sicher.« Der Mann ballte die Faust, dann entspannte er sie wieder. »Sie hat das Passwort ihres Handys gewechselt und macht plötzlich Sport und zog sich ganz anders an.«

»Hatte sie Feinde?«

»Unter Frauen gibt es natürlich immer mal Zickereien, aber Feinde hatte sie nicht.«

»Hat Nina jemals über ihre ehemaligen Nachbarn gesprochen?«, fragte Simon.

»Eigentlich nicht. Unsere Themen waren Musik, Partys und wie wir am besten Spaß miteinander haben können.«

Seltsam, dachte Simon. Warum hatte das Opfer ihrem Freund nichts von den Einschüchterungsversuchen von Boser erzählt? Wollte sie ihn nicht mit der Sache belasten? Oder sollte er denken, dass sie aus Liebe zu ihm ziehen wollte statt aus Angst vor Boser?

Das bleiche Gesicht von Dreher nahm wieder Farbe an. Plötzlich funkelten die Augen des Mannes, als wäre ihm eine Idee gekommen.

»Alles klar?«, fragte Simon.

Dreher runzelte die Stirn. Es schien, als wollte er etwas sagen, aber wäre sich nicht ganz sicher. Nach einem kurzen Schweigen erwiderte er: »Ich weiß, wer das war.«

Simon stutzte. Er hatte noch gar nichts davon gesagt, dass es sich um einen Mord handelte, und trotzdem hatte der DJ einen Verdächtigen im Auge? Wusste er etwas? War er involviert?

»Sie wurde doch ermordet?« Dreher schaute Simon erwartungsvoll an. »Oder?«

Simon nickte. »Es tut mir leid.«

»Das war dieser Dorfmann. Ein schrecklicher Typ.«

»Wie kommen Sie darauf?«, fragte Simon und dachte an seine eigenen Erfahrungen mit dem Mann. Dass ein Politiker die Polizei bedrohte, war äußerst ungewöhnlich.

Dreher beugte sich nach vorn und flüsterte. »Einmal hat sie zu mir gesagt, ›Wenn ich irgendwann sterbe und es wie ein Unfall aussieht, dann war das kein Unfall. Dann war das dieser Typ, dieses Schwein‹.«

Damit hatte Simon jetzt nicht gerechnet. Er ließ sein Gegenüber weitersprechen.

Dreher nahm sein Handy vom Tisch, entsperrte es und zeigte ihm das Foto eines Mannes. »Klaus Huber war wegen ihm im Knast. Aus Angst hat er zugegeben, dass er die Drogen verkauft hatte. Dabei ist er nur ein ganz kleiner Fisch, wirklich unbedeutend.«

Simon notierte sich den Namen im Handy. Mit ihm würde er sprechen.

»Sie war meine Prinzessin«, sagte der Mann. »Wie konnte man ihr so etwas antun?«

Schon wieder nannte jemand sie ›Prinzessin‹. Ob das doch etwas mit der Inszenierung zu tun hatte?

Der langhaarige Kerl, der auf der Couch geschlafen hatte, trat auf den Balkon. Neben ihm stand der Dünne mit dem Hawaiihemd. Beide trugen Sonnenbrillen, um ihre zugedröhnten Augen zu verbergen. »Wir gehen dann jetzt. Melden uns später.«

Dreher hob zur Verabschiedung eine Hand. »Bis später.«

Simon beugte sich vor. »Haben Sie einen Beleg dafür, dass Dorfmann Ihrer Ex-Freundin gedroht hat?«

»Ich habe eine Nachricht, die der Politiker Nina auf den Anrufbeantworter gesprochen hat. Sie hat mir die Aufnahme geschickt für den Fall, dass ihr etwas passieren würde.« Dreher suchte eine Weile in seinem Handy herum, fand schließlich die Datei und spielte sie ab. Klar war die Stimme von Peter Dorfmann zu erkennen.

Simon ließ sich die Aufnahme schicken und leitete sie direkt an Bohrmann weiter. »Dorfmann hat dem Opfer mit dem Tod gedroht. Wir müssen sein Haus durchsuchen.«

Er bedankte sich bei Dreher für das Gespräch, stand auf

und reichte ihm eine Karte. »Vielen Dank für Ihre Mithilfe. Manchen Menschen hilft es, mit einem Seelsorger über die Schmerzen des Verlusts zu sprechen.«

»Würden Sie mich auf dem Laufenden halten?«

»Sie werden erfahren, wenn wir den Mörder geschnappt haben.« Simon stand auf und verließ die Wohnung. Noch im Aufzug klingelte sein Handy.

»Hier wird nichts durchsucht. Wir wissen ja nicht einmal, ob sich die Nachricht an die Frau richtet.«

KAPITEL 33

In der ersten Etage, in der sich das Büro von Dorfmann befand, brannte nur eine Tischlampe. Wie immer war die Gardine geöffnet, sodass man Dorfmann bei der Arbeit hätte zuschauen können, wäre er nur zu Hause gewesen. Das Schlafzimmer war dunkel, zumindest war hinter den Blättern des Kastanienbaums kein Licht zu erkennen.

Simon stellte sich auf die Zehenspitzen und versuchte, über die Hecke ins Wohnzimmer zu schauen. Er hoffte, dass Dorfmann sich dort aufhielt.

Ein älterer Herr radelte auf seinem E-Bike heran, verringerte das Tempo und hielt an. Er stieg von seinem Fahrrad ab und prüfte den Reifendruck. Dass der Mann tatsächlich ein Problem mit dem Rad hatte, glaubte Simon nicht. Ihm kam es vor, als suche der Mann bloß einen Vorwand, um zu beobachten, was der Unbekannte in dieser luxuriösen Gegend machte. Sicherlich gab es hier den einen oder anderen Einbruch.

In der Küche brannte Licht. Eine Frau stand mit dem Rücken zum Fenster. Um die Gattin des Politikers konnte es sich nicht handeln, denn sie hatte schwarzes Haar und war deutlich größer. Er ging zur Tür und klingelte.

Während er wartete, sah er sich um. Der E-Bike-Fahrer schaute ihn jetzt ganz unverhohlen an. Simon lächelte und grüßte ihn mit einem Kopfnicken.

Die Tür öffnete sich. Die Frau schien asiatische Wurzeln zu haben, ihr Alter vermochte Simon nicht einzuschätzen. »Guten Tag.«

»Hallo«, grüßte die schlanke Frau mit einem Akzent, den Simon nicht zuordnen konnte, und lächelte ihn an. In der Hand hielt sie ein Tuch zum Wischen.

»Dürfte ich bitte Herr Dorfmann sprechen.« Simon sprach langsam und laut. Er kam sich schlecht vor, da er der Frau direkt unterstellte, des Deutschen nicht zu hundert Prozent mächtig zu sein.

»Nicht da«, antwortete die Asiatin und lächelte freundlich.

»Ist seine Frau zu sprechen?«

»Nicht da.« Wieder schaute sie Simon mit demselben Lächeln an.

Simon musste unbedingt mit Dorfmann sprechen oder zumindest herausfinden, wo der Politiker sich aufhielt. »Darf ich hereinkommen?«

Die Frau schüttelte den Kopf. »Nicht.«

»Ich muss nur kurz etwas klären.« Simon trat auf die Tür zu.

Die Frau machte einen Schritt nach hinten und wollte die Tür schließen. Aber Simon stellte seinen rechten Fuß dazwischen, hielt ihr seinen Polizeiausweis vor die Nase und ging an der Frau vorbei ins Haus. Es war eine riskante Aktion. Schnell musste er etwas Brauchbares finden, sonst würde ihn das seinen Kopf kosten.

Er schaute sich um. Es war exakt wie beim ersten

Besuch, die pompöse Eingangshalle mit den Pflanzen wirkte auf ihn weiterhin steril, nicht wie ein Ort, an dem jemand tatsächlich lebte.

Er hörte die Stimme der Frau, die aufgeregt in ihr Telefon sprach. Sicherlich berichtete sie Dorfmann oder dessen Ehefrau von dem Eindringling in ihrem Haus. Der Politiker würde außer sich vor Wut sein und es gegen Simon verwenden. Er musste sich beeilen, doch die Eingangshalle würde ihn nicht weiterbringen.

Er ging die Treppe hinauf, um in das Büro in der ersten Etage zu gelangen. Die Putzfrau blieb ihm dicht auf den Fersen. Mit der Kamera ihres Handys filmte sie jeden seiner Schritte.

Im Türrahmen blieb er stehen und ließ das Bild auf sich wirken. Die Lampe, die er von der Straße aus gesehen hatte, brannte. Der Fernseher, der an der Wand hing und den man von unten nicht gesehen hatte, zeigte den Nachrichtensender, den der Mann auch bei ihrem ersten Treffen angeschaut hatte.

Simon trat in das Zimmer und inspizierte den Schreibtisch. Eine halb ausgetrunkene Tasse Kaffee stand darauf, der Laptop war aufgeklappt und eingeschaltet. Akten lagen um den Computer herum, ein offener Stift lag auf den Papieren. Es wirkte, als hätte der Mann mitten in der Arbeit das Zimmer verlassen, um eine kurze Pause einzulegen, ohne dann wiederzukommen. Er musste das Haus schlagartig verlassen haben.

Plötzlich hörte Simon ein Geräusch, das von der Haustür kommen musste. Er riss sein Handy aus der Tasche und fotografierte den Schreibtisch, die Wand mit den Gesetzbüchern in den roten Einbänden, die Bilder mit anderen wichtigen Menschen sowie die Fotos mit seiner Frau auf der karibischen Insel.

Eilige Schritte kamen die Treppe empor, die Absätze schlugen auf das Parkett, und dann stand Dorfmanns Ehefrau im Büro.

»Raus.« Ihr Arm zeigte aus dem Raum die Treppe hinunter. In ihrem Gesicht lag Wut. Von der Freundlichkeit ihres ersten Treffens war nichts mehr übrig. »Sofort raus!«

»Ihre Putzfrau hat mich freundlicherweise ins Haus hereingebeten«, sagte Simon. Es war ihm unangenehm, es auszunutzen, dass die Frau die deutsche Sprache nicht so gut beherrschte. Aber ihm blieb keine andere Wahl. Wenn er aus dieser Nummer wieder unbeschadet herauskommen wollte, wäre der Verweis auf das schlechte Deutsch der Frau vielleicht seine einzige Chance. Besonders in einer Situation, in der er nichts in der Hand hatte.

Die Putzfrau sagte etwas in einer Sprache, die Simon nicht kannte. Frau Dorfmann antwortete in der gleichen Sprache und richtete sich dann an Simon. »Das wird ein Nachspiel haben.«

KAPITEL 34

Jana rannte, so schnell sie nur konnte. Den Entführer, der nach dem Stich in den Oberschenkel vor Schmerz gekrümmt nach hinten getaumelt war, hatte sie hinter sich gelassen. Zuerst hatte auch er sich durch die Tür gequetscht, um ihr hinterherzurennen, war dann aber so weit abgefallen, dass es aus seiner Sicht keinen Sinn mehr zu ergeben schien, sie mit seinem verletzten Bein weiterzuverfolgen.

Es war dunkel draußen, der Mond zeigte sich als feine Sichel und eine Sternschnuppe verglühte am Himmel. Sie rannte über eine Anlage mit alten Schienen, durch ein kaputtes Tor, was sich aus den Angeln gelöst hatte. Der Boden war rau, Steine lagen darauf verstreut. Aber dass diese sich in ihre Füße bohrten und Wunden in die vom Wasser aufgeweichte Haut rissen, das war Jana jetzt egal. Sie rannte, als gäbe es kein Morgen, so schnell wie möglich weg von hier. Die unerträglichen Schmerzen kümmerten sie kein bisschen.

Irgendwann sah sie eine Straße. Sie hörte das Geräusch eines Autos. Endlich, dachte sie, ihre Rettung.

Das Motorengeräusch wurde lauter, Jana sah Scheinwerfer, die um die Kurve kamen. Hoffentlich verpasste sie den Wagen nicht. Sie rannte schneller, um auf die Straße zu gelangen. Der Abstand verkleinerte sich. Sie spürte, dass sie es schaffen würde. Freudentränen liefen ihr die Wangen hinunter.

Sie kam auf die Straße, wo ein Kastanienbaum stand, an dem ein altes Fahrrad mit einem Korb lehnte. Das Auto war noch zwanzig Meter entfernt.

Sie stellte sich auf die Fahrbahn, hob beide Arme in die Luft und winkte. Ich habe es geschafft, ich habe es wirklich geschafft, dachte sie. Endlich frei.

Doch statt zu bremsen, fuhr der Wagen mit Vollgas über sie hinweg.

KAPITEL 35

Lukas fuhr mit seinen kleinen Fingerchen auf die schöne blonde Frau in dem Bilderbuch. Er war drei Jahre alt. »Und das?«

»Das ist die Prinzessin«, sagte Simon. Sein Sohn hatte das Buch ausgesucht. Er war wegen der Brutalität eigentlich noch zu jung dafür, aber Simon musste ihm ja nicht alle schaurigen Details erzählen.

Lukas zeigte auf eine andere Stelle in dem Bild. »Und das?«

»Das ist der Prinz.« Simon streichelte seinem Sohn, der auf seinem Schoß saß, durchs Haar.

»Starker Prinz«, sagte Lukas und blätterte zur nächsten Seite. Er legte sein kleines Fingerchen auf eine der Figuren und sagte: »Schöne Mütze.«

»Das ist einer der sieben Zwerge, die die Prinzessin zu sich einladen«, wandelte Simon das Märchen etwas ab, um nicht den Neid, den Hass und den Mordversuch zu thematisieren.

»Und das?«

»Und das ist die Königin. Siehst du die Krone und den

Spiegel?« Dass sie auf glühenden Kohlen tanzen musste, sagte er nicht.

Plötzlich hörte er ein Schnarchen. Lukas war eingeschlafen.

Simon küsste ihn auf den Hinterkopf, ließ ihn noch ein wenig liegen, damit er in den Tiefschlaf fiel und trug ihn in sein Bett. Im Märchen »Schneewittchen« tanzte die Königin auf glühenden Kohlen, ging es ihm durch den Kopf. Was für ein Zufall.

* * *

In der Küche aß Laura ein Stück Schokolade. Simon wollte sich auch eins nehmen, doch Laura zog provozierend den Teller weg. »Seitdem du Vater bist, hast du ganz ordentlich zugelegt.«

Simon setzte sich zu ihr und dachte an sein Spiegelbild. Es stimmte, an seinem Bauch hatte sich ein bisschen Fett angesetzt und er machte nicht mehr ganz so viel Sport. Aber seine Arme waren immer noch muskulös, seine Beine durchtrainiert. Als dick würde er sich nicht bezeichnen. Es war halt nur nicht mehr der Körper, den er hatte, bevor Lukas gekommen war. Er bereute keine Sekunde, die Zeit beim Sport gegen die Zeit mit seinem Sohn eingetauscht zu haben. Aber sobald er neue Hosen brauchte, würde er eingreifen müssen.

Sie küsste ihn mit ihren süßen Lippen, die nach Vollmilch-Schokolade schmeckten, strich ihm über die muskulösen Schultern und von dort liebevoll über den Oberkörper und den Bauch. Dann öffnete sie den Knopf am Hosenbund. »Für mich bist du immer noch der heißeste Papa der Welt.«

KAPITEL 36

Am nächsten Morgen fuhr Simon in die Innenstadt und besuchte das Büro von Dorfmann. Die Sekretärin wirkte zurückhaltend. Ob es daran lag, dass er am Abend zuvor in das Haus des Politikers eingedrungen war?

An den Wänden hingen Fotos, auf denen der Mann hochrangigen Personen die Hand schüttelte: der ehemaligen Kanzlerin, dem Ministerpräsidenten von NRW, Adeligen aus der ganzen Welt. Am Fenster, das eine unverbaute Sicht auf den Rhein bot, stand ein Tisch, der so groß war wie Simons ganzes Büro.

Die Sekretärin sah aus wie eine jüngere Version von Dorfmanns Ehefrau. Sie trug hochhackige Schuhe und eine beige Strumpfhose. Der einzige Unterschied zu seiner Frau war der Farbton ihres Rocks, schwarz. Mechanisch lächelte sie Simon zu, bot ihm ein Getränk an und forderte ihn auf, sich zu setzen. »Herr Dorfmann ist nicht hier.«

Auf dem Tisch stand ein Tablett mit einer Schale Schokoriegel, mehreren Gläsern und zwei Reihen Wasserflaschen, einmal mit und einmal ohne Kohlensäure. Simon nahm sich eine Schokolade. »Wann haben Sie ihn das letzte Mal gesehen?«

»Herr Dorfmann war seit Tagen nicht mehr im Büro«, erklärte die Sekretärin. »Normalerweise meldet er sich ab, wenn er nicht kommt, damit ich seinen Kalender pflegen und die Termine verschieben kann. Sie wissen, ohne eine saubere Organisation würde alles zusammenbrechen. Aber in letzter Zeit habe ich nichts von ihm gehört.«

Simon sah sich wieder die Fotos an, an deren Traumstränden diese schwimmenden Schweine, die er nur aus dem Internet kannte, zu sehen waren. Daneben hing ein Foto von ihm und seiner Frau, Arm in Arm. Sie sahen aus wie das perfekte Ehepaar.

Dumm nur, dass diese Geschichte von vor zehn Jahren den Eindruck des makellosen Lebens bis heute erschütterte: Die Sache mit dem Kokain, wovon hier im Büro natürlich nichts zu sehen war, wollte einfach nicht in Vergessenheit geraten. Irgendwie musste eine Marketingagentur es geschafft haben, dass die Einträge zu seiner dubiosen Vergangenheit auf Google nur schwer zu finden waren. Dorthin, wo sich niemand mehr hinklickte. Aber sie waren trotzdem da. Denn das Internet vergisst nichts. Simon schaute die Sekretärin an. »Wo wurde dieses Foto gemacht?«

»Oh, das stammt aus einem Urlaub von Herrn Dorfmann. Wenn mich nicht alles täuscht, ist es auf den Bahamas entstanden.«

»Er scheint öfter dort zu sein. Auch in seinem Büro zu Hause habe ich die Bilder gesehen.«

»Er besitzt dort ein Apartment. Es liegt direkt am Strand, zu seiner Hochzeit hatte er mich eingeladen.« Sie zeigte auf ein Foto, auf dem Dorfmann im Smoking und seine Frau in einem eleganten weißen Brautkleid in einem hölzernen Hochzeitsbogen am Strand standen. Der Wind blies ihr Haar in die Luft und sie strahlte in die Kamera.

Die Bahamas, dachte Simon. Als erste Gedanken kamen ihm neben den Traumstränden die vielen Scheinfirmen und Steuerhinterziehung in den Sinn.

Plötzlich betrat eine weitere Person den Raum und hielt ein Telefon in der Hand. »Ein dringender Anruf.«

Die Sekretärin ging auf die Frau zu und wollte das Telefon entgegennehmen. »Vielen Dank, Rita.«

Die Sekretärin hob ab, schaute etwas überrascht und ging zu Simon. »Das ist für Sie, Herr Kriminalhauptkommissar.«

Simon war überrascht. Wer würde ihn auf einer fremden Festnetznummer ausgerechnet hier anrufen? Er nahm den Hörer und meldete sich. Während er zuhörte, fischte er sein Handy aus der Tasche und sah, dass es ausgeschaltet war. Komisch, dachte er, heute Morgen war es noch komplett geladen.

Am Apparat war Marie und sprach mit ruhiger Stimme. »Bitte jetzt ganz normal reagieren«, sagte sie, »so, als wäre nichts geschehen.«

KAPITEL 37

»Wie haben Sie die Leiche entdeckt?«, fragte Simon.

»Diese Lichtung gehörte schon immer zu unseren Lieblingsplätzen.« Der alte Mann mit dem Fernglas um den Hals und dem Kompass am Gürtel schaute seine Frau an. Seine Augen glänzten und gaben eine tiefe Verbundenheit preis, die sich durch die jahrelange Liebe zwischen Herrn und Frau Schwab verfestigt hatte. »Jeden Abend gehen wir im Wald spazieren. Schon als Jugendliche sind wir hierhergekommen.«

Simon schaute sich um. Es war wirklich ein idyllischer Ort. Gerade jetzt, wo sich die letzten Sonnenstrahlen ihren Weg durch die dichten Blätter des Waldes suchten und die Lichtung in ein sanftes Rot tauchten. »Treffen Sie manchmal andere Leute?«

»Der Trampelpfad ist so unscheinbar. Vor ein paar Jahren stand hier für ein oder zwei Wochen ein Zelt und an einem Baum lehnte ein Fahrrad mit prall gefüllten Einkaufstüten. Es sah aus, als hätte sich ein Obdachloser hier eingerichtet. Aber ansonsten haben wir hier nie jemanden gesehen.«

»Und wie haben Sie die Leiche entdeckt?«, kam Simon zu seiner ursprünglichen Frage zurück.

Schwab lehnte seinen Wanderstock an die Hüfte und stützte sich darauf ab. Er zeigte Richtung Westen und hielt sich eine Hand schützend vor die Augen, um nicht von der Sonne geblendet zu werden. »Wir kommen immer von dieser Seite.«

Simon schaute in die Richtung und sah, wie sein Kollege Ohlinger ihm über den Pfad entgegenstapfte. Hinter dem Leiter der Spurensicherung ging ein junger Kollege mit einem dünnen Oberlippenbart und einer Brille mit großen eckigen Gläsern.

»Ich setzte mich da auf den Baumstamm und las ein Buch«, sagte der ältere Herr und hob den Hemingway in die Höhe, um mit dem Finger darauf zu klopfen. »Mein Lieblingsautor. Ich mag seine einfache und direkte Sprache und die realistische Darstellung des Lebens. Sie wissen schon, ›Der alte Mann und das Meer‹.«

Simon hatte von dem Buch gehört, aber selbst gelesen hatte er es nicht. An dem Fundort einer Leiche hatte er auch Besseres zu tun, als den sprachlichen Stil eines amerikanischen Schriftstellers zu analysieren. Er wollte wissen, wie es zum Fund der Leiche kam. Hemingway war ihm herzlich egal. »Wie haben Sie dann den Toten entdeckt?«

»Nach einer Weile wollten wir weitergehen und dann entdeckte ich dort die Leiche.« Der Mann zeigte auf die andere Seite der Lichtung, wo der Trampelpfad weiterging. »Mein Herzschlag setzte aus, als ich die Leiche sah. Mir war, als hätte mir jemand den Boden unter den Füßen weggezogen. Zumal es sich um eine bekannte Persönlichkeit handelt.«

Simon schrieb akribisch mit, notierte, wann das Ehepaar das Haus verlassen hatte, dass ihnen unterwegs eine Reiterin begegnet war und die Zeit des Fundes.

Schwab schaute seine Frau an, die einige Jahre jünger zu sein schien. »Möchtest du noch was ergänzen, Schatz?«

»In meiner Erinnerung war dies der Ort, an dem wir uns das erste Mal geküsst haben. Aber jetzt legt sich das schreckliche Bild der Leiche über diesen schönen Gedanken. Früher hat mein Bauch hier gekribbelt, jetzt zieht er sich regelrecht zusammen.« Sie lächelte traurig. »Schade.«

»Das tut mir leid.« Simon nahm die Personendaten der beiden Befragten auf. Die Ausweise fotografierte er mit der Handykamera ab und bat das Ehepaar noch, der Spurensicherung Schuhabdrücke zu geben, bevor sie diesen Ort verließen. So könnten die Kollegen diese Abdrücke direkt schon zuordnen.

Simon und Marie folgten dem Trampelpfad über die Lichtung. An den Beinen fühlten sie das hohe Gras und die Bäume warfen lange Schatten. Es roch nach Blumen und Wald, bis der Geruch von den süßlichen Ausdünstungen der Leiche verdrängt wurde.

»Bin gleich fertig.« Der junge Kollege von der Spurensicherung stellte ein Kärtchen mit der Ziffer Drei neben den Kopf. Mit seiner Kamera beugte er sich über das Gesicht des Toten, machte erst von links und dann von den anderen Seiten ein Foto.

Danach trat er zur Seite und gab den Blick auf die Leiche frei. Vor ihnen lag Dorfmann. Die Spannung hatte die Muskeln im Gesicht des Politikers verlassen und so lag ein entspanntes Lächeln über seinen Lippen. Von seiner dunklen Seite, die Simon am eigenen Leib zu spüren bekommen hatte, war nichts zu erkennen. Sein Blick glitt über den Oberkörper und er schüttelte den Kopf. »Puh. So etwas habe ich noch nicht gesehen.«

»Der Arme«, antwortete Marie.

Simon wusste natürlich, dass man keine voreiligen Schlüsse ziehen durfte. Aber es drängte sich die Frage auf, ob es sich um denselben Täter handelte wie bei Nina Wolf. Oder war es Zufall, dass er vor Kurzem noch mit dem Mann gesprochen hatte? Er wandte sich an Marie. »Was denkst du?«

»Das gönnt man seinem schlimmsten Feind nicht.« Marie zeigte auf den Bauch, an dem eine riesige Wunde prangte, die von der Leiste bis zum Brustbein verlief und mit einer dicken Kordel von oben bis unten zugenäht war. »Das sieht aus wie Paketschnur.«

Simon beugte sich über den Toten und schaute die Naht näher an. Grob waren die Stiche im Abstand von mehreren Zentimetern angeordnet. »Blut ist keines zu sehen.«

Marie sprach aus, was das bedeutete. »Scheint, als wäre Dorfmann an einem anderen Ort getötet und später hier abgelegt worden.«

»Mal sehen, was die Hirschburg dazu sagen wird.«

Marie verdrehte die Augen, als hätte sie keine Lust auf das nächste Treffen mit der Rechtsmedizinerin. Verübeln konnte man es ihr nicht.

Simon machte ein Foto der Leiche. Dann gingen sie zu ihren Kollegen von der Spurensicherung, die ein paar Meter weiter hinten im Gras knieten und dort ihrer Arbeit nachgingen. Die Sonne schien ihm durch die Bäume auf den Rücken und brachte eine angenehme Wärme. »Was haben wir denn da?«

»Im Boden war ein Fußabdruck, der sich tief in die Erde drückte«, sagte Ohlinger. »Entweder haben wir es mit einer sehr schweren Person zu tun.«

»Oder«, führte Simon den Gedanken fort. »Die Person hat jemanden getragen.«

KAPITEL 38

In Sektionssaal 4 roch es wie in einem Pariser Café. »Möchten Sie auch einen?«, trällerte die Professorin gut gelaunt. »Ich habe das Pulver von einem Freund geschenkt bekommen, der eine Plantage für Kaffee in den Hochlanden von Äthiopien betreibt. Es ist die erste Ernte des Jahres und bei Liebhabern heiß begehrt.«

»Nein danke«, sagten Simon und Marie im Chor. Beim Anblick der Leiche würden sie den Kaffee nicht genießen können, auch wenn es der beste der Welt wäre.

»So früh habe ich übrigens gar nicht mit Ihnen gerechnet«, sagte Hirschburg und zeigte auf die Leiche einer Frau, deren Körper bizarr verzerrt war und starke Blessuren aufwies. »Diese Frau ist vor Kurzem reingekommen. Sie wurde von einem Auto überfahren und muss mehrere Meter durch die Luft geflogen sein, bevor sie mit dem Kopf auf der Straße aufschlug. Der Fahrer ist geflohen.«

Simon musste schlucken. Bei dem verzerrten Körper entstand direkt ein Bild im Kopf. Er konnte sich förmlich vorstellen, wie sich beim Aufprall auf den harten Asphalt die Wirbelsäule verdrehte und der Schädel brach. Er war froh, als die Rechtsmedizinerin ein Tuch über die Leiche warf und den Tisch raus in den Gang schob.

Simon kramte sein Handy aus der Tasche. Laura war mit Lukas wegen der Bauchschmerzen beim Arzt, aber sie hatte noch nicht geschrieben, was los war.

Hirschburg rollte einen anderen Stahltisch herein, entfernte die Abdeckung und zeigte auf den Mann, der darauf lag. »Dass Sie mir den Dorfmann bringen, damit hätte ich niemals gerechnet.«

Das war zwar auch kein besserer Anblick als die Leiche der Frau, aber zumindest hatte Simon sich im Wald bereits daran gewöhnt. Er schaute den toten Politiker von oben bis unten an und ihm fiel auf, dass er die lange Narbe unterhalb des Kehlkopfs gar nicht bemerkt hatte, als er mit dem Mann gesprochen hatte. Er überlegte, ob sie vielleicht von der Krawatte überdeckt gewesen war. Aber dafür war sie zu hoch. Er schaute Marie und die Professorin an. »Diese Narbe ist mir bei den Treffen mit ihm überhaupt nicht aufgefallen.«

»Die Narbe stammt von einer Operation, bei dem ein Teil der Schilddrüse entfernt wurde. Dafür, dass Sie die Narbe nicht gesehen haben, gibt es eine ganz einfache Erklärung.« Die Professorin zeigte auf eine Schüssel aus Metall. »Vor der Obduktion habe ich die Leiche gereinigt.«

»Und die Narbe war überschminkt, richtig?«, verstand Marie sofort.

Die Rechtsmedizinerin nickte. »Als Politiker darf er ja nicht aussehen wie nach einer Kneipenschlägerei. Sonst wählt ihn keiner.«

»Haben Sie eine Idee, wie lange der Mann schon tot ist?«, fragte Marie.

»Zwischen 36 und 72 Stunden«, antwortete die Professorin. »Ist allerdings nur ein erster Eindruck, ich muss ihn mir noch genauer anschauen.«

»Prüfen Sie die Leiche bitte auch auf Drogenkonsum«, sagte Simon.

»Wussten Sie, dass er sich gegenüber der Justiz dafür starkgemacht hat, dass Drogendelikte milder bestraft werden? Er sagte, die Gefängnisse seien ohnehin schon zu voll«, meldete sich Marie zu Wort.

Die Professorin machte sich eine Notiz. »Ob das etwas mit dem Mord zu tun hat?«

Simon schaute den Leichnam an. Die rasierte Brust und der Bauch waren bleich, während die Unterseite des Körpers violett verfärbt war. Das Blut hatte sich durch die Schwerkraft in den tieferliegenden Körperbereichen gesammelt und durch den Mangel an Sauerstoff seine Farbe verändert. Ein paar Grashalme klebten noch an seinem Körper. Die, die abgefallen waren, lagen auf dem Stahltisch. Die Professorin zeigte auf den Bauch. »Sie werden nicht glauben, was ich darin gefunden habe.«

Marie und Simon schauten die Frau gespannt an. Was würde jetzt kommen?

»Der Mörder hat dem Mann den Bauch geöffnet, Steine hineingelegt und ihn wieder zugenäht.«

»Was?« Marie schüttelte ungläubig den Kopf.

Die Professorin nutzte den Moment für einen ihrer Vorträge. »Im 9. Jahrhundert vor Christi sollen die Assyrer Gefangenen Steine in den Bauch gesteckt haben, um sie zu foltern und zu töten«, dozierte sie. In ihrer Stimme lag Stolz über das, was sie alles wusste. »Auch die Griechen richteten in der Antike die Menschen mit Steinigung hin. Und im alten Rom wurden Verbrecher mit glühenden Kohlen im Bauch bestraft.«

Simon zog sich der Magen zusammen. Kaum zu glauben, wozu Menschen alles fähig waren. »Ergeben sich dadurch Rückschlüsse auf unseren Täter?«

Ohne die Frage zu beantworten, fuhr die Professorin mit ihrem Vortrag vor. »Im Mittelalter wurde Andersdenkenden im heutigen Deutschland und anderen Teilen des Heiligen Römischen Reiches zerbrochenes Glas in den Bauch gefüllt.«

Auch daraus ließen sich auf den ersten Blick keine Rückschlüsse auf den Tod des Politikers ziehen. »Das bringt uns doch nicht weiter.«

Aber die Hirschburg war jetzt voll in Fahrt. »Und in China wurde diese Methode während der Qing-Dynastie gegen Rebellen und Kriminelle eingesetzt.« Die Professorin schaute ihre Zuhörer an und zuckte mit den Schultern. »Faszinierend, oder?«

»Äh«, war das Beste, was Simon, auf den die Begeisterung nicht so richtig überspringen wollte, herausbrachte. »Meinen Sie, dass der Mann die ganze Zeit bei vollem Bewusstsein war?«

»Das glaube ich nicht«, sagte die Rechtsmedizinerin. »Spätestens nach dem ersten Schnitt ist er vermutlich vor Schmerzen in Ohnmacht gefallen. Wann er genau gestorben ist, werden die Gutachten zeigen.« Die Professorin fuhr nach einer kurzen Pause fort. »Die Steine hat der Mörder dem Opfer nach dem Tod eingefüllt und dann die Wunde zugenäht. Das erkennt man an der ledrigen Haut.«

»Was ist mit dem Faden? Bringt der uns irgendwie weiter?« Marie schaute auf die Kordel, die sich in einer der Plastiktüten befand.

»Ich kann Ihnen mit Sicherheit sagen, dass es sich nicht um einen Faden handelt, der für Operationen oder andere medizinische Eingriffe verwendet wird. Es sieht mehr aus wie eine Packschnur aus dem Baumarkt«, antwortete die

Professorin. »Von einer professionellen Naht kann hier übrigens nicht die Rede sein. Aber das ist, glaube ich, auch gar nicht so wichtig. Dem Mörder geht es darum, die Leiche zu inszenieren.«

Auch die Aufmachung der ersten Leiche schien inszeniert gewesen zu sein. Klar, dadurch, dass der Finder die Krone aus dem Haar des Opfers gestohlen hatte, war das Bild zunächst zerstört worden, sodass Simon und seine Kollegen sie nicht direkt als Prinzessin erkannt hatten. »Der Mörder schien sich große Mühe gegeben zu haben.«

Marie schaute ihre Kollegen nachdenklich an. »Ob er auf ein Märchen anspielt?«

Das Thema war schon mal aufgekommen, der Finder der ersten Leiche hatte berichtet, dass ihn die Tote an eine Prinzessin erinnerte. Bohrmann hatte diese Anmerkung in der gemeinsamen Besprechung mit einer fast abfälligen Bemerkung leichtfertig vom Tisch gewischt. Und jetzt stand es auf einmal wieder auf der Tagesordnung. Simon fiel der Titel ein. »Vielleicht denkt der Mörder an ›Rotkäppchen‹.«

KAPITEL 39

»In Schneewittchen steht die böse Königin für die dunklen Seiten der menschlichen Natur, für Eitelkeit und Neid. Ihr Wunsch, die Schönste im ganzen Land zu sein, und ihre Eifersucht auf Schneewittchens Schönheit treiben sie zu extremen Taten.« Die Stimme von Professor Krumbiegel war tief und angenehm. Er trug eine braune Hose aus Cordstoff und über seinem karierten Hemd spannten Hosenträger. Er war Professor für deutsche Literatur, den Schwerpunkt seiner Forschung bildeten Märchen, was auch der Grund dafür war, warum Simon und Marie ihm in seiner Privatbibliothek auf dieser teuren Couch aus Ziegenleder gegenübersaßen. »In der bekanntesten Version dieses Märchens, das in der Erstfassung der Brüder Grimm von 1812 stammt, stirbt die böse Königin, indem sie gezwungen wird, in glühenden Eisenpantoffeln zu tanzen, bis sie tot umfällt.«

»Das passt zu den verbrannten Füßen«, sagte Simon und schlussfolgerte: »Das bedeutet, dass die junge Frau nicht als Prinzessin, sondern als Königin inszeniert wurde.«

»Hatte die Leiche Äpfel im Magen?«, fragte Krumbiegel. »Befand sie sich in einem Sarg aus Glas?«

»Es waren tatsächlich nur die verbrannten Beine«, erwiderte Marie und zeichnete mit ihren Fingern Anführungszeichen um das »nur« in die Luft. »Einen Spiegel hielt die Frau auch in der Hand.«

»Dann handelt es sich tatsächlich um die Königin statt um die Prinzessin Schneewittchen. Das Spieglein an der Wand verwendet die böse Frau, um ihre Schönheit zu bestätigen«, erklärte Krumbiegel. Ein Wölkchen Rauch stieg aus seiner Pfeife. »Es ist ein Teil von ihr und gibt einen weiteren Hinweis, dass es sich bei dem Tod tatsächlich um einen Verweis auf das Märchen handelt. Daran scheint der Täter keinen Zweifel lassen zu wollen.«

»Könnte der Verweis auf das Märchen auch eine tiefere Bedeutung haben?«, fragte Simon.

»Die Königin ist die Stiefmutter von Schneewittchen«, sagte Krumbiegel. »Neid und Eifersucht bestehen in dem Märchen innerhalb der Familie. Die Prinzessin verliert durch ihre Stiefmutter ihr sicheres Zuhause.«

Simon musste an den Bruder von Nina Wolff denken. Ohne Zweifel schwangen in seinen Worten Neid und Eifersucht mit, als er über seine vom Vater geliebte und verwöhnte Schwester sprach. Aber dass dieser Kiffer einen Mord begangen haben sollte, schien für Simon undenkbar. Außer, er hatte sich nur als abgedreht inszeniert und bewusst über den Tod phantasiert. Simon fuhr sich mit der Hand durchs Haar. »Der Mörder könnte seine Opfer einfach umbringen und sie irgendwo am Straßenrand entsorgen. Aber ihm ist es wichtig, dass man die Inszenierung erkennt. Man soll sehen, dass es sich um Märchen handelt.«

Der Professor ergriff erneut das Wort und fuhr sich mit

der Hand durch seinen langen grauen Bart. »Märchen bieten eine Flucht aus der Realität.«

So wie Kokain, dachte Simon, was auch als ›Schnee‹ bezeichnet wird. Er kam auf die Darbietung der Leiche zurück. »Aber warum macht der Mörder sich solche Mühe? Verarbeitet er dadurch vielleicht ein psychisches Problem?«

Marie, die sich bisher zurückgehalten und aufmerksam den Ausführungen zugehört hatte, zuckte die Schultern. »Lassen Sie uns einen Blick auf den zweiten Mord werfen. Der Mörder hat Dorfmann den Bauch aufgeschnitten, Steine hineingelegt und die Wunde wieder zugenäht.«

Krumbiegel zog an seiner Pfeife, behielt den Rauch lange im Mund und atmete ihn wieder aus, sodass dieser seine wachsamen Augen verdeckte. »Im Märchen steht der Wolf symbolisch für Arglist und Betrug, er bedroht unschuldige Figuren wie etwa das Rotkäppchen oder die sieben Geißlein. Er ist ein Symbol für das Böse und die Tücke, die sich hinter einer freundlichen Fassade verbergen können.«

»Aber was hat das zu bedeuten?«, fragte Marie und trug eine mögliche Antwort vor. »Dorfmann stellt sich immer als eine unbefleckte Person dar, als würde er eine reine Weste tragen. Der Mörder könnte ihn als ›Wolf‹ inszeniert haben, weil er in zwielichtige Machenschaften verwickelt war. Und jetzt wird er bestraft, so wie der Wolf im Märchen bestraft wird.«

Simon übertrug den Gedanken auf den Fall. »Gleichzeitig will der Mörder die Unschuldigen vor den Machenschaften des Wolfs schützen. Denn im Tod kann er keinen Schaden mehr anrichten.«

»Wenn der Täter die Opfer mit Märchenfiguren identifiziert, sieht er sich dann auch als eine der Figuren?«, fragte der Professor und schaute an die Wand, wo in einer langen

Reihe von Gemälden seine Ahnen aufgereiht waren. Einem nach dem anderen schaute er in die Augen, als würde er sie im Geiste nach einer Antwort fragen. »Im Falle des getöteten Politikers wäre er der Jäger, der das Gute in der Welt wiederherstellt.«

Marie setzte sich aufrecht hin, drückte ihren Rücken durch und runzelte nachdenklich die Stirn. »Diese Identifikation könnte ihn dazu bewegen, Szenen aus Märchen nachzustellen, um seine Verbundenheit mit diesen Charakteren oder deren Schicksalen auszudrücken.«

»Ganz unplausibel erscheint das nicht«, sagte Simon. »Nina Wolff und Peter Dorfmann müssen aus Sicht des Mörders Verbrechen begangen haben. Der Täter sieht sich als Vollstrecker einer gerechten Strafe, indem er die Methoden der Märchen übernimmt.«

»Aber was sollen sie gemacht haben?«, fragte Marie. »Geht es um Grundstücke? Hat es vielleicht etwas mit Drogen zu tun?«

»Das müssen wir herausfinden.« Simon warf seiner Kollegin einen ernsten Blick zu. »Auf jeden Fall muss der Täter einen Zusammenhang zwischen den Figuren im Märchen und seinen Opfern sehen. Diese Verbindung könnte auch eingebildet sein und einen tieferen Einblick in die gestörte Psyche des Mörders bieten.«

KAPITEL 40

»Und was hat die Ärztin gesagt?«, fragte Simon. Lukas war in der Kita. Er hatte sich mit Laura zum Mittagessen verabredet. Sie saßen in der Küche und auf dem Esstisch stand ein dampfender Teller Pasta.

»Die Bauchschmerzen werden noch eine Weile anhalten.« Lauras wunderschöne, blaue Augen waren kalt wie Eis.

Simon stach mit der Gabel in eine Nudel und schaute die Frau, die er so unendlich liebte, fragend an. »Hat sie ihm Medikamente verschrieben?«

»Das würde nicht helfen«, sagte Laura, ihr Blick ging auf den Boden.

»Wieso?«

»Der Arzt denkt, dass es vom Stress kommt.« Bisher hatte sie die Nudeln auf ihrem Teller noch nicht einmal angerührt.

»Stress?« Bei dem Thema wollte das Essen nicht so richtig schmecken. Und er hatte auch das Gefühl, dass er Laura alles aus der Nase ziehen musste.

»Er vermisst seinen Vater.«

Simon spürte einen Stich in der Brust. Er fragte sich, ob er in Lauras Stimme einen Vorwurf erkannte, war sich aber unsicher. Es stimmte, aktuell war Simon kaum zu Hause. Und wenn er mal da war, konnten Laura und Lukas überhaupt nichts mit ihm anfangen. Seine Gedanken kreisten immerzu um die Morde. »Wenn dieser Fall abgeschlossen ist, nehme ich mir Zeit nur für euch.«

Lauras Blick verriet, dass sie mit so einer vagen Aussage nichts anfangen konnte. »Wann wird das sein?«

Simon fühlte sich schlecht und musste schlucken. Er hatte sich immer geschworen, dass er viel Zeit mit seinem Sohn verbringen wollte. Eine Kindheit wie die eigene wollte er ihm nicht zumuten. Er zuckte die Schultern. »Nicht mehr lang.«

* * *

AM NACHMITTAG PASSIERTE NICHT MEHR VIEL. Simon fuhr zurück ins Büro und ging gemeinsam mit Marie noch einmal den ganzen Fall durch. Zu weiteren Erkenntnissen kamen sie aber nicht.

KAPITEL 41

»Die Musik heute Nacht ist Nina gewidmet.« Der DJ drehte ein paar Schalter an seinem Mischpult. Ein Echo ertönte und die Menschen im Publikum hoben zu ›One More Time‹ von Daft Punk die Arme. Er trug ein ärmelloses Unterhemd, die Achseln waren glatt rasiert, und am Brustbein hatte sich ein Schweißfleck auf dem T-Shirt gebildet. »Ich spiele nur unsere Lieder.«

Der Beat hämmerte aus den Boxen. Am liebsten hätte Simon getanzt, aber er war in einer dienstlichen Angelegenheit da und musste sich zurückhalten. Er beugte sich zu Dreher hinüber und versuchte, die Musik zu übertönen. »Dorfmann ist tot.«

»Können Sie das noch mal wiederholen?« Der DJ wechselte den Song. Eine Träne bildete sich in seinen vom Kokain geweiteten Augen und rollte die Wange hinunter. Im Licht der Scheinwerfer glitzerte sie mal rot, blau und dann lila.

»Dorfmann ist tot«, schrie Simon.

Dreher riss den Lautstärkeregler nach unten und

schaute Simon an. »Was? Habe ich das richtig verstanden? Dorfmann tot?«

Simon nickte. »So ist es.«

Die Gäste schauten zum DJ-Pult, doch Dreher ließ sich nicht ablenken. »Das kann doch nicht sein«, sagte er. Er nahm einen Schluck von seinem Vodka Red Bull, ging mit seinem Mund ganz nah an Simons Ohr und sagte mit alkoholgeschwängerter Stimme. »Seit wann?«

»Das wissen wir nicht«, antwortete Simon. »Seine Leiche wurde gestern im Wald gefunden.«

»Im Wald?«, wiederholte der DJ für sich selbst. Man sah ihm an, dass er versuchte, sich einen Reim darauf zu machen, aber er schien nicht schlau daraus zu werden.

Der Türsteher kam zu Dreher. Neben ihm stand ein Mann im Anzug und griff grob nach dem Arm des DJs. In seinen Augen lag Aggressivität. »Ich bezahle dich nicht fürs Quatschen. Mach sofort wieder die Musik an!«

Dreher schaute zu Simon. Offensichtlich erhoffte er sich von ihm Hilfe, aber Simon lag es fern, sich als Polizist zu erkennen zu geben. Eine Eskalation mit einer Horde zugedröhnter Mittzwanziger wollte er um jeden Preis vermeiden. Er flüsterte dem DJ zu: »Machen Sie jetzt die Musik an und dann gehen wir raus.«

Dreher folgte der Anweisung und sie verließen den Club. Vor der Tür zündete sich der Mann eine Zigarette an. Seine Hände zitterten, als er sie zum Mund führte. Immer, wenn sich die Tür öffnete, drang die laute Musik zu ihnen.

»Hat es etwas mit Nina zu tun?«, fragte der DJ.

Simon überlegte, ob er die Information preisgeben sollte, dass der Bauch der Leiche aufgeschnitten war, entschied sich aber dagegen. Dreher wusste ja auch nicht, dass Nina Wolff als Königin inszeniert war.

»Wissen Sie was?«, sagte Dreher und seine Mundwinkel

verzogen sich von der Droge. »Vor einer Woche bin ich hier im Club angegriffen worden. Der Mann war mit dem Kapuzenpullover und der Sonnenbrille nicht zu erkennen. Er kam von der Seite, schlug mir eine Bierflasche über den Kopf und verschwand in der tanzenden Menge.« Er nahm einen langen Zug von seiner Zigarette. »Meinen Sie, ich bin in Gefahr?«

KAPITEL 42

»Ich halte es für unhöflich, wenn man hinter dem Rücken anderer Menschen über sie spricht«, sagte die Rechtsmedizinerin und stellte ihren morgendlichen Kaffee auf dem Obduktionstisch ab.

Simon fragte sich, ob die Frau endlich einen Knigge-Kurs gemacht und gelernt hatte, sich zu benehmen. Die Zusammenarbeit würde das auf jeden Fall deutlich vereinfachen. Im Stillen drückte er die Daumen, stellte sich aber schon einmal darauf ein, am Ende enttäuscht zu werden.

Hirschburg öffnete das Fach an der Wand und zog die Leiche heraus. »Ich dachte, wir holen den Mann einfach mal dazu.«

»Dann muss ich ja jetzt wirklich aufpassen, was ich sage«, antwortete Simon mit einem ironischen Unterton und musste innerlich lachen. Normalerweise interessierte es die Professorin nicht im Geringsten, wie man sich verhielt, aber über einen Toten in dessen Abwesenheit zu sprechen, empfand sie als unangebracht. Diese Person war wirklich wieder einmal sehr, sehr seltsam. Vielleicht sollte man ihr mal einen Benimm-Kurs zum Geburtstag schenken.

Aus der Tasche an ihrer Brust nahm sie einen Metallstab und zeigte auf die Augen. »Die Augenhöhlen sind eingefallen, die Wangen hohl, und die Lippen zeigen Austrocknungsrisse. Das ist normal nach zwei Tagen ohne Kühlung. Wir haben auch blutige Rückstände um die Nasen- und Mundöffnung, was auf die Zersetzung der inneren Organe hinweist. Die Totenflecken sind vollständig fixiert, hauptsächlich an den tieferliegenden Partien. Sie haben eine dunkle, violette Färbung. Das Blut ist in den unteren Körperbereichen versackt.« Der Metallstab glitt zum Bauch. »Die Haut im Bauchbereich hat sich grünlich verfärbt, ein typisches Zeichen für den Beginn der Zersetzung. Ich schätze, dass der Mann seit fast 48 Stunden tot war, als wir ihn gefunden haben. Aber was hat Dorfmann getan?«, fragte die Professorin.

»Wir haben herausgefunden, bei wem die Party stattgefunden hat«, sagte Marie. »Es war ein guter Freund des Politikers.«

»Aber war das der Grund für seinen Tod?«, fragte die Rechtsmedizinerin.

»Während er nach außen hin so tat, als würde er dem Wohl der Allgemeinheit dienen, hat er die jungen Menschen auf den Partys seines guten Freundes zum Drogenkonsum verführt«, sagte Simon und stellte den Zusammenhang zu dem Märchen her. »So wie der Wolf das Rotkäppchen in dem gleichnamigen Märchen verführt hat.«

»Bei Dorfmann scheint es ja noch irgendwie zu passen.« Marie fuhr sich mit den Händen durch die Haare und griff einen Gedanken auf, der bereits im Gespräch mit Professor Krumbiegel zum Ausdruck gekommen war. »Aber wie ist der Mord der jungen Frau zu deuten? Warum sollte sie auf glühenden Kohlen tanzen?«

»Wenn wir das herausfinden, ist das vielleicht der Schlüssel zum Täter.«

KAPITEL 43

Eine halbe Stunde lehnte sich Simon in seinem Stuhl im Büro zurück. Das Fenster stand offen und frische Luft drang in den Raum. »Wir kennen den Zeitpunkt, als der Tod bei Nina Wolff eingetreten ist und als sie gefunden wurde. Gleiches haben wir für Peter Dorfmann jetzt herausgefunden. Aber wir wissen nicht genau, wann und wo die beiden entführt und getötet worden sind.«

Marie hängte einen Notizzettel an die Wand, auf dem »Gefangenschaft?« stand. »Meinst du, der Mörder hatte seine Opfer lange eingesperrt, bevor er sein Werk an ihnen vollendet hat?«

Simon schlug eine Akte auf und blätterte durch die Seiten. Mehrfach ging er in dem Dokument vor und zurück, bis er mit dem Zeigefinger schließlich auf eine Stelle im Text tippte. »In ihrem Magen befanden sich Nahrungsmittel, die auch im Kühlschrank des Vaters vorhanden waren: Avocado, Joghurt und Roggenbrot.«

»Wenn sie fünf Stunden vor ihrem Tod das letzte Mal gegessen hatte, ist davon auszugehen, dass sie kurz nach ihrer Entführung getötet wurde. Lange gefangen gehalten wurde sie nicht, andernfalls müsste der Verdauungsvorgang weiter vorangeschritten sein.«

Simon nickte. »Schauen wir uns den Politiker Dorfmann an. Wer hat Dorfmann das letzte Mal gesehen?«

»Als ich nach dem Verschwinden seine Villa aufgesucht habe, lagen auf dem Tisch die gleichen Dokumente, an denen er gearbeitet hatte, als ich ihn zuvor dort besucht hatte. Der Mann musste gestorben sein, kurz nachdem der Mörder ihn in seiner Villa aufgesucht hatte.«

»Die Letzte, die ihn lebend gesehen hatte, war seine Ehefrau.« Simon war froh, dass die Frau des Politikers nicht rechtlich gegen ihn vorging. Wahrscheinlich war sie zu dem Ergebnis gekommen, dass es der Aufklärung des Mordes mehr helfen würde, wenn er bei den Ermittlungen nicht durch einen Gerichtsprozess abgelenkt wurde. Vielleicht würde sie ihn verklagen, wenn alles vorbei war. Ein unschöner Gedanke, mit dem er sich jetzt nicht befassen wollte. Simon lehnte sich in seinem Bürostuhl zurück und schaute Marie an. »Sie verweigert allerdings die Zusammenarbeit.«

»Dir vielleicht«, erwiderte Marie mit einem provozierenden Blick. »Und ich muss ganz ehrlich sagen, bei deiner Aktion wundert mich das nicht.«

»Ich gebe eben alles für meinen Job«, sagte Simon und beide mussten lachen.

»Auf jeden Fall habe ich noch mal mit ihr gesprochen.«

Simon hob die Augenbrauen. »Und?«

»Sie hat im Grunde das bestätigt, was du auch gesagt hast. Dorfmann war nach eurem Gespräch aufgewühlt und hat überstürzt das Haus verlassen.«

Simon überlegte. »Dann muss mein Besuch ihn dazu veranlasst haben.«

»Und dem Mörder hat das dann die Möglichkeit gegeben, zuzuschlagen«, führte Marie den Gedanken zu Ende.

»Kowalski hat die GPS-Daten aus seinem Navigationsgerät ausgewertet.« Simon zog die Tastatur zu sich, tippte sein Passwort ein, um in seinen E-Mails nachzuschauen. »Oh nein.«

»Was ist los?«, fragte Marie.

»Ausgerechnet jetzt muss das Ding einen Neustart machen.« Simon musste lachen. »Dann hoffen wir mal, dass er sich nicht allzu lange Zeit lässt.«

Es vergingen ein paar Minuten und sein Computer fuhr wieder hoch. Simon loggte sich ein und öffnete das Mail-Programm. Er sah drei neue E-Mails und überflog die Betreffzeilen. Eine Mail kam vom Betriebsrat. Es ging um eine Erhöhung des Grundgehalts, die nach langen Verhandlungen mit der Polizei-Gewerkschaft durchgesetzt worden war. Bei einer Mail war Werbung durch den Spamfilter gegangen und die letzte Meldung kam von der Verkehrspolizei. Es ging um Fahrerflucht mit Todesfolge.

Er öffnete die Mail und las die Meldung über die junge Frau durch. Sie hatte zerquetschte Finger, ihre Kleidung war nass und die Füße aufgeplatzt. Unter dem Text befand sich ein Foto, das die Familie bereitgestellt haben musste. Die Frau lächelte in die Kamera. Simon fiel sofort die große Zahnlücke auf, die die Frau zwischen den oberen Schneidezähnen hatte. »Hast du gelesen, was mit der Leiche passiert ist, die wir bei der Hirschburg gesehen haben?«

»Nicht ablenken lassen«, sagte Marie und zwinkerte ihm zu.

»An den Anblick möchte ich jetzt ohnehin nicht denken«, antwortete Simon, der versuchte, das Bild des verzerrten Körpers aus seinem Kopf zu vertreiben.

»Dann lass uns nach den GPS-Daten aus dem Navigationsgerät des Politikers schauen.«

Simon klickte auf die E-Mail von Kowalski. »Das Fahrzeug des Politikers wurde zwei Stunden nach meinem Besuch das letzte Mal bewegt, er ist einer eingespeicherten Strecke gefolgt und kam zwanzig Minuten später bei einem Parkhaus in der Altstadt an. Die Bilder auf der Kamera zeigen ihn das letzte Mal lebend.«

Marie kam zu ihm und beugte sich runter, um in der E-Mail die Schwarz-Weiß-Fotos von dem Video anzuschauen. Sie zeigte auf den Zeitstempel.

Simon sprach aus, was sich daraus ergab. »Falls er sich in Gefangenschaft befand, umspannt diese höchstens ein paar Stunden.«

»Eigentlich lässt sich von Gefangenschaft hier nicht sprechen.« Marie nahm den Zettel von der Wand und strich das Wort durch. Dann hängte sie das Stück Papier wieder auf, damit sie nicht vergaßen, dass sie diesen Punkt bereits abgehakt hatten. »Hm, wer könnte ein Motiv haben?«

»Der Ex-Freund könnte die Königin aus Eifersucht getötet haben?«, sagte Simon. »Aber er wirkte komplett aufgelöst und total am Boden zerstört. Seine Trauer wirkte glaubwürdig, aber ein Alibi hat er nicht.«

»Wurde er nicht auch im Club angegriffen?«, fragte Marie. »Kommt er dann nicht eher als Opfer infrage und nicht als Täter?«

»Das sagt er zumindest«, antwortete Simon. »Aber ich habe mit den Kellnern und dem Geschäftsführer gesprochen. Keiner hat davon etwas mitbekommen und am Kopf hat er auch keine Wunden.« Im Geiste fügte er hinzu: Vielleicht will er damit auch nur von sich selbst ablenken. Vielleicht ist er ja in Wirklichkeit der Täter. Denn er ist die Person, die die Opfer miteinander verbindet. Er kennt sie beide, ist mit ihnen über das Kokain verbunden. »Natürlich könnte es auch sein, dass er den Mord an seiner Ex-Freundin begangen hat und jetzt niedergeschlagen ist und die Tat bereut. Aber bei ihm bleibt dann offen, wie Dorfmann ins Bild passt.«

»Und dann ist da noch der Dealer Klaus Huber, von dem uns Dreher erzählt hatte. Wegen dieses Politikers hat er ein paar Jahre hinter Gittern verbracht. Er könnte den Mann aus Rache getötet haben.«

Simon ging zu seinem Schreibtisch, schlug die Mappe auf und hielt sie gut sichtbar für Marie in die Höhe. »Der Mann hat mehrere Vorstrafen, darunter Körperverletzung und der Besitz illegaler Waffen. Schaut man auf seine Vergangenheit, so kommt er am ehesten infrage. Aber wieso er Nina Wolff getötet haben soll, erschließt sich mir nicht.«

»Es kann viele Gründe geben. Vielleicht hat sie ihn bestohlen oder hat ihm ein Geschäft vermiest.« Marie führte die Tasse Kaffee zum Mund, bemerkte jedoch, dass sie leer war, und stellte sie wieder ab. »Was wir aber wissen, ist, dass die vier eine Einheit bilden. Das Kokain hält das Geflecht zusammen und zwei leben noch.«

»Der DJ und der Dealer. Falls einer von beiden der Täter ist …« Stille folgte. Dann vervollständigte Simon den Satz. »Dann ist der andere in tödlicher Gefahr.« Er steckte seine Pistole ins Holster, griff nach dem Autoschlüssel und stand auf. »Wir fahren jetzt zum Dealer.«

KAPITEL 44

Its, its, its. Der Bass dröhnte aus den Kopfhörern direkt in seine Ohren. Das Lied ›One More Time‹ hatte für ihn eine besondere Bedeutung.

Er kaute auf seinem Kiefer herum. Links und rechts bekam er nichts mit, Tunnelblick. Er drückte auf die Bremse und hielt an der Ampel. Zu hundert Prozent hatte er seinen Körper nicht unter Kontrolle, sonst wäre die Bewegung seines Fußes sanfter gewesen und das Bremsen nicht so abrupt ausgefallen. War ihm aber egal.

Wenn er bemerkt hätte, dass neben ihm die Polizei anhielt, hätte er sicherlich nicht das Döschen mit dem Kokain aufgedreht und den Inhalt mit der Nase weggezogen.

Es war besonders gutes Zeug, perfekt für diesen außergewöhnlichen Anlass. Die Droge kickte direkt rein und er fühlte sich wie Gott.

Der Song endete und fing gleich wieder von vorn an, Endlosschleife. Das war das Lied, zu dem er das erste Mal mit Nina getanzt hatte. Er hatte ihr tief in die Augen geschaut und dabei erkannt, dass sie geküsst werden wollte. Auf der Toilette der Diskothek waren sie dann zur Sache gekommen. Großartig zu reden, war nicht nötig. Es war Liebe auf den ersten Blick. Und es hatte auch drei Jahre gehalten, länger als seine vorangegangenen Beziehungen zusammen.

Das Kokain gelangte in das Gehirn, setzte Dopamin frei und löste in seinem Kopf ein Feuerwerk der Euphorie aus. Er drückte aufs Gas, schaute nach links, entdeckte die Polizisten und demonstrierte ihnen, wie schnell man mit einem Porsche GT3 von 0 auf 50 beschleunigen konnte. Gleich ist es zu Ende, ging es ihm durch den Kopf.

Vor dem Haus gab es keinen Parkplatz, aber in der nächsten Straße war etwas frei. Er öffnete das Handschuhfach, fasste den Griff des Messers und fuhr mit seinem Finger über die extra scharfe gewellte Klinge. Er würde kurzen Prozess machen.

Die Leute auf der Straße wichen ihm aus. Dass sie das 20 Zentimeter lange Messer in seiner Hand anstarrten, interessierte ihn nicht.

Er kam zur Hausnummer 29 und drückte auf die Klingel. Als das Lämpchen aufleuchtete, sprach er in das Mikrofon. »Mach auf. Ich bin's.«

»Warte«, antwortete eine männliche Stimme. Aber mit seinen Kopfhörern hörte er es nicht.

Das Kokain ließ die Sekunden wie Jahrzehnte erscheinen. Er rüttelte an der Tür und nichts tat sich. Wann öffnet der endlich, schoss es ihm durch den Kopf. Er ballte die Faust, als wollte er das Messer in seiner Hand zerquetschen.

Noch einmal drückte er auf die Klingel, doch da gab die Tür nach und er gelangte ins Haus. Der Flur war angenehm kühl.

Mit jedem Schritt nahm er zwei Stufen und gelangte auch schon bald in die dritte Etage. Er hämmerte gegen die Tür, als wollte er sie kaputt schlagen. »Mach endlich auf!«

In seinen Ohren dröhnte der Bass, immer wieder das gleiche Lied, immer wieder die gleiche Stimme. Im Spion erschien ein Auge, er hämmerte fester. »Mach auf.«

Die Tür öffnete sich. Eine Rauchwolke von Marihuana drang in das Treppenhaus. Vor ihm stand der Dealer, der ihn voller Zorn anstarrte und etwas sagte.

Doch Dreher hörte ihn gar nicht. Ruhig trat er auf ihn zu. Es wäre das letzte Mal, dass er diese Wohnung betreten würde.

Der Blick des Mannes ging nach unten. Als er das Messer sah, riss er entsetzt die Augen auf. Er taumelte ein paar Schritte zurück, so als hätte ihn der Schlag getroffen.

Das Herz des DJs schlug im Takt des Basses. Er hob den Arm. Die Augen von Huber folgten der glänzenden Klinge. Er war im Nachteil, hatte Marihuana geraucht, was ihn langsam und träge machte.

Das Gegenteil passierte bei Dreher. Er befand sich durch die Droge im Turbomodus, das Koks beschleunigte seine Entscheidungen, machte seine Bewegungen blitzschnell. Und so fackelte er auch nicht lange und stach zu.

Einmal, zweimal und ein drittes Mal rammte er ihm das Messer in den Bauch und riss es wieder heraus. Weitere Stiche folgten. Gleich ist es vorbei, dachte er und es fühlte sich richtig an.

Der Dealer fiel nach hinten und krümmte sich vor Schmerz. Sein Körper zuckte und seine Schreie schallten durchs Haus.

Dass die Nachbarn den Messerangriff mitbekommen würden, machte Dreher nichts aus. Ihn störte nur, dass er seine Musik durch das Gebrüll nicht richtig hören konnte, und deshalb erhöhte er die Lautstärke.

Es klingelte. Doch Dreher hörte es nicht. Er stach weiter auf Huber ein und der Bass in seinem Ohr wummerte herrlich.

Wieder klingelte es und wieder hörte er es nicht.

Plötzlich spürte er einen Luftzug. So, als wäre eine Tür geöffnet worden. Er drehte sich um und nahm die Kopfhörer vom Ohr. Huber lag auf dem Boden und atmete noch. Im Treppenhaus hörte er Schritte.

Dreher beugte sich zum Dealer hinunter, stach ein weiteres Mal zu. Und noch mal und noch mal und noch mal. Doch der Mann stöhnte immer noch. Weitere Male glitt das Messer in den schlaffen Körper. Wann würde er denn endlich sterben?

Die Schritte näherten sich und eine Frauenstimme ertönte.

Der DJ drehte sich um.

Vor ihm stand eine ältere Dame. Ihre Augen waren aufgerissen und sie schrie hysterisch.

Weitere Schritte polterten durch das Treppenhaus. Sie waren kraftvoll und schnell, sicher nicht von einer gebrechlichen Person.

Hinter dem Geländer der Treppe tauchte ein Mann auf. Er hatte breite Schultern und hielt in der Hand eine Waffe. Das war der Polizist, der ihn in der Nacht zuvor im Club besucht hatte. Dann erschien auch noch das Gesicht einer blonden Frau.

Dreher zog sein Messer aus dem Körper, machte einen schnellen Schritt in den Flur und wollte die Tür hinter sich zuschlagen. Aber die ältere Dame hob ihren Stock und blockierte sie.

Dreher drehte sich um und rannte auf den Balkon. In den guten alten Zeiten hatte er hier unzählige Male gegrillt und in der Hängematte gekifft. Er wusste, dass einen Meter weiter das Dach eines anderen Gebäudes begann. Mit einem großen Satz sprang er darauf.

KAPITEL 45

»Du kümmerst dich um den Verletzten«, rief Simon seiner Kollegin Marie zu und zeigte auf den Boden vor sich. Er sprang über den Dealer, entsicherte seine Pistole und lief dem DJ hinterher.

Vom Flur gelangte er ins Wohnzimmer und von dort auf den Balkon. Er schaute die Lücke zwischen der Brüstung und dem Flachdach des Getränkemarktes hinunter. Zwischen den beiden Gebäuden ging es mehrere Meter in die Tiefe. Er hatte zwar keine Höhenangst, bekam aber dennoch ein mulmiges Gefühl.

Ein Sprung sollte ohne größere Schwierigkeiten machbar sein, aber wenn man falsch auftrat und nach unten stürzte, könnte das ernsthafte Verletzungen nach sich ziehen.

Mühelos gelangte er auf das Flachdach. Die Teermatte war weich von der sommerlichen Wärme und das Dach vibrierte unter seinen Schritten. Simon hoffte, dass es dem Gewicht zweier Männer standhalten würde.

Der DJ war etwa zehn Meter vor ihm und näherte sich auf der anderen Seite dem Rand des Daches. Nach links und rechts versperrten hohe Mauern den Weg. Die Flucht konnte nur geradeaus nach vorn führen.

Der Mann verlor keine Sekunde, die Machbarkeit des Sprungs zu prüfen. Er sprang aus dem Lauf in die Höhe und gelangte auf die andere Seite.

Jetzt kam Simon auch zu der Stelle. Anders als Dreher konnte er nicht blind von einem Dach zum nächsten springen. Er schaute die mindestens drei Etagen nach unten. Durch die Gasse zwischen den Häusern fuhr ein Jugendlicher auf seinem BMX-Fahrrad, das vordere Rad hatte er hochgezogen.

Der Sprung musste sitzen. Er hatte Frau und Kind, die er nicht im Stich lassen durfte. Wenn er sich etwas zu früh abdrücken oder seine Kraft eher in die Höhe als in die Weite lenken würde, dann würde er in die Tiefe stürzen. Die Aktion könnte tödlich enden.

Er schaute nach vorn, sah, wie Dreher seinen Vorsprung ausbaute. Simon durfte keine weitere Sekunde zögern, musste es wagen.

Zehn Schritte ging er zurück. Mit den Augen fixierte er die Stelle, an der er den Fuß abdrücken wollte. Er rannte los und zählte die Schritte. Das Dach vibrierte unter seinem Gewicht.

An der Kante setzte er seinen Fuß auf und drückte sich mit einem kräftigen Stoß in die Luft.

KAPITEL 46

Simon flog durch die Luft. Im Flug drehte er die Arme, als würde ihn diese Bewegung weiter durch die Luft tragen. Er blieb mit seinem Fuß an der anderen Seite hängen, verlor das Gleichgewicht und knallte auf das Dach. Sofort stand er auf und wollte die Verfolgung fortsetzen, doch sein Bein schmerzte. Er schaute an sich hinunter. Mist, dachte er, vom Aufprall waren die Hose und die Haut am Knie aufgerissen.

Vor Dreher tat sich eine Wand aus Backstein auf. Eine Sackgasse?

Simon gab Gas, gleich würde er den Mann stellen.

Doch in das Gemäuer war ein Rohr eingelassen. Dreher zog sich daran hoch und kletterte auf das nächste Dach.

Höher, immer höher, dachte Simon und das ungute Gefühl verstärkte sich. Das hieß, dass man auch tiefer fallen konnte. Auch er gelangte zu dem Rohr, kletterte daran hoch. Sein wundes Knie hatte er ganz vergessen.

Er kam nach oben und atmete auf. In einem Fenster sah er einen Jungen mit seiner Mutter. Gebannt verfolgten beide das Geschehen, das sich da vor ihren Augen auf dem Dach abspielte. Der Junge winkte.

Am Ende des Daches kam kein weiteres Haus, auf das der DJ hinaufspringen konnte. Die Mauern bildeten eine Sackgasse und die Flucht würde hier enden.

Auch Dreher schien dies zu bemerken. Er schaute sich um und entdeckte rechts ein Fenster. Die Kübel mit Blumen, die auf der Fensterbank standen, stieß er zur Seite und machte sich an dem Fenster zu schaffen.

Simon erhöhte das Tempo und der Abstand zum DJ verringerte sich. Vielleicht war das die Chance, den Mann zu stellen.

Doch Dreher sprang durch das Fenster und verschwand in der Wohnung. Die Klinge seines Messers blitzte in der Abendsonne.

KAPITEL 47

Simon nahm die Pistole aus dem Gürtel und kletterte durch das Fenster in die Wohnung. Ob er auf diesem engen Raum gegen einen Mann mit einem Messer eine Chance haben würde, wusste er nicht. Ein geschickter Angriff aus dem Hinterhalt und es wäre für immer vorbei.

Auf dem Laminatboden im Wohnzimmer lag eine Decke mit Rasseln, Windeln und Nuckeltüchern, am Tisch stand ein Babystuhl. Er hoffte, dass die Familie nicht im Haus war.

Das Wohnzimmer war mit der Küche verbunden. Auf der Arbeitsplatte stand ein Messerblock. Zwei Klingen fehlten. Ob Dreher diese genommen hatte?

Vorsichtig schritt Simon in den Flur, drückte die Tür zum Bad auf und trat hinein. Der Vorhang vor der Dusche war zugezogen. Simon richtete seine Pistole auf die Stelle und ging leise heran.

Vor der Dusche blieb er stehen. Er atmete tief ein und wieder aus, bereitete sich innerlich darauf vor, einen tödlichen Schuss zu setzen. Blitzartig zog er den Vorhang zur Seite.

KAPITEL 48

Hinter dem Vorhang befand sich niemand, die Dusche war leer. Simon drehte sich um, verließ das Bad und ging durch den Flur. Dann kam der Schrei.

Simon riss die Tür zum Schlafzimmer auf. Im verspiegelten Glas des Kleiderschranks sah er den DJ und drehte sich zu ihm.

Die Klinge seines Messers drückte sich in die zarte Haut am Hals einer jungen Frau. Einen Millimeter tiefer, eine seitliche Bewegung oder ein plötzlicher Ruck, dann würde Blut über das Baby auf ihrem Arm strömen. Ein Leben ohne Mutter wäre ihm vorbestimmt.

Langsam hob Simon seinen Arm und richtete den Lauf seiner Pistole auf das Gesicht von Dreher. Um zusätzlichen Halt zu erlangen, führte er die linke Hand zum Griff. Ruhig und kontrolliert war die Atmung.

Die blonden Haare der jungen Frau standen wild zu Berge, auf ihrem Hemd klebten Flecken und in ihrem Arm schrie das Baby. Die Mutter sah aus, als wäre sie schon vor dem Eindringen des DJs am Ende ihrer Kräfte gewesen. Sie führte das Köpfchen des Babys an ihren Mund und hauchte ihm ins Ohr. »Schschsch.«

Simon setzte sein Bein nach hinten. Um den Rückstoß des Schusses besser abfangen zu können, beugte er leicht die Knie und den rechten Arm. Ein gezielter Schuss könnte den Mann ausschalten und Mutter und Kind retten. Die Sache wäre hier und jetzt beendet.

Aber wenn seine Hand zitterte oder der Mann sich auch nur das kleinste bisschen bewegte, könnte die Kugel daneben gehen und statt Dreher die Frau oder das Baby treffen.

Simon musste an Lukas denken. Was würde er tun, wenn Laura in der Gewalt eines Killers wäre und Lukas im Arm hielte? Was würde er von seinen Kollegen von der Polizei erwarten?

Und damit wurde ihm klar, dass er nicht schießen würde. Mutter und Kind hier lebend herauszubringen, hatte oberste Priorität. Er würde alles tun, um sie zu retten. Lieber würde er den Mann laufen lassen, als mit der Schuld leben zu müssen, falls etwas passierte.

Das Baby wollte nicht aufhören zu brüllen. Sanft führte die Frau ihre Hand auf den Mund des Babys und dämpfte die Lautstärke der Schreie. »Der Kleine braucht Milch«, sagte sie, löste die Hand vom Mund des Babys und legte sie ruhig auf das Handgelenk von Dreher.

Simon hielt den Atem an, im Gesicht des DJs sah Simon einen fragenden Blick und auch das Baby hörte auf zu schreien. Es war so, als würde es spüren, dass gerade etwas passierte, was sein ganzes Leben verändern könnte.

Vorsichtig schob die Mutter die Hand des DJs zur Seite. Das Messer löste sich von ihrem Hals, sie trat einen Schritt nach vorn und stellte sich zwischen Simon und Dreher. Der

Kopf des kleinen Geschöpfs schmiegte sich an ihre Schulter.

Sie schaute einen nach dem anderen an: »Ich werde jetzt hinausgehen und mein Baby stillen. Wenn ich wiederkomme, will ich, dass Sie beide meine Wohnung verlassen haben.«

KAPITEL 49

Simon starrte Dreher an. Der Blick des DJs war aggressiv und es ließ sich weder Angst noch Reue darin entdecken. Das Gesicht war voller Hass.

Die Augen des Mannes wanderten durch den Raum, als würde er einen Ausweg suchen. Sie schauten von einer Wand, auf der in zarten Pastellfarben Wolken und Schmetterlinge aufgetragen waren, zur anderen. Aber da war nichts.

Es gab nur eine Tür und die wurde von Simon, der nur den Abzug seiner Pistole drücken musste, blockiert. »Es ist aus. Lassen Sie das Messer fallen.«

Der Mann schüttelte den Kopf. Seine Augen blieben an dem Fenster über der Wickelkommode hängen. Ein trauriges Lächeln glitt über seine Lippen.

Und dann ging alles blitzschnell.

KAPITEL 50

Die Sterne glitzerten am Himmel. Der Krankenwagen traf ein und Simon und Marie begaben sich auf den Weg nach Hause. Sie konnten nichts mehr machen, Huber und Dreher würden von Rettungswagen abtransportiert werden.

Simon war froh, endlich im Auto zu sitzen. So viele Tote in so kurzer Zeit, das machte ihn richtig fertig. Und dass sich Dreher vor seinen Augen aus dem Fenster gestürzt hatte, daran würde er wahrscheinlich eine Weile zu arbeiten haben.

Die wenigen Autos, die zu dieser Uhrzeit unterwegs waren, glitten gemächlich durch die Nacht. Von dem Vorfall war nichts mehr zu sehen.

Tausend Gedanken schossen Simon durch den Kopf. Nina Wolff, die wie eine Prinzessin gekleidet war, die Naht am Bauch von Dorfmann, wie der Dealer Klaus Huber auf dem Boden gelegen und um sein Leben gekämpft hatte, wie Dreher erst die Mutter mit dem Messer am Hals bedroht hatte und dann aus dem Fenster gesprungen war.

Ab morgen würden sie das Geschehen aufarbeiten. Sie

würden die Wohnung des DJs unter die Lupe nehmen und schauen, ob sich der Verdacht erhärten würde, dass er seine Ex-Freundin und den Politiker ermordet hatte. Er fühlte sich ausgelaugt, kraftlos, hatte keine Lust mehr. Am liebsten wäre es Simon gewesen, wenn jemand anderes ab jetzt die Ermittlung übernehmen würde.

Die Reklame an den Geschäften leuchtete und die Gesichter der glücklichen jungen Menschen mit Bier in der Hand lächelten ihn von den Plakaten an. Im Tunnel schossen die gelben Lichter an ihm vorbei. Marie fuhr die Fensterscheibe hoch und stoppte die warme Brise. »Ich bekomme sonst Kopfschmerzen.«

»Alles gut.«

Marie schaute zu Simon herüber. »Das ist alles so unglaublich, dieses ganze Leid.«

Dann schwiegen sie. Es war vorbei und es gab gerade nichts zu sagen. War nur zu hoffen, dass Dorfmanns Frau ihn nicht wegen Hausfriedensbruch verklagte.

Sie fuhren an der Königsallee vorbei, in der Wohnung von Dreher brannte Licht. Gestern saß Simon noch mit dem DJ auf der Terrasse, heute hatte dieser sich aus dem dritten Stockwerk auf eine viel befahrene Straße gestürzt. Ob gerade irgendwelche Freunde in seiner Wohnung herumhingen und sich zukoksten? Falls das so war, würden sie bald rausfliegen, sobald die Kollegen von der Spurensicherung eintreffen und die Wohnung unter die Lupe nehmen würden. Simon selbst sollte das eigentlich übernehmen. Aber er hatte jetzt einfach nicht mehr den Nerv, sich mit den Leuten herumzuschlagen.

Er hielt an einer Ampel und schaute zu Marie rüber, um ihr etwas zu sagen, aber ihr Kopf lehnte an der Kopfstütze, ihr ruhiger gleichmäßiger Atem war zu hören und ihre Augen waren geschlossen.

Auf der weiteren Fahrt ging er vorsichtig in die Kurven und bremste sanft an den Ampeln. Er wollte vermeiden, dass seine Kollegin aufwachte.

Der Wagen passierte eine kleine Kirmes am Ende der Rheinpromenade mit ihren leuchtenden Karussells, Achterbahn und Autoscootern. Der Duft von Popcorn zog zu ihm herüber und er hörte die Stimmen der Ansager. Was sie genau sagten, verstand Simon nicht, aber er konnte es sich vorstellen, wie sie mit Humor und den immer gleichen Sprüchen die Menschen aufforderten, eine Runde mitzufahren.

Vor Maries Haus wartete er noch ein paar Minuten und schaute auf sein Handy. In seinem Postfach waren zwei neue E-Mails. Ein Kollege sammelte Geld für einen Geburtstag, das über PayPal überwiesen werden sollte. Die zweite Mail betraf die Frau, die von einem Auto überfahren worden war. Ihre Finger waren gequetscht, an den Händen wurden Rückstände von Gold gefunden, in ihrer nassen Kleidung und auf der Straße befanden sich rote Lacksplitter und die Polizei hatte ein Messer gefunden. Über Radio und Fernsehen baten die Beamten jetzt um Mithilfe bei der Suche nach dem Fahrzeug.

Er schloss die Mails und öffnete Videos von Lukas. Ohne Ton sah er, wie Lukas ein Eis aß und wie er mit zwei Händen einen Ball hochwarf und versuchte, ihn wieder aufzufangen. Aber statt in seine Arme zu fallen, landete der Ball oft auf seinem Kopf und der Kleine musste lachen. Bald könnte er wieder mehr Zeit mit ihm verbringen und dann würden diese blöden Bauchschmerzen weggehen.

Plötzlich tauchte ein Mann neben dem Auto auf. Er trug eine Jeanshose, eine dunkle Lederjacke und schaute ins Auto.

Simon kam das Gesicht bekannt vor und er überlegte, wo er ihn schon mal gesehen hatte.

Der Mann starrte weiter ins Fenster. Was wollte er?

Simon stieg aus. »Kann ich Ihnen irgendwie helfen?«

Der Mann sah gut aus mit den braunen Augen und seinem Dreitagebart. Er zeigte auf Marie. »Schläft sie?«

Jetzt dämmerte es Simon. Das war Maries neuer Freund oder Liebhaber oder was auch immer sie miteinander hatten.

»Darf ich sie wecken?«, fragte der Mann.

Simon ging ums Auto und öffnete die Tür. Er trat zur Seite und gab den Weg zu seiner Kollegin frei.

Sanft berührte der Mann ihre Schulter und flüsterte: »Du bist zu Hause.«

KAPITEL 51

»Was machst du denn hier?«, fragte Laura.

»Ich will Lukas zur Kita bringen.« Simon nahm Lauras Hand, küsste sie und zog sie aus dem Bett. »Komm, wir wecken ihn gemeinsam auf.«

Leise schlichen die beiden in Lukas' Zimmer. Sie wollten ihn behutsam aus dem Schlaf holen und nicht durch ein plötzliches Geräusch, das dadurch entstand, dass sie auf ein Auto oder auf Duplo-Klötze traten.

Simon streichelte seinem Sohn über den blonden Kopf. Das Haar war ganz weich und fein. Dann beugte er sich runter, küsste ihn auf die Wange und flüsterte in sein Ohr: »Aufwachen.«

Die Augen blitzten auf, Lukas stand schlagartig im Bett und hob die Arme in die Höhe. »Papa.«

Simon verstand das Zeichen. Er hob seinen Sohn in die Höhe und nahm ihn auf den Arm. Es war ein gutes Gefühl, endlich wieder für ihn da sein zu können.

»Bei mir dauert das immer viel länger«, sagte Laura und musste lachen.

Lukas schmiegte sich ganz eng an Simon an. Seinen Kopf drückte er an die Schulter und umklammerte ihn so fest, als wollte er ihn nie wieder loslassen.

»Ich bringe dich heute in den Kindergarten«, sagte Simon. »Freust du dich?«

Lukas lockerte die Umarmung. Er hatte eine Idee und wollte sich an seinem Vater herabgleiten lassen.

Simon stellte seinen Sohn auf die Füße, der sogleich losrannte, um ein wenig später mit einem Teddy im Arm zurückzukommen. »Guck mal, den nehme ich mit.«

KAPITEL 52

»Das ist ja interessant«, schallte plötzlich Ohlingers Stimme durch die Wohnung. Der Leiter der Spurensicherung stand an der Balkontür des Wohnzimmers. Auf dem Couchtisch befanden sich mehrere ausgetrunkene Bierflaschen und leere Dosen von Energy-Drinks, die die Freunde des DJs dort stehen gelassen hatten, nachdem die Polizei sie befragt, ihre Daten erfasst und sie weggeschickt hatte. Die Hand von Ohlinger steckte in weißen Latexhandschuhen, zwischen den Fingern hielt er eine Flasche aus Plastik. »In einem der hinteren Regale auf dem Balkon stand das hier. Es befand sich zwischen verschiedenen Putzmitteln.«

»Und was ist das?« Simons Blick richtete sich auf den weißen Behälter.

»Diese Flasche beinhaltet Reinigungsmittel.« Ohlinger schaute die beiden mit einem bedeutungsvollen Blick an.

»Und?«, fragte Simon, der nicht verstand, was daran Besonderes war.

»Damit kann man Blut wegmachen.«

Marie zog die Augenbrauen hoch. »Ist sie angebrochen?«

»Die Hälfte ist aufgebraucht.« Ohlinger reichte seiner Kollegin die Flasche.

Marie drehte sie in der Hand, hielt sie ins Licht und betrachtete sie von allen Seiten. Durch das dünne Plastik sah man die Flüssigkeit. Sie reichte die Flasche an Simon weiter.

»Gegen Flecken von Blut, Speichel, Eiter und Sperma in waschbaren und nicht waschbaren Textilien«, fasste Simon die Punkte zusammen, die auf der Packung standen. Er wunderte sich darüber, was für unterschiedliche Arten von Flecken es beseitigte. »Wo kann man so etwas kaufen?«

»Die bekommt man in jeder Drogerie«, antwortete Ohlinger. »Im Müll im Badezimmer haben wir noch zwei leere Packungen gefunden.«

Gemeinsam gingen sie ins Bad, die Wäsche war bereits aus dem Korb in einen Plastiksack umgefüllt worden. Ohlinger öffnete einen der Koffer und setzte einen Strahler für UV-Licht zusammen.

»Hast du vom Krankenhaus gehört?«, wandte Marie sich an Simon und flüsterte dann: »Hat der Dealer überlebt?«

Der Anruf war spät in der Nacht bei Simon eingegangen. Er wollte Marie nicht um zwei Uhr morgens wecken, weshalb er die Gelegenheit jetzt nutzte, um den Bericht der Rettungssanitäter und des Notarztes wiederzugeben. »Da das Treppenhaus zu eng war, haben sie einen Kran angefordert, der den Mann dann aus dem Fenster hinunter gehoben hat. Sie haben ihn für den Transport fertig gemacht. Auf dem Weg in die Universitätsklinik ist er dann aber verstorben.«

Marie schaute bestürzt auf den Boden. Man sah ihr an,

wie diese schrecklichen Ereignisse sie mitnahmen. »Und was ist mit Dreher?«

Simon zuckte mit den Schultern. »Er liegt auf der Intensivstation. Die verantwortliche Schwester will sich bei mir melden, sobald es Neuigkeiten gibt.«

»Ich bin so weit«, lenkte Ohlinger, der den Aufbau des UV-Lichts abgeschlossen hatte, das Gespräch zurück auf die Wohnung von Dreher. »Falls der Mann tatsächlich der Mörder ist und seine Opfer in dieser Wohnung ermordet hat, finden wir vielleicht Blutspuren in der Badewanne.«

»Ich bin gespannt«, murmelte Simon und fügte in Gedanken dazu, dass es ihm egal war, ob sich diese in der Wanne befanden, auf den Kacheln, im Waschbecken oder irgendwo anderes. Hauptsache, sie hatten einen eindeutigen Beweis und konnten den Fall endlich abschließen. Ein Verletzter und drei Tote waren ihm einfach genug.

Ohlinger drückte auf den Lichtschalter. In dem Moment, als das Licht ausging und nur noch die UV-Strahlung übrigblieb, leuchtete etwas im Waschbecken auf. Die weiße Keramik schimmerte in einem intensiven, fast neonartigen Blau, das einen scharfen Kontrast zu den dunklen Reflektionen bildete.

»Blut«, stellte Ohlinger fest. Die dünnen, verwischten Ränder der Spuren leuchteten in einem bläulich-violetten Schimmer. In der Nähe des Abflusses waren die Blutspuren am stärksten verdünnt und zeigten nur eine blasse, verwässerte Tönung, die kaum noch sichtbar war. »Es muss sich mit Wasser vermischt haben und dann den Abfluss hinabgeflossen sein.«

KAPITEL 53

Eine halbe Stunde später fuhren Simon und Marie von der Wohnung von Dreher zur Wohnung von Huber und fanden dort ein zweites Team der Spurensicherung vor. Auf dem Boden standen kleine gelbe Schildchen mit Nummern, die verschiedene Beweismittel markierten. Simon hatte ein komisches Gefühl, etwas stimmte nicht.

»Schaut mal, was ich hier Feines habe«, sagte der junge Kollege von der Spurensicherung. Er hatte einen dünnen Oberlippenbart, eine Brille mit großen eckigen Gläsern und er war in einen weißen Schutzanzug gekleidet. Zwischen seinen Fingern baumelte ein Tütchen voller Kokain. Er tat so, als würde er es in seiner Tasche verschwinden lassen.

»Vorsicht, junger Mann«, sagte Marie und hob mahnend den Zeigefinger. »Nicht, dass ich Anzeige erstatten muss.«

Alle mussten lachen. Solche Augenblicke taten der Ermittlung gut. Sie lösten die Anspannung.

»Hier sind überall Rückstände von dem Zeug«, fuhr der junge Mann fort und setzte ein schelmisches Lächeln auf. »Auf den Türgriffen haben wir Spuren der Droge gefunden, auf dem Esstisch in der Küche, auf dem Nachttisch und auf dem kleinen Glastisch vor der Couch. Auf der Fernbedienung, am Besteck, den Tassen und Gläsern, die noch in der Spülmaschine standen. Es gibt fast keinen Ort, an dem wir kein Kokain gefunden haben. Sogar an der Glühbirne an der Decke.«

Simon sah sich um. Teure Uhren waren auf dem Tisch aufgereiht. Hemden, Hosen, Pullover und Taschen von Luxusmarken befanden sich in durchsichtigen Plastiktüten. Vor ihm standen Kartons, in denen sich Bargeld stapelte. Beim ersten Mal, als er sich in der Wohnung befand, hatte er nichts von den wertvollen Stücken mitbekommen. Er hatte nur den schwer verletzten Mann auf dem Boden gesehen und wie Dreher mit dem Messer in der Hand weggerannt war. Ohne auf irgendwelche Details zu achten, war er hinterher gestürmt. »Ein kleiner Fisch war der Mann wohl nicht.«

»Was ist das denn?«, fragte Marie und zeigte auf eine Wand.

»Der Mann besitzt eine Sammlung von Samurai-Schwertern. Darunter sind Waffen aller Größen«, sagte der Mann von der Spurensicherung. Er spreizte Daumen und Zeigefinger voneinander ab. »Das kürzeste hat eine solche Klinge.« Dann breitete er die Arme aus. »Das längste ist so lang.«

Simon hob erstaunt die Augenbrauen. Ob Huber die Waffen nur zur Dekoration aufgehängt hatte? Wohl kaum. Menschen aus der Unterwelt benutzten so etwas oft, um sich ein Image als Bad Boy aufzubauen, um die Konkurrenz abzuschrecken und anderen Leuten Angst einzujagen. Es schrie geradezu danach, dass man sich nicht mit dem Mann anlegen sollte. »Gibt es weitere Waffen?«

»Wir haben eine ganze Kiste zusammengestellt.« Der

Mann ging zu einem Karton, der an der Wand stand, bückte sich nach unten und klappte ihn auf. »Ich weiß nicht genau, was da alles drin ist. Aber ein paar Butterfly- und Rambo-Messer habe ich dort auf jeden Fall gesehen.«

Marie schaute Simon mit einem vielsagenden Blick an. Ob sie sich auch fragte, ob eines davon die Mordwaffe gewesen sein könnte? Vielleicht hatte Huber dem Politiker damit den Bauch aufgeschlitzt und die Steine hineingefüllt? Aber machte das überhaupt Sinn? Jetzt, wo sie doch fest davon ausgehen konnten, dass Dreher der Mörder war.

»Hast du mit der Hirschburg gesprochen?«, fragte Simon. Er wollte wissen, ob die Blutspuren im Waschbecken des DJs von einem der Opfer stammen konnten. Falls nicht, würde auch eine andere Person als Mörder infrage kommen. Wie der Dealer.

»Ich habe versucht, sie zu erreichen. Aber sie geht nie dran.« In Maries Augen loderte ein Feuer auf, ein klares Zeichen dafür, wie verärgert sie war. »Sie ist noch nie ans Telefon gegangen, wenn ich sie angerufen habe. Vielleicht hat sie mich sogar blockiert.«

Simon schlug sich innerlich an den Kopf. Dass Leute wie die Hirschburg bei den Ermittlungen eingebunden wurden, das war eigentlich unerhört. Es ging doch darum, Mörder dabei zu stoppen, weiter ihre blutigen Taten zu vollbringen, und nicht darum, jede Möglichkeit auszunutzen, um sich selbst in den Mittelpunkt zu spielen und anderen zu zeigen, wie scheiße man sie fand. Charakterlich war die Frau komplett ungeeignet.

»Und es gibt noch etwas Interessantes«, fuhr der junge Kollege von der Spurensicherung fort. »Kommt mit in den Keller.«

KAPITEL 54

Es war dunkel und ein beißender Geruch lag in der Luft. In der Mitte des fensterlosen Raums standen mehrere leicht zu reinigende Metalltische, auf denen verschiedene Chemikalien und Geräte verteilt waren. Glasflaschen, Bechergläser und Kolben waren ordentlich aufgereiht, viele davon mit Pulver oder farbigen Flüssigkeiten gefüllt. Einige Tische waren mit Bunsenbrennern, Waagen und Messgeräten ausgestattet. An den Wänden hingen Regale mit zahlreichen Behältern. In einer Ecke des Raums stand ein kleiner Kühlschrank, vermutlich zur Lagerung von Substanzen, bei denen man auf die Temperatur achten musste. Im Mülleimer lagen Schutzmasken und Handschuhe, und auf dem Boden stapelten sich Kartons mit Verpackungsmaterial und fertigen Drogen.

»Wow, das sieht aus wie ein Labor in einem Chemie-Konzern.« Simon griff mit seinen behandschuhten Fingern nach einem der Reagenzgläser und hielt es in das kalte Licht. Eine farblose Flüssigkeit befand sich darin. Er löste den Deckel und roch daran. »Kein Geruch. Was das wohl ist?«

Marie zog die Schultern hoch. Natürlich wusste sie es genauso wenig wie die anderen. »Das werden die Untersuchungen ergeben.«

Eigentlich hatte Simon auch keine andere Antwort erwartet. Aber sie wussten noch immer nicht, wie der Täter seine Opfer überwältigte. Vielleicht befanden sich in dem Gläschen ja K.-o.-Tropfen und eine Analyse des Inhalts würde Licht ins Dunkel bringen, falls es nicht Dreher war.

Plötzlich klingelte Simons Telefon, er erkannte die Nummer auf dem Display, hob ab und stellte auf laut. »Kriminalhauptkommissar Lehmann.«

»Schwester Jurkowska«, meldete sich eine Frau mit einem osteuropäischen Akzent am anderen Ende der Leitung. In ihrer Stimme lag Wärme, die Vertrauen und Sicherheit ausstrahlte.

»Ja, bitte.« Simon wusste natürlich, dass es nur um den DJ gehen konnte, und er hoffte, dass sie mit dem Mann sprechen konnten. Vielleicht würde er ja gestehen, falls er der Täter war.

»Ich rufe wegen Herrn Dreher an.«

»Meine Kollegin Marie Voigt hört das Gespräch mit. Hat sich sein Zustand verbessert?«

Ein kurzes Schweigen folgte, dann sprach die Krankenschwester. »Herr Dreher ist vor etwa 20 Minuten von uns gegangen.«

KAPITEL 55

»Noch ein Toter«, sagte Simon und ihm wurde ganz schlecht. Langsam setzte ihm das ganze Leid zu. Nicht zum ersten Mal fragte er sich, wie lange er diesen Job noch machen könnte. Er wandte sich an seine Kollegin. »In der Wohnung des DJs haben wir Blutspuren und Reinigungsmittel gegen Blut gefunden. Wenn das Blut aus dem Waschbecken im Badezimmer von einem der Opfer stammt, müsste man davon ausgehen, dass Dreher der Mörder ist. Aber was machen wir, wenn das Gift und die Waffe von Huber stammen?«

Marie zuckte mit den Schultern. »Und beide haben ein Motiv für jeweils einen der beiden Morde. Dreher will sich an der Ex-Freundin rächen, der Dealer will den Politiker dafür büßen lassen, dass er als Bauernopfer lange im Gefängnis sitzen musste.«

Sie schwiegen und schauten dem Kollegen der Spurensicherung dabei zu, wie sie die Chemikalien und Geräte untersuchten.

Plötzlich formte sich ein Gedanke in Simons Kopf, den er bisher noch gar nicht zugelassen hatte. »Vielleicht haben die beiden die Morde gemeinsam begangen? Oder einer der beiden hat die Taten vorbereitet und der andere hat sie ausgeführt.«

Marie griff den Punkt auf. »Die Leiche im Wald lag etwa zwei Kilometer vom nächsten Parkplatz entfernt. Sie allein dorthin zu schaffen, wäre eine große Herausforderung gewesen. Der Mann wog um die neunzig Kilo.«

»Plus das Gewicht der Steine«, sagte Simon und legte die Stirn in Falten. »Es wäre auch einfacher gewesen, die Leiche von Nina Wolff zu zweit die Treppen hinaufzutragen und im Haus abzulegen. Das Problem sind ihre Alibis. Der DJ befand sich in der Zeit, als der Mord am ersten Opfer geschah, in den Niederlanden und hat in einem Club aufgelegt. Fotos auf Instagram belegen seinen Aufenthalt. Huber war zum Zeitpunkt des Mordes an Dorfmann im Fitness-Studio. Er hat eingecheckt, als die Kamera im Parkhaus in der Altstadt den Politiker eingefangen hat, und kurz darauf mit seiner Karte ein isotonisches Getränk bezahlt, wie eine Angestellte bestätigt.«

»Aber warum sollte der DJ dann den Dealer umbringen?« Marie legte die Stirn in Falten.

Das Blitzlicht einer Kamera leuchtete mehrfach auf und ließ die Laborgeräte glänzen.

»Vielleicht wollte einer zur Polizei gehen. Er hat es nicht mehr ausgehalten, mit dieser Last auf der Seele zu leben«, überlegte Simon und ihm kam ein weiterer Gedanke. »Vielleicht haben sie sich aber auch gestritten.«

»Oder es war einfach eine ungeplante Aktion im Drogenrausch. Es gibt genug Beispiele davon, wie ein Süchtiger plötzlich durchgedreht ist.«

Das konnte tatsächlich sein, überlegte Simon. Vielleicht hatten sie wirklich gemeinsam die Morde geplant und jeweils in Teilen auch durchgeführt. Und jetzt hatte der eine den anderen umgebracht und war beim Fluchtversuch selbst ums Leben gekommen. Ausschließen konnte man es zu diesem Zeitpunkt nicht.

Simon ging im Raum auf und ab. Es wäre ein unbefriedigendes Ende, da die Mörder ihre Taten nicht im Gefängnis büßen mussten. Sie hätten sich durch ihren Tod der gerechten Strafe entzogen. Aber es war besser, als wenn sie weiter aktiv wären. Wer weiß, wie viele Opfer es noch gefordert hätte.

KAPITEL 56

»Herzlichen Glückwunsch«, sagte Bohrmann, als er den Konferenzraum betrat. Er stellte sich mit einer Flasche Sekt in der Hand vor die Truppe. »Wir haben unseren ersten Meilenstein in diesem Jahr erreicht: Mehr als die Hälfte der Morde sind aufgeklärt. Ihnen, Frau Professor Hirschburg, danke ich ganz besonders für Ihre scharfsinnigen Analysen und Ihre wertvollen Hinweise. Ihnen, Herr Lehmann und Frau Voigt, vielen Dank, dass Sie alles in gewohnter Weise so routiniert abgearbeitet haben. Herr Kowalski, danke für die, äh, Unterstützung.«

Dieses scheinbare Lob spiegelte natürlich nicht den Anteil wider, den die Personen jeweils an der geleisteten Arbeit hatten. Aber es überraschte Simon nicht. Es war ganz typisch für Bohrmann, wie so oft schmeichelte er hochrangigen Leuten, um früher oder später einen Vorteil daraus zu ziehen.

Auch die Professorin hielt es nicht für notwendig, klarzustellen, dass Simon und Marie hier die eigentliche Arbeit geleistet hatten. Stattdessen nahm sie das Lob gerne an, setzte ein zufriedenes Lächeln auf und bedankte sich mit einer Neigung des Kopfes.

Bohrmann fuhr an Simon und Marie gerichtet fort: »Da sieht man, wie wichtig es ist, eine Führungskraft zu haben, die die Leute an den richtigen Stellen zusammenbringt und zugleich die Rahmenbedingungen schafft, um das Beste aus den Menschen herauszuholen.«

Unfassbar, dachte Simon. Wie immer hatte er nichts zu dem Fall beigetragen und lobte sich dennoch über den grünen Klee. Wie konnten es solche Menschen nur in die Führungsetagen schaffen? Oder waren es gerade diese Eigenschaften, die sie nach ganz oben brachten?

Bohrmann lächelte die Sekretärin an und klopfte ihr auf den Oberschenkel: »Und Ihnen natürlich vielen Dank für die ganze Organisation.«

»Nicht der Rede wert«, sagte die Sekretärin, drückte ihre Brust raus und hob Stolz die Nase nach oben. Sie öffnete den Karton mit den Sektgläsern und stellte eines nach dem anderen auf den Tisch.

Plötzlich gab es einen Knall. Der Korken flog gegen die Decke, verpasste knapp eine Lampe und prallte dann gegen den Oberarm der Professorin. Diese sprang wie von der Tarantel gestochen auf, riss sich entsetzt den Ärmel nach oben und verzog schmerzerfüllt das Gesicht.

»Brauchen Sie einen Krankenwagen?«, fragte Marie übertrieben sarkastisch und provozierte weiter. »Ich kann Ihnen als Zeuge zur Seite stehen, falls Sie Anzeige wegen Körperverletzung erstatten wollen, Frau Professorin.«

»Was?« Die Professorin schaute Marie an, giftige Blitze schossen aus ihren Augen.

Bohrmann schüttete Sekt in die Gläser und verteilte die

Getränke. Sein Glas hob er in die Luft und schaute aus dem Fenster. »Wir sind im zweiten Quartal und haben bereits eine bessere Aufklärungsquote als zur gleichen Zeit im letzten Jahr. Die Statistiken stehen besser da als in allen Jahren zuvor. Lassen Sie uns darauf anstoßen.«

Simon hatte insgesamt ein ungutes Gefühl, etwas stimmte nicht. Außerdem dachte er an die Familien, denen es wichtig war zu wissen, wer von beiden der Täter war. Schließlich wollte niemand einen Killer in seinem Umfeld wissen und niemand wollte einen Mörder begraben. »Marie und ich würden weiter ermitteln, um herauszufinden, ob der DJ oder der Dealer am Ende der Täter war.«

»Ja, ja, machen Sie mal. Aber behalten Sie die Zeit, die Sie dafür aufwenden, im Auge. So, und jetzt Prost allerseits.«

Bohrmann schien es nicht allzu wichtig zu sein, weiter wertvolle Ressourcen in den Fall zu stecken. Solange die Zahlen stimmten, passte es für ihn. Denn für seine Statistik war es am Ende gleichgültig, ob Dreher alle Morde begangen hatte, ob Huber die Menschen umgebracht und Dreher sich für den Mord an seiner Ex-Freundin gerächt hatte oder ob sie sogar gemeinsame Sache gemacht hatten. Ein abgeschlossener Fall war ein abgeschlossener Fall.

»Wir halten Sie dann auf dem Laufenden«, sagte Simon und beobachtete die Professorin, die angewidert in ihr Glas schaute, als würde ein ekliges Insekt darin schwimmen. Sekt war ihr sicherlich nicht gut genug. Sie führte das Glas zum Mund und tat so, als würde sie trinken, ließ allerdings keinen Tropfen in ihren Mund dringen.

»Schmeckt es Ihnen nicht, Frau Professorin?«, fragte Marie.

»Ein vorzügliches Getränk«, erwiderte die Rechtsmedizinerin und zwang sich, einen Schluck hinunterzuwürgen. Gegenüber dem Abteilungsleiter wollte sie wohl nicht unhöflich erscheinen. Hätten Simon und Marie ihr das Getränk angeboten, hätte sie ihnen mit Sicherheit eine Szene gemacht. Dafür würde Simon seine Hand ins Feuer legen.

Wieder erhob Bohrmann die Stimme. »Für 18 Uhr habe ich einen Tisch beim Italiener reserviert.«

KAPITEL 57

Simon saß am Tischende, hatte sich so weit, wie es an diesem engen Tisch möglich war, von der Hirschburg weggesetzt, die am gegenüberliegenden Ende zwischen Bohrmann und dessen Sekretärin saß. Die drei steckten die Köpfe zusammen und redeten leise, so als würden sie vertrauliche Informationen austauschen.

Auf der anderen Seite des Tisches, wo Simon mit Marie und Kowalski saß, war das Gespräch nicht zu hören. Der Kellner brachte das Essen. Die Frauen hatten Salat und die Männer Pizza bestellt.

Für Simon kam das Essen genau zur rechten Zeit. Für ein Frühstück hatte er sich heute Morgen wieder einmal keine Zeit genommen, und jetzt knurrte sein Magen. Viel länger hätte er nicht warten können.

Kowalski berichtete von seinen Erkenntnissen: »Auf dem Konto von Huber befanden sich nur wenige Euro. Die Geldeingänge und -ausgänge beliefen sich auf kleine Beträge von der Bundesagentur für Arbeit.«

Simon dachte an die Kartons voller Geld in der Wohnung des Dealers, an die teuren Uhren und die Designerkleidung. »Wie Arbeitslosengeld? Er hatte doch diese ganzen Schätze zu Hause gebunkert.«

»Der Mann war arbeitslos gemeldet, deshalb lag auch das ganze Bargeld in seiner Wohnung herum statt auf der Bank. Er konnte es nicht auf sein Konto einzahlen, musste es verstecken oder ausgeben. Wenn er das Geld zur Bank gebracht hätte, hätten die Behörden etwas von seinen kriminellen Machenschaften mitbekommen und er wäre wahrscheinlich recht schnell aufgeflogen.« Kowalski wischte sich mit der Serviette den Mund ab. »Viel hat er auch über Amazon bestellt, ich gehe davon aus, dass er sich im Supermarkt diese Gutscheine gekauft hat, die dort an der Kasse hängen, um dann damit irgendwelche Sachen zu bestellen.«

»Vielleicht haben seine Kunden auch wertvolle Gegenstände gestohlen und sie bei ihm gegen Drogen eingetauscht«, überlegte Marie. Sie griff nach der Flasche Wasser und füllte ihr Glas nach.

»Das wäre nicht unüblich. Irgendwie müssen die Abhängigen an ihre Drogen kommen«, sagte Kowalski. »Ich habe mir übrigens von beiden die Bewegungsdaten ihrer Handys angeschaut. In der Nähe des Waldes gibt es keine Signale. Aber die Geräte können auch einfach zu Hause geblieben sein, während sie unterwegs waren. Auf WhatsApp, Facebook oder im Internet waren sie in der Zeit jedenfalls nicht.«

KAPITEL 58

»Das Ganze passt vorn und hinten nicht zusammen«, sagte Simon und schnitt ein Stück seiner Pizza ab. »Mein Gefühl sagt mir, dass wir auf dem falschen Weg sind.«

»Geht mir genauso«, stimmte Marie zu und hob die Augenbrauen. »Irgendwas haben wir übersehen.«

Simon wollte antworten, aber er hatte den Mund voller Pizza, die er hinunterschluckte. »Die beiden ersten Morde passen nicht zur Ermordung des Dealers und schon gar nicht zum Selbstmord des DJs.« Er spülte mit einem Schluck Wasser nach. »Die Taten an der Ex-Freundin Nina Wolff und Dorfmann waren im Detail geplant. Sie bedurften einer exakten Vorbereitung und einer präzisen Durchführung. Der Mörder legte die Leichen an Stellen ab, wo zunächst niemand etwas mitbekommt. Er hat sich größte Mühe gegeben, um bei der Entführung, Tötung und Platzierung am Fundort keine Spuren zu hinterlassen. Es gibt nichts, was irgendwie auf den Mörder hinweist.«

»Und jetzt soll der DJ der Mörder sein?«, führte Marie den Gedanken zu Ende. »Aus dem planvollen Täter wird plötzlich ein Mann, der sein Opfer mit einem Messer aufsucht und dieses bei offener Tür im Hausflur absticht, wo jeder Nachbar die Tat mitbekommen konnte.«

»Klaus Huber stand einfach in seinem Bademantel da. Arglos öffnete er die Tür. Er hatte sogar noch seine Brille auf dem Kopf und hielt die Fernbedienung in der Hand. Sie kannten sich, warum sollte er nicht aufmachen, wenn es klingelt?«

Marie schüttelte den Kopf. »Und der Bezug zu Märchen fehlt komplett. Überhaupt, jegliche Art der Inszenierung fehlt.«

»Der Mörder hat gezielt seine Taten durchgeführt. Die Schnitte am Bauch von Dorfmann sehen aus, als wären sie bedacht gesetzt worden.« Simon fuhr sich mit der Hand über die Stirn. »Dreher hat einfach zugestochen. Wild und wahllos, so als sei es ihm egal, wo er trifft. Hauptsache tot.«

»Der Mann hat richtig gewütet«, stimmte Marie zu. »Die Stichwunden legten eine Tat aus Leidenschaft nahe, aus purem Hass, der sich spontan entladen hat. Ganz anders als die Morde an Wolff und Dorfmann. Das kann man im Grunde überhaupt nicht vergleichen.«

KAPITEL 59

»Wir wissen, dass Dreher in enger Verbindung mit der Tochter des Anwalts und dem Politiker stand und eine weitere Person, die ebenfalls Teil dieser Verbindung war, getötet hat, nämlich den Dealer Klaus Huber. Aber warum?«

Simon dachte über die Äußerung seiner Kollegin nach. »Vielleicht war Huber der Mörder. Der DJ ist ihm auf die Schliche gekommen und hat sich an ihm dann kurzerhand dafür gerächt, dass er seine Ex-Freundin umgebracht hat.«

»Da erlaube ich mir, freundlich einzuhaken«, mischte sich plötzlich die Professorin ein.

Simon schaute zu ihr rüber. Er war gespannt, was die Frau wieder von sich geben würde.

»Auf den ersten Blick kommt Huber als Mörder infrage«, fuhr sie fort. »Das Kokain, was in der Kontaktlinse von Nina Wolff gefunden wurde, stammt aus dem Labor des Dealers. Das belegt zwar die Verbindung zwischen den beiden Personen, von der wir immer ausgegangen waren. Aber mehr auch nicht, schon gar keinen Mord.«

Simon ballte die Fäuste und fragte so freundlich, wie es ihm in dieser Situation möglich war: »Seit wann haben Sie diese Information zu dem Kokain?«

»Ich habe die E-Mail gerade auf meinem iPhone gelesen.« Sie hielt ihr Handy in die Luft und tippte auf das Display. »Sie müssten sie auch erhalten haben. Und was die Schwerter und Messer des Dealers betrifft. Die können Sie getrost vergessen, die wurden seit Jahren nicht angerührt.«

Simon fürchtete, dass seine Hoffnung, den Fall schnell zu lösen, in sich zusammenfiel.

Die Rechtsmedizinerin fuhr fort. »Der Schnitt im Bauch wurde mit einem medizinischen Skalpell durchgeführt. Er wurde ruhig und präzise gesetzt. Ohne Übung bekommt man das nicht hin, schon gar nicht mit zugedröhntem Kopf.«

Die Vorstellung, dass keiner der beiden jungen Männer als Mörder infrage kam, gefiel Simon überhaupt nicht. Krampfhaft versuchte er, sich am letzten Faden festzuklammern. »Dann muss es doch Dreher gewesen sein.«

Die Professorin schüttelte den Kopf und fügte an. »Und das Blut im Waschbecken des DJs kommt von dem Mann selbst. Ich vermute, dass er durch das ganze Kokain seine Nasenscheidewand zerstört hat und es zu chronischem Nasenbluten gekommen ist.«

Simon spürte ein Stechen im Magen. Wir sitzen hier und feiern, dass das Morden beendet ist, ging es ihm durch den Kopf. Aber in Wirklichkeit rennt draußen ein Killer frei herum, der vielleicht schon sein nächstes Opfer im Visier hat.

Ein leichtes Klirren von einem Glas ertönte. Die Blicke richteten sich auf Bohrmann, der die Diskussion mit der Professorin nicht mitbekommen zu haben schien und sich erhob. »Ich wollte noch einmal die Gelegenheit nutzen, um mich bei Ihnen zu bedanken. Wir sind wirklich ein starkes Team.«

KAPITEL 60

In der abendlichen Sonne glitzerte etwas auf dem Asphalt. Sie verlangsamte das Tempo und streckte den Kopf nach vorn über das Lenkrad, bis sie mit ihrer Nase fast die Windschutzscheibe berührte. Das konnte doch nicht wahr sein.

Mit der Überraschung machten sich auch Zweifel in ihrem Kopf breit. Lag auf ihrem Heimweg ein Stück Gold auf dem Boden? Das war doch eigentlich unmöglich.

Sie schaute in den Rückspiegel und sah, wie sich ein roter Jeep näherte. Sie musste schnell handeln und den Schatz bergen, bevor der Fahrer des anderen Wagens ihn entdeckte und ihr vor der Nase wegschnappte. Das durfte sie nicht zulassen.

Sie machte die Warnblinkanlage an, stieg aus dem Fahrzeug und hob das Stück Metall auf. Mit Erstaunen stellte sie fest, dass es sich bei dem Ding, das da so schön in ihrer Hand glänzte, tatsächlich um eine Goldmünze handelte.

Der Fahrer hupte, sie trat an den Straßenrand neben einen Baum, an dem ein rostiges Damenrad lehnte. Das Vorderrad war verbogen und am Gepäckträger klemmte ein

Korb, in dem Abfälle und leere Bierflaschen lagen. Der Jeep fuhr vorbei.

Schwer lag die Münze in ihrer Hand. Vor ein paar Jahren hatte sie mit einer dementen Patientin im Altenheim eine Schachtel mit fünf Münzen Gold gegen ein Kätzchen aus Porzellan getauscht, das sie für ein paar Euro auf dem Flohmarkt gekauft hatte. Schauen Sie sich einmal diese süße Schnauze an, erinnert Sie das nicht an Ihre Luna? Die trüben Augen der Frau glänzten, als sie die Figur entgegennahm.

Sie setzte sich zurück in ihr Auto. Während der Fahrt drehte und wendete sie das Stück zwischen ihren Fingern hin und her. Aus dem Handschuhfach holte sie ihr Handy und machte ein Foto davon, wie die Münze in ihrer Hand lag. Dann fiel ihr ein, dass Gold sich abnutzte, wenn man es in die Hand nahm. Sie faltete ein Papier wie einen Briefumschlag und legte es hinein.

Sie fragte sich, was die Münze wohl wert war und googelte den Preis für eine Unze Gold. Sie war geschockt, mit so viel hätte sie nicht gerechnet. Dafür würde sie ein neues iPhone oder eine Tasche von Louis Vuitton bekommen, wenn sie es denn wollte. Aber am Ende würde sie es wahrscheinlich einfach in die Schachtel zu den anderen Münzen legen. Sie hatte sich nie etwas gegönnt. Andere beschrieben sie als geizig und habgierig. Doch mit Geiz hatte das überhaupt nichts zu tun, sie gab ihr Geld eben für sinnvolle Dinge aus. Sie selbst sah sich als sparsam und zielstrebig an. Je mehr sie besaß, desto sicherer fühlte sie sich.

Plötzlich kam ihr ein Gedanke und sie trat auf die Bremse. Warum war sie nicht früher darauf gekommen? Sie bog in die nächste Straße und fuhr einmal um den Häuserblock, bis sie wieder auf der Straße war, von der sie gekommen war. Nur, dass sie jetzt in die andere Richtung fuhr.

Ihren Wagen parkte sie ein paar hundert Meter entfernt. Wo ein einzelnes Stück Gold lag, gäbe es vielleicht ja noch mehr.

Sie ging an die Stelle, an der die Münze gelegen hatte, stellte sich auf den Bürgersteig und schaute sich den Straßenabschnitt genau an. Ihr Blick bewegte sich vom Gullydeckel zum Kastanienbaum mit dem alten Fahrrad und von dort zu einem Schlagloch in der Straße. Aber weiteres Gold lag dort nicht.

Sie weitete den Radius aus, suchte mit ihren Blicken den Bürgersteig ab. Und plötzlich flackerte etwas auf. Das war ihr Glückstag, dachte sie.

Sie warf einen verstohlenen Blick über die Schulter. Die Gegend war verlassen, niemand beobachtete sie. Schnell schoss sie ein Foto, dann hob sie das zweite Goldstück auf. Das schwere Metall fühlte sich gut an in ihrer Hand. Irgendwie richtig, so als hätte sie es verdient.

Im Geist zog sie eine Linie zwischen der Stelle, an der sie das erste Stück Gold gefunden hatte, und der Stelle, an der die zweite Münze gelegen hatte. An der einen Seite führte diese gedankliche Linie an eine Erhöhung aus Beton, auf der die S-Bahn fuhr.

Auf der anderen Seite zeigte die Linie in das abgelegene Hafengebiet. Still und verlassen standen die alten Lagerhallen da, die seit Jahren nicht mehr in Betrieb waren. Gespenstisch ragten die alten Verladekräne in den Himmel.

Bei dem Gedanken, allein an diesem unheimlichen Ort zu sein, bekam sie eine Gänsehaut. Aber für ein paar Münzen mehr würde sie diesen Moment der Angst in Kauf nehmen. Es würde sie schon niemand umbringen.

KAPITEL 61

Die Sekretärin erhob ihren Sekt, doch die Gläser der restlichen Truppe blieben auf dem Tisch stehen. Der Boss schaute verärgert. »Was ist hier los? Was ziehen Sie denn für Gesichter?«

Simon sah die Professorin an, die den Bericht aus dem Labor zuerst gelesen hatte. Doch die Frau schien nicht die Überbringerin der schlechten Nachricht sein zu wollen. Er ergriff das Wort. »Ein paar Ungereimtheiten haben sich ergeben.«

Bohrmann, an den sich die Worte hauptsächlich richteten, schien das nicht hören zu wollen. »Wer von beiden am Ende die Morde begangen hatte, ist mir egal. Wichtig ist, dass der Täter keinen weiteren Schaden anrichten kann.«

Simon fuhr fort. »Keiner der beiden war an den Morden beteiligt.«

Bohrmann setzte ein väterliches Lächeln auf. »Seien Sie doch nicht so selbstkritisch. So schnell haben Sie noch nie einen Fall gelöst. Da müssen Sie sich doch auch mal freuen können.«

»Die Taten passen nicht zusammen, das Blut im Bad des

DJs stammt nicht von den Opfern, die Wunden nicht von den Waffen des Dealers, und überhaupt passt der Tod an Huber nicht im Geringsten zu den Morden an Nina Wolff und Dorfmann«, fasste Simon die Erkenntnisse zusammen. »Wie wollen wir mit diesen Ungereimtheiten vorgehen?«

»Wir haben die beste Statistik, die wir jemals hatten. Die will ich mir nicht durch ein paar Skeptiker verderben lassen«, klammerte sich Bohrmann an seinen geliebten Zahlen fest und schüttelte verärgert den Kopf. »Sind Sie sich zu hundert Prozent sicher?«

Simon nickte. Es war natürlich ein unangenehmes Gefühl, seinem Chef einen solchen Dämpfer verpassen zu müssen. Und auch für Laura und Lukas waren das keine schönen Neuigkeiten. Aber das waren nun mal die Fakten.

KAPITEL 62

»Also lasst uns doch einmal einen Schritt zurückgehen«, sagte Bohrmann und ging in den Analysemodus. »Wie stellen wir uns den Mörder vor?«

»Ich gehe von einem männlichen Täter aus«, sagte Simon. Natürlich war es schwer, jetzt eine neutrale Meinung zu vertreten, da sie mit dem Dealer und dem DJ bereits die Bilder der möglichen Täter im Kopf hatten.

»Ich schätze ihn auf 40 bis 50«, sagte Marie. »Junge Menschen gehen oft nicht so organisiert vor.«

»Ist er verheiratet?«, fragte Bohrmann.

»Ich glaube nicht.« Dieses Mal war es Kowalski, der antwortete. »So etwas lässt sich vor der Ehefrau schlecht verstecken, die ganze Zeit, die dafür draufgeht. Eher geschieden.«

»Hat er Kinder?«

»Bei seiner Familie gibt er den liebevollen Vater und dann wird er zum grausamen Mörder«, antwortete Marie. »Das kann ich mir auch schwer vorstellen.«

»Welcher Arbeit geht er nach?«, fragte Simon und bot

ein paar Möglichkeiten an. »Könnte er ein Metzger sein? Oder Anwalt? Vielleicht ein Pilot oder Pfarrer?«

»Natürlich wäre es möglich«, überlegte Marie. »Dass er alles sein könnte, aber irgendwie sagt mir mein Gefühl, dass er eher einen technischen Beruf hat. Er geht strukturiert vor und war im Grunde wenig kreativ, so als hätte er sich einen ganz detaillierten Plan erarbeitet, den er anschließend Schritt für Schritt in die Tat umsetzt.«

KAPITEL 63

Vor ihr befand sich ein Zaun. Das Tor war halb herausgefallen, hielt sich mit letzter Kraft an einem alten Scharnier. Gras bedeckte den Kieselboden dahinter, der einen ausrangierten Parkplatz erahnen ließ. Auf dem Boden lag ein verbogenes Schild mit der Aufschrift ›Betreten auf eigene Gefahr‹.

Die kleinen Steinchen knirschten unter ihren Schuhen. Nach ein paar Metern taten sich Sträucher von Himbeeren und Brombeeren auf. Was dort einmal gewesen war, ließ sich nicht erahnen. Es war ihr auch egal. Sie wollte an das Goldstück gelangen, das zwischen den stacheligen Ästen glitzerte.

Die Stacheln rissen Kratzer in die zarte Haut an ihrem Handrücken. Auch in ihrer Bluse hatten sie feine Löcher hinterlassen. Aber es hatte sich gelohnt. Schnell noch ein Foto, dann hob sie es auf und hielt in ihrer Hand drei Goldstücke.

Sie suchte weiter. Es war ein wunderbares Gefühl und mit jedem neuen Fund wurde ihre Euphorie größer. Das

Gefühl stieg in ihr auf, dass sie reich werden könnte. Ein Schub von Adrenalin durchströmte ihren Körper.

Sie gelangte zu den stillgelegten Gleisen. Die Betonblöcke, die die rostigen Schienen zusammenhielten, waren spröde und aus den Rissen wuchs Moos. Sie ging um einen ausrangierten Güterzug herum. Vorsichtig trat sie bei jedem Schritt auf, um nicht unnötige Geräusche zu verursachen. Niemand sollte sie hier sehen, niemand durfte ihr das Gold wegnehmen.

Auf einem Waggon stand ein aufgebrochener Frachtcontainer, in dessen Decke der Rost ein Loch gefressen hatte. Die letzten Sonnenstrahlen suchten sich ihren Weg durch die Wolken und erleuchteten das Innere, wo eine zerrissene Matratze und leere Mülltüten lagen.

Sie ging um den Zug herum. Ihr Blick fokussierte sich auf das Gold, ging von einem Stück zum nächsten. Sie musste nur aufpassen, dass sie nicht in eine kaputte Bierflasche trat.

Immer wieder griff sie nach den Münzen, die auf dem Boden lagen. Und immer, wenn sie sich hinunterbeugte, das Metall mit ihren Fingern berührte und es mit einem Klimpern in ihre Hosentasche gleiten ließ, zuckte ein frischer Schub Dopamin durch ihren Körper.

Plötzlich klingelte ihr Handy und scheuchte ein paar Vögel auf. Sie wollte jetzt nicht gestört werden, wollte weitersuchen, bevor ihre Glückssträhne versiegte. Sie sah die Nummer ihrer Mutter auf dem Display. Aber inzwischen hatte sie nicht mehr viel Akku und drückte das Gespräch weg.

Sie hätte ohnehin keine Lust gehabt, mit ihr zu sprechen. Denn sobald sie ihr erzählt hätte, wo sie sich befand, hätte sie sich anhören müssen, dass ihr in der Dunkelheit etwas zustoßen könnte, dass niemand ihr dort helfen könnte. Ihre Mutter hätte gesagt, dass es ihr komisch vorkam, dass dort Goldstücke herumlagen, dass etwas nicht stimmen würde, dass sie die Polizei rufen sollte. Aber das wollte sie alles nicht hören. Sie würde sie später zurückrufen.

Sie schaute sich um und wollte herauszufinden, ob ihr jemand folgte. Aber sie konnte nichts erkennen. Oder war das gerade ein Schatten, der sich im Dunkeln bewegt hatte?

KAPITEL 64

»Fangen wir mit Nina Wolff an«, sagte Simon. Nachdem klar geworden war, dass der Mörder noch frei draußen herumlief, hatten sie das Restaurant verlassen und sich im Büro in der Technik getroffen. Eigentlich hatte er Laura versprochen, früh nach Hause zu kommen, damit sie Lukas gemeinsam ins Bett bringen konnten, aber das hatte sich mit der neuen Erkenntnis erledigt.

Kowalski drehte seinen Bildschirm um, auf dem Fotos und Videos aus dem Facebook-Profil des ersten Opfers zu sehen waren. In der Hoffnung, dass sie dem Täter dadurch näherkamen, ging der Mann aus der Technik eines nach dem anderen durch. Die Aufnahmen schienen spontan entstanden zu sein und hielten schöne Momente fest. »Nina Wolff mit ihrer Freundin beim Shoppen mit fünf Einkaufstüten, auf einer Party mit einem Cocktail in der Hand und beim Sonnenuntergang am Rhein.«

»Die hat ja richtig viele Reaktionen bekommen«, sagte Simon und musste lachen. »So viele Herzchen würde ich auch gerne mal erhalten.«

»Kein Wunder bei dem bisschen Kleidung«, erklärte Marie die überwiegend von Männern stammenden Reaktionen. »Klar, dass sich bei diesem Anblick die Männerwelt freut.«

Kowalski zeigte ein paar anzügliche Bemerkungen. »Manche schießen dabei über ihr Ziel hinaus.«

»Es gibt keine Fotos mit Männern, man sieht höchstens eine Freundin darauf«, beobachtete Marie. Dann zeigte sie auf eine Frau, die neben Nina Wolff stand. »Mit der habe ich doch vor Kurzem noch telefoniert, sie sagte, dass sie nichts mit der Frau zu tun hatte.«

»Dann müssen wir da noch mal nachhaken«, sagte Simon.

Kowalski wechselte zum Profil des Politikers. »Bei ihm sieht es komplett anders aus.«

Schon auf den ersten Blick sah man, dass es Teil einer Marketingstrategie war. Fast immer packte er irgendwas an: Auf einer Baustelle zeigte er mit Helm und Sicherheitsweste bekleidet auf den Plan eines Architekten. Auf einem Feld pflanzte er einen Baum. In einer Werkstatt schraubte er an einem Motor herum, seine Kleidung voller Öl und Dreck. Bei einer Überschwemmung schleppte er Säcke. In einer Einrichtung für Kinder in einem sozialen Brennpunkt überreichte er einen Scheck mit einer sechsstelligen Summe. Mit erhobener Hand stand er auf einem Podium und schrie mit hochrotem Gesicht und verschwitztem Hemd ins Mikrofon. »Politiker halt. Jedes Detail war sorgfältig arrangiert.«

»Die Bilder sehen zwar so aus, als seien sie spontan entstanden«, sagte Marie. »Aber das sind professionelle Bilder, die helfen uns nicht weiter.«

»Als aufschlussreicher erweisen sich die Bilder, die Zuschauer seiner Auftritte in den sozialen Medien geteilt haben.« Kowalski ging eine Reihe von Fotos durch mit Menschen, die sich mit ihm ablichten ließen. Sie waren verwackelt und unscharf, Schnappschüsse halt.

»Stopp«, sagte Simon. Sie hatten seit 20 Minuten nichts anderes getan, als durch Aufnahmen zu blättern, bei denen der Mann potenziellen Wählern die Hand schüttelte. »Geh ein paar Bilder zurück.«

Kowalski folgte der Aufforderung, scrollte langsam in die andere Richtung und konzentrierte sich dabei auf den Bildschirm.

»Das ist es.« Simon zeigte auf einen Mann oben in der Ecke eines Fotos, der einen Jogginganzug trug. »Dieser Mann.«

Kowalski vergrößerte den Ausschnitt mit dem Gesicht. Der Mann wirkte wie Mitte vierzig. Auf der Nase saß eine sportlich geschnittene Sonnenbrille, die die Augen und damit auch die Identität der Person verbarg. »Was soll mit ihm sein?«

»Der kommt mir bekannt vor«, sagte Simon und fuhr sich mit dem Finger über seine Schläfe. »Irgendwo habe ich ihn schon mal gesehen.«

KAPITEL 65

»Dann lass uns nach dem Mann suchen.« Kowalski speicherte das Foto und schob es auf den zweiten Bildschirm.

»Aber wartet dabei auf mich«, sagte Marie. Sie stand auf, zückte ihr Handy aus der Tasche und verließ den Raum.

Simon schaute Kowalski an. »Sie hat einen neuen Freund.«

Der Techniker beugte sich nach vorn. »Kennst du ihn?«

»Halt dich fest«, sagte Simon. Er freute sich schon darauf, diese Information zu teilen. »Das wirst du mir nicht glauben.«

»Soll ich es selbst herausfinden.« Kowalski tippte auf seiner Tastatur herum und lachte.

»Ich habe Marie versprochen, dass ich es nicht weitererzähle. Du musst es also für dich behalten. In Ordnung?«

»So wie du?« Kowalski musste lachen.

Simon wischte den Kommentar mit einer Handbewegung weg. Er kam sich vor, wie früher auf dem Schulhof. Als er auf dem Flur Schritte hörte, beugte er sich eilig nach vorne. »Sie ist mit Chris Haupt zusammen.«

Kowalski schaute ihn fragend an. »Hä?«

»Den hatten wir mal als Verdächtigen festgenommen.« Simon machte eine Pause. »Mit SEK und allem Drum und Dran. Die Jungs haben ihm mit Kabelbindern Hände und Füße gefesselt. Ich hätte eher gedacht, dass der uns anzeigt, als dass er noch einmal mit Marie anbandelt.«

»Vielleicht steht er auf Fesselspiele.« Beide mussten lachen.

Die Tür öffnete und Marie kam zurück. Auf ihrem Mund lag ein Lächeln.

Kowalski tat so, als hätte das vorangegangene Gespräch niemals stattgefunden, und widmete sich wieder den Fotos. Rückwärts ging er sie noch einmal durch. Für jede Aufnahme nahm er sich dieses Mal etwas mehr Zeit, sodass man sich auch die Details im Hintergrund anschauen konnte.

»Da ist der Mann«, sagte Marie. Jetzt, wo sie nach der Person suchten, war er kaum noch zu übersehen. »Und da ist er auch.«

Kowalski machte von jedem Bild einen Screenshot und legte sie zu dem ersten auf den anderen Bildschirm.

»Hier trägt er Käppi«, sagte Simon. Er trug den gleichen Kapuzenpullover und die gleichen schwarzen Sportschuhe. »Er ist ja fast auf jedem dritten Bild.«

Sie gingen weiter in den Videos und Fotos zurück. Und es war immer das gleiche Spiel. Ein Mann hielt sich im Hintergrund auf. Er stand neben jemandem mit bunten, grellen T-Shirts. Als Betrachter der Bilder konzentrierten die Augen sich automatisch auf die farbig gekleideten Leute und er fiel mit seiner grauen Kleidung nicht auf. Es wirkte fast so, als wollte der Mann absichtlich die Gewohnheit des menschlichen Geistes nutzen, farbigen Dingen im Bild die Aufmerksamkeit zu widmen. Kowalski verkleinerte die Bilder, sodass sie sich nebeneinander anordnen ließen.

Sie erstellten eine Liste mit allen Bildern und Videos, auf denen der Mann zu sehen war, und schrieben Datum und Uhrzeit dazu. Das Dokument umfasste zwei Seiten und wurde ständig länger.

»Woher weiß der Mann, wann Dorfmann seine Auftritte hat?«, fragte Marie, notierte die Frage auf einem Blatt Papier und unterstrich zweimal.

Kowalski stand auf und ging auf Toilette. Und auch Simon erhob sich, lief ein wenig im Raum auf und ab.

»Natürlich, von seiner Webseite«, fiel bei Simon plötzlich der Groschen. »Der Politiker muss doch einen Veranstaltungskalender haben.«

Marie pflichtete ihm bei. »Da hätten wir sofort draufkommen können.«

»Langsam ist mein Kopf richtig Matsch«, sagte Simon. Es war allen klar, dass die Ermittlung nicht spurlos an ihnen vorbeiging. Mehrere Tote und mehrere Gespräche mit den Angehörigen, das nahm einen natürlich mit und trübte die Gedanken. »Wir dürfen uns nicht blockieren lassen.«

Simon schaute auffordernd zu Kowalski. »Im Internet wird doch wohl stehen, wann und wo er auftritt.«

Dieser verstand und rief den Internetauftritt von Dorfmann auf. Zunächst erschien ein Foto in Schwarz-Weiß, das den Kopf des Politikers zeigte, darunter stand eine kurze Bekanntmachung des Ablebens. Zur Todesursache fanden sich keine Angaben. Unter der Anzeige sah man dieselben Fotos, es gab einen Pressebereich mit weiteren Hochglanzfotos, dem schillernden Lebenslauf des Politikers und Informationen zu seiner Partei. Kowalski klickte auf den Reiter »Veranstaltungskalender« und eine Seite mit den Terminen erschien.

KAPITEL 66

Kowalskis Finger glitten über die Tastatur, er drückte auf Enter und Google spuckte eine Reihe von Treffern aus. Sie gingen die ersten fünfzehn Seiten durch, aber darin befanden sich die gleichen Einträge, die bereits im Kalender des Politikers standen. Nur dass sie von den Orten stammten, in denen der jeweilige Auftritt stattfand.

Marie glich die Einträge im Kalender mit denen ab, die sie von den Fotos mit dem seltsamen Mann angefertigt hatten. Dann tippte sie mit ihrem Finger auf verschiedene Felder im Dokument auf dem Bildschirm. »Die Hälfte der Einträge ist nicht in seinem Kalender. Der Mann hätte nur einen Teil der Informationen öffentlich finden können.« Aber dann tippte Marie auf den Bildschirm.

»Finger weg!«, fauchte Kowalski und starrte sie mit einem bösen Blick an. »Du kannst doch nicht mit deinen langen Fingernägeln auf meinen Bildschirm tippen.« Zärtlich streichelte er über das Stück Technik. »Das mag er nicht.«

Marie verzog die Mundwinkel, was so viel bedeutete wie, ups, wie doof von mir. »Entschuldige bitte.«

»Vielleicht finden wir den Mann in den Bildern auf den Handys des DJs oder des Dealers«, überlegte Marie.

»Warum sollte das der Fall sein?«, fragte Kowalski. »Die beiden haben sich doch gegenseitig umgebracht.«

»Die Drogen sind das Einzige, was den Fall bisher zusammenhält. Vielleicht waren sie ja die nächsten auf der Liste des Mörders. Aber sie sind dem Täter mit ihrem Tod zuvorgekommen«, antwortete Simon und verfolgte den Gedanken weiter. »Dann könnte es gut sein, dass der Mann auch auf Fotos mit den beiden war.«

»Vorausgesetzt bei dem Mann auf den Fotos handelt es sich tatsächlich um den Mörder«, warf Marie die offensichtliche Einschränkung ein.

Von Dreher gab es fast nur Partybilder, Bilder mit Cocktails und Bilder mit aufgebrezelten Frauen im Arm, deren Ausschnitte tiefe Einblicke erlaubten. Sie zeigten die vermeintliche Sonnenseite des Lebens. Alkohol, Drogen und Exzess. Nur die Outfits und die Haarlänge des DJs veränderten sich. Man sah förmlich, wie die Kleidung vom Herbst in den Winter ging, vom Winter in den Frühling und dann in den Sommer, und mit jedem Monat schien sein Gesicht etwas schmaler, abgemagerter und kaputter auszusehen. Die Drogen zehrten an ihm. Oder war es etwas anderes?

»Wie kaputt der aussieht«, sagte Marie.

»Echt hart«, stimmte Kowalski zu. »Aber weit und breit fehlt der Mann, der auf den Fotos des Politikers zu sehen ist.«

Simon schaute auf die Uhr. So würden sie nicht weiterkommen und die Uhr tickte. »Mehr als drei Jahre brauchen wir wohl nicht zurückzugehen. Was findet man von Huber im Netz?«

Kowalski gab den Namen in die Suche ein und klickte auf Bildersuche. Aber es ergab keinen Treffer. Er schaute auf dessen Facebook-Profil nach.

Doch dessen Auftritt in den sozialen Medien war im Grunde nicht vorhanden. Die letzten Bilder waren mehrere Jahre alt. »Wenn ich Drogen verkaufen würde, würde ich auch keine Bilder von mir im Internet sehen wollen.«

»Wer könnte der Mann auf den Fotos von Dorfmann sein?«, wiederholte Simon seine Frage. Er stand auf und öffnete das Fenster. Von draußen drangen die Geräusche eines geschäftigen Tages herein, das Hupen der Autos, das Rattern der Straßenbahn, die Sirenen eines Krankenwagens.

»Woher soll der Mann von den Terminen gewusst haben?«, fragte Marie.

»Was wäre«, sagte Simon und schaute seine Kollegen nachdenklich an. »Wenn es ein Mitarbeiter des Politikers wäre? Wir sprechen mit der Sekretärin.«

KAPITEL 67

Inzwischen war es dunkle Nacht. Eine unheimliche Stille umgab die alte Fabrik, die sich vor ihr auftat. Die Außenwände des Gebäudes waren aus Backstein, vom schwarzen Smog der industriellen Revolution hatten sie eine dunkle Färbung angenommen.

Das Dach war teilweise eingestürzt und die Dachziegel waren von Efeu überwuchert. Rostige Stahlträger ragten aus den Trümmern hervor. Im schwachen Mondlicht erkannte man die Silhouette des Gebäudes.

Sie fand ein Tor und ging näher heran. Daran hing ein Schild, auf dem stand: ›Einsturzgefährdet – Lebensgefahr‹. Auf der rostigen Türklinke erkannte sie ein Glitzern. Das Goldstück schrie von seiner Platzierung geradezu danach, die Klinke nach unten zu drücken und hineinzugehen. Wieder fragte sie sich, warum hier diese Münzen lagen. Und wieder ignorierte sie alle Warnsignale, die ihr Geist aussendete.

Sie wischte mit den Fingern einen kleinen Bereich in der Scheibe des Tors sauber und schaute hinein. Es war dunkel.

Sie nahm ihr Handy aus der Tasche. Inzwischen hatte es wieder drei Prozent weniger Akku. Sie machte die Standorterkennung, Bluetooth und andere Funktionen aus, um Strom zu sparen. Nur die Taschenlampe wollte sie benutzen. Es ging ja nicht anders.

Der Lichtstrahl drang durch ein zersprungenes Fenster und beleuchtete im Inneren zwei weitere Stücke Gold. Wieder schoss ihr Puls in die Höhe. Dass ihr Handy kaum Akku hatte und der Empfang auch mit jedem Schritt weniger wurde, interessierte sie nicht.

Sie drückte die Klinke herunter, aber das Tor ließ sich nicht öffnen. Sie dachte an das Warnschild mit dem Hinweis, dass das Gebäude einsturzgefährdet war. Vielleicht war es besser, wenn sie nicht hineinging.

Doch direkt vor ihren Augen glitzerte das Gold. Sie konnte es doch nicht einfach so hier liegen lassen. Die beiden Münzen würde sie noch mitnehmen.

Sie trat ein paar Schritte zurück und suchte nach einem Weg, der in das Gebäude führte. Nach ein paar Metern sah sie eine herausgebrochene Wand. Glück gehabt, dachte sie und schlüpfte durch das Loch.

Sie befand sich in einer riesigen Halle. Überall verliefen alte Rohre und in den Ecken standen große Zahnräder, mit denen vor Jahren mal Tonne um Tonne mit irgendeiner Ware gehoben und verladen worden war. Die Luft war trocken und staubig.

Im Schein ihrer Lampe glitzerten die Goldstücke. Es war schon ein bisschen unheimlich in dieser Halle. Was, wenn jemand ihr hier etwas antun würde?

Der Akku des Telefons lag jetzt bei 20 Prozent. Das war nicht gerade wenig, aber sie kannte ihr Handy. Manchmal ging es ganz schnell, und dann war das Ding plötzlich leer.

Sie musste sich also beeilen und den Schatz bergen, alles andere hatte keinen Sinn.

Vor ihr erschien eine schwere Eisentür. Sie leuchtete durch das Fenster, sah ein weiteres Stück des wertvollen Metalls. Eine dicke Eisenkette verband Tür und Wand, sodass diese sich nicht öffnen ließ. Irgendwie musste sie da durch.

An der Wand entdeckte sie eine Eisenstange. Sie trug sie zur Tür und stellte ihr Handy so ab, dass es die Kette beleuchtete. Schwer wog das Rohr in ihrer Hand, als sie es zwischen Kette und Tür schob. Sie drehte die Stange und erzeugte so eine Hebelwirkung, die es auch ihrem zierlichen Körper ermöglichte, eine erhebliche Kraft aufzubauen.

Mit ihrer ganzen Stärke versuchte sie, die Stange zu drehen. Aber nichts passierte.

Sie lehnte sich mit ihrem Körper dagegen und stöhnte. Dass sie jemand hören könnte, kam ihr dabei gar nicht in den Sinn. Auf ihrer Stirn bildeten sich Schweißperlen.

Und dann tat sich etwas, die einzelnen Glieder der Kette bogen sich auseinander und ließen sich voneinander lösen. Sie legte die Kette und die Stange auf den Boden und betrat den Raum.

Die Kacheln waren gesprungen, die Splitter lagen verteilt auf dem Boden. Es war stockfinster und totenstill.

Der Gang vor ihr verlief parallel zu den alten Rohren. Es schien das einzig Sinnvolle zu sein, diesem zu folgen.

Sie bog um eine Ecke und dann um die nächste. Von wo sie gekommen war, konnte sie nicht mehr sagen.

Ein Gitter bewegte sich unter ihren Füßen und schlug auf eine Eisenplatte, die darunterlag. Das Geräusch des Metalls dröhnte durch die Halle. Ein Schauer lief ihr den Rücken hinunter. Hoffentlich hatte sie niemand gehört, wer wusste schon, was für finstere Gestalten sich in so einer Fabrikhalle nachts herumtrieben.

An der Seite stand ein alter Spind. In den verborgenen Fächern suchte sie nach weiteren Münzen. In einem hing ein Bild einer nackten Frau. Es stammte aus einer Zeit, als ungezähmte Schambehaarung noch modern war.

Plötzlich ertönte ein lautes Geräusch. Sie drehte sich um und sah, dass die Tür, durch die sie den Raum betreten hatte, zuging. Es schepperte laut und die Tür rastete im Schloss ein.

Wie war das möglich? Ein Windstoß?

Unmöglich. Sie fühlte nicht die geringste Brise im Raum. Ganz im Gegenteil, man bekam den Eindruck, dass der Staub in der Luft stehen geblieben war und die Staubpartikel ihren festen Platz einnahmen.

Sie rannte zurück, gelangte zur Tür und drückte dagegen. Aber es war zu spät.

KAPITEL 68

»Das ist der Mann«, sagte Simon und legte mehrere Ausdrucke von den Fotos, die er im Internet gefunden hatte, auf den Tisch. »Und vielen Dank dafür, dass Sie sich um diese späte Zeit noch für mich Zeit nehmen.«

»Ich wollte ohnehin noch ein paar Dinge erledigen«, antwortete Ursula Schaller, die seit mehr als zehn Jahren die Personalabteilung im Rathaus leitete, und studierte die Fotos des Mannes. Ihr blondes Haar war zu einem Zopf geflochten und legte sich auf der Schulter über ihr dunkelblaues Kleid. Sie zog ihre Augenbrauen hoch und runzelte die Stirn, während sich ein Ausdruck des Erstaunens über ihr Gesicht legte. »Und der Mann soll Dorfmann ermordet haben? Auf den ersten Blick wirkt er so unscheinbar, so als wäre er noch nie am Zoll kontrolliert worden.«

»Es geht uns um eine routinemäßige Befragung«, bemühte Simon diese Phrase, die er in seinem Leben schon hundertfach verwendet hatte.

»Verstehe.« Ein Bild nach dem anderen nahm sie in die Hand, schüttelte aber jedes Mal erneut den Kopf. »In meiner Position bin ich nicht für Bewerbungen und Einstellungen verantwortlich. Die Kollegin, die damit betraut ist, befindet sich aktuell im Urlaub.«

Das Büro der Personalleiterin sah genauso aus wie das von der Sekretärin, die den Termin organisiert hatte. Vornehme Stühle, raumhohe Fenster, die den Blick auf die Düsseldorfer Altstadt freigaben und von zwei Palmen eingerahmt waren. Sie fuhr den Schreibtisch hoch, sodass Simon und Marie den Bildschirm ihres Computers gut sehen konnten, griff in die Handtasche und kramte eine Packung Taschentücher heraus. »Entschuldigen Sie, ich kannte Herrn Dorfmann, seitdem ich die Stelle angetreten habe. Er hat mich damals eingearbeitet.«

»Es geht wirklich nur um Personen, die Einsicht in den Outlook-Kalender von Herrn Dorfmann hatten«, betonte Simon und erklärte. »Die Fotos, die Sie gesehen haben, stammen von Auftritten des Politikers. Viele finden sich in dem öffentlichen Kalender auf der Webseite. Aber der Verdächtige hat auch Auftritte besucht, die nicht angekündigt waren. Er muss die Informationen über Ort und Zeit also aus anderer Quelle haben.«

»Ich verstehe Ihre Gedanken. Leider lässt sich dadurch der Kreis der Leute hier im Haus kaum einschränken.«

Simon schaute die Frau fragend an. »Es ist dringend.«

»Im Grunde kann jeder in den Kalender schauen, der bei uns arbeitet«, erklärte die Frau und wischte sich mit dem Taschentuch eine Träne aus dem Augenwinkel. Man sah ihr an, dass der Tod des Politikers ihr nahe ging. »Wir versuchen, durch Transparenz eine effektivere Kommunikation zu erreichen. Es macht alles so unnötig kompliziert, wenn die Menschen einander nicht vertrauen. Und das fängt ganz oben an.«

»Über den Weg kommen wir also nicht an den Mann

heran«, stellte Simon fest und musste schlucken. Ein Ansatzpunkt nach dem anderen löste sich in Luft auf. »Gibt es Mitarbeiter, die in irgendeiner Weise auffällig sind?«

Ein Schweigen folgte und die Personalleiterin dachte angestrengt nach. Nach einer Weile schüttelte sie den Kopf. »Jeder einzelne Mitarbeiter durchläuft eine intensive Überprüfung. Wir können die Stationen der letzten Jahre vollständig nachvollziehen. Reicht einer ein fehlerhaftes oder unvollständiges Prüfungszeugnis ein, fliegt er sofort aus dem Bewerbungsprozess. Schon der kleinste Widerspruch wird den internen Gremien und zuweilen sogar dem Verfassungsschutz gemeldet. Wir arbeiten hier schließlich mit vertraulichen Informationen, an denen auch Firmen und andere Länder ein großes Interesse haben. Schwer vorstellbar, dass jemand aus diesem Haus es gewesen sein könnte.«

Plötzlich hatte Simon einen Einfall. »Wie wäre es mit Mitarbeitern, die erst vor Kurzem angefangen und dann wieder gekündigt haben?«

»Mir fällt keiner ein«, überlegte die Frau. »Aber ich kenne nicht alle und unser System ist zuverlässig. Ich schaue nach.«

Sie filterte die jüngsten Einstellungen nach den letzten Kündigungen. »Ein 38-jähriger Familienvater hatte vor einer Woche gekündigt. Er war fünf Jahre im Marketing beschäftigt, hat dort über die Zeit verschiedene Positionen bekleidet.«

Sie öffnete das Foto, das mit den Personaldaten verknüpft war. Der Mann war höchstens 1,60 Meter groß und stark übergewichtig.

»Den können wir ausschließen«, sagte Simon.

Die Personalleiterin zeigte auf den Bildschirm. »Dieser Mitarbeiter wurde gekündigt, nachdem er mit Kokain auf der Toilette erwischt worden war.«

Simon wurde hellhörig. »Wann war das?«

»Das ist bald ein halbes Jahr her.« Die Frau öffnete auch hier das Foto. Der Mann saß im Rollstuhl.

»Hm«, sagte Marie und schüttelte den Kopf. »Die Fotos stammen aus den letzten drei Monaten.«

»Hier ist noch jemand«, sagte die Leiterin. Mit der Maus fuhr sie auf den untersten Eintrag und klickte zweimal darauf. »Das ist Erik Falk, 41 Jahre.«

Simon betrachtete ein Bild ihrer letzten Recherche. Der Mann darauf trug graue Kleidung, eine Sonnenbrille und ein Käppi. Auf dem Foto auf dem Monitor wirkte er wie eine vollkommen andere Person, mit seinem strahlend blauen Hemd, dem Jackett mit feinen Nadelstreifen und der knallroten Krawatte. Simon wusste, dass manche Menschen nur in ihrer gewohnten Umgebung erkennbar waren. Das war ihm selbst einmal mit einem Arbeitskollegen passiert, der ihm beim Joggen im Wald begegnet war. Außerhalb des Büros hatte Simon ihn nicht erkannt und es wäre ihm auch nie aufgefallen, hätte der Kollege ihn am nächsten Tag nicht darauf angesprochen.

»Der Name sagt mir etwas«, erklärte die Sekretärin. »Ich rufe einen Kollegen aus der Abteilung an. Irgendwas war mit ihm.«

Simon hob die Hand und hielt sie über die farbige Kleidung des Mannes, sodass nur noch dessen Gesicht zu sehen war.

Die Haare waren etwas länger als auf dem Foto. Die Form der Lippen, die markanten Wangenknochen und die Augenpartien waren ähnlich. Er zeigte ein freundliches, souveränes Lächeln. Wie ein erbarmungsloser Killer wirkte er nicht. Eher wie der perfekte Schwiegersohn. Aber man durfte sich nicht von Oberflächlichkeiten täuschen lassen, sondern man musste die inneren

Abgründe durchleuchten und dann ein objektives Urteil fällen.

»Der Mann trägt andere Kleidung und wirkt deshalb jünger und unauffälliger«, sagte Simon. »Aber es ist der gleiche wie auf dem Foto. Wie lautet seine Adresse?«

»Der Mann ist von der Security«, antwortete die Sekretärin. »Er liegt im Krankenhaus, ein Lkw hatte ihn angefahren, als er mit seinem Fahrrad unterwegs war.«

Eine Pause folgte und die Worte hallten in Simons Kopf nach wie ein Echo. Irgendetwas löste diese Information in ihm aus. Aber es war nicht greifbar. Ohne sein Zutun öffnete sich der Mund und er formulierte eine Antwort: »Dann können wir den Mann wohl ausschließen.«

»Es tut mir leid, dass ich Ihnen nicht weiterhelfen konnte.«

»Der Besuch war nicht umsonst«, hörte Simon sich durch eine verschwommene Wolke verworrener Gedanken sagen. Sein Geist war woanders, tief in seinem Bewusstsein suchte er nach einer wichtigen Information, die etwas mit der Sekretärin zu tun hatte.

»Darf ich Sie nach draußen begleiten?«, fragte die Frau.

Ihr Lächeln und ihre leichte Drehung Richtung Tür nahm Simon nicht wahr. Er hob abwehrend die Hände. Sein Gedanke hatte etwas mit diesem Ort, mit der Frau und mit dem Gespräch zu tun. Er schloss die Augen und wollte sich jetzt nur darauf konzentrieren. Wenn er jetzt rausgehen würde, würde er es für immer verlieren. »Warten Sie.«

Einzelne Eindrücke sprudelten durch Simons Kopf. Die Sekretärin hatte einen blonden Zopf, das Haargummi war dunkelblau wie ihr Kleid. Er dachte an die vornehmen Stühle, an die hohen Fenster, die den Blick auf die Düsseldorfer Altstadt freigaben. Viele Mitarbeiter hatten Einsicht in den Kalender von Dorfmann. Der Verdächtige arbeitete in der Sicherheitsabteilung, war jetzt im Krankenhaus, hatte einen Unfall.

Plötzlich erinnerte sich Simon an etwas. In einer internen Meldung der Verkehrspolizei hatte er von einer Frau gelesen, die im Hafen totgefahren worden war. Der Unfall des Mitarbeiters aus der Sicherheitsabteilung hatte den Gedanken ausgelöst. In seinem Kopf hatte er die verunglückte Frau mit der großen Zahnlücke an den oberen Schneidezähnen gesucht, bei der der Fahrer vom Ort des Unfalls geflohen war und es eine Vielzahl von Ungereimtheiten gab.

Hatte sie etwas mit den Morden an Nina Wolff und Peter Dorfmann zu tun? Warum war die Kleidung der Leiche nass? Warum lag ein Messer mit Blut in der Nähe des Unfallopfers? Und warum hatte sie Partikel von Gold an ihrer Hand?

Unmittelbar musste er an das Märchen Sterntaler denken, indem ein armes Mädchen sein letztes Hab und Gut an Bedürftige verschenkt. Als Belohnung regnet es vom Himmel Goldtaler. Plötzlich setzte sich ein Puzzle zusammen. Der Mörder hatte die Frau als Opfer vorgesehen, sie war auf seiner Liste. Sie hatte irgendwo ein Messer her, war dem Täter zunächst entkommen. Aber dann hatte der Mörder sie mit seinem Wagen erwischt. Mit einem roten Fahrzeug, wie die Farbpartikel in der nassen Kleidung und auf dem Asphalt bewiesen.

Er zückte sein Handy und rief Kowalski an. »Du musst sofort etwas für mich herausfinden: Fährt einer der Befragten ein rotes Fahrzeug? Lass keinen aus. Nicht die Finder der Leichen, nicht die Ehefrau des Politikers, nicht den Bruder und Vater von Nina Wolff. Gehe jeden Einzelnen durch. Einen nach dem anderen.«

KAPITEL 69

Mit aller Kraft zerrte sie an dem Tor. Aber es gab nicht nach.

Sie trat dagegen, nahm Anlauf und sprang wie ein Rugbyspieler mit der Schulter an die Tür. Doch das schwere Tor wollte sich keinen Millimeter bewegen.

Die Dunkelheit machte ihr Angst. Nur das schwache Licht von der Taschenlampe ihres Handys erleuchtete den Raum, während sie von einer zur anderen Ecke ging. Überall standen massive Maschinen, die früher unermüdlich gearbeitet hatten. Jetzt waren sie von Rost überzogen, Hebel waren abgebrochen, Staub hatte sich über die Geräte gelegt. An den Wänden hingen alte Kontrolltafeln mit verblassten Knöpfen und Schaltern. Die Anzeigen waren zerbrochen oder fehlten ganz, die Skalen bedeckt von einer dicken Staubschicht. Sie sah, dass der Staub an manchen Stellen weggewischt worden war. Jemand musste vor Kurzem hier gewesen sein. Ihr Blutdruck schoss in die Höhe.

Sie war eingeschlossen in einer Art Maschinenraum mitten in einem verlassenen Industriegebiet. Die ersten

Wohnblöcke waren mindestens einen Kilometer entfernt. Jetzt hatte sie richtig Angst.

Sie lehnte sich an eine Mauer aus Backstein, unbarmherzig kroch die Kälte ihren Rücken empor. Was sollte sie machen, zuckte es ihr durch den Kopf. Wieder und immer wieder. Und wer hatte sie hier eingesperrt?

Über GPS wollte sie ihren genauen Standort rausfinden und diesen der Polizei übersenden. Aber sie hatte keinen Empfang.

Sie tippte eine Nachricht bei WhatsApp ein und sendete sie an ihre Mutter. »Hilfe Mama, ich bin gefangen in einer Fabrik im Hafen. Jemand hat mich hier eingesperrt. Informiere die Polizei, sie müssen mich suchen.« Sie hängte die Bilder von den Goldstücken an, die den Weg zu dem Gebäude zeigten.

Sie drehte eine weitere Runde durch den Raum, kletterte an Rohren und Maschinen hoch und reckte ihren Arm in die Luft, um herauszufinden, ob es irgendwo in der Dunkelheit Hoffnung gab. Aber es half nichts. Kein Signal.

Sie durchsuchte den Raum und fand ein Fenster. Mit einem Schraubenschlüssel schlug sie es ein. Aber als sie mit der Taschenlampe durch die Öffnung leuchtete, stellte sie fest, dass sich dort ein Abstellraum ohne Ausgang befand.

Sie hatte Durst und Hunger, ihre letzte Mahlzeit lag Stunden zurück. Und gleichzeitig musste sie pinkeln. Sie suchte sich eine Ecke, die abseits lag. Es roch abstoßend dort.

Dann zog sie die Hose herunter und erledigte ihr Geschäft. Auf den Kacheln floss ihr Urin nicht ab, die Pfütze blieb einfach stehen und legte sich um ihre Schuhe. Es war ein schreckliches Gefühl. Was, wenn sie beobachtet wurde?

Sie ekelte sich vor sich selbst und stand auf, es war mehr ein Taumeln als ein Gehen, so benommen machte sie die ganze Situation. Sie stolperte zurück in Richtung Tür und trat plötzlich gegen etwas Weiches. Was war das?

Sie leuchtete auf den Boden und erkannte Kleidung. Das Bündel, das da vor ihr lag, bestand aus Jeans und einem Holzfällerhemd. Als sie die Haare sah, wurde ihr klar, dass es ein Mensch war, genauer gesagt, der tote Körper eines Mannes.

Die Panik packte sie jetzt vollends. War der Mann ermordet worden? Würde sie die Nächste sein? Sie öffnete WhatsApp und hoffte, dass die Nachricht an ihre Mutter durchgegangen war. Aber es war nur ein graues Häkchen zu sehen.

Der Tote lag auf einer rostigen Metallplatte. Sie schob den Mann zur Seite in der Hoffnung, dass sie danach die Platte auf dem Boden wegschieben konnte. Aber diese war im Boden festgeschraubt.

Ihr fiel auf, dass die Schrauben das Licht der Taschenlampe reflektierten. Sie schienen neu zu sein.

Seltsam dachte sie. Das Gebäude war alt und einsturzgefährdet, aber die Platte musste vor Kurzem erst am Boden festmontiert worden sein.

Sie spürte, wie ihr Herz raste und rannte zur Tür. Wieder trat sie dagegen. Mehrfach nahm sie Anlauf, doch je fester sie ihr Bein auf das Eisen rammte, desto mehr schmerzte es. Und es brachte nichts, rein gar nichts.

Sie schrie um Hilfe. Nach einer halben Stunde brannte ihr Hals, doch niemand kam.

Wie hatte sie sich in diese ausweglose Situation manövriert, fragte sie sich, und die Antwort lag auf der Hand. Es war ihre Gier.

An einer Wand ließ sie sich auf den Boden gleiten. Von der Anstrengung war ihr T-Shirt durchnässt. Sie merkte, wie es am Rücken klebte und der Schweiß kalt wurde.

In ihrer Hand vibrierte das Handy, sie schaute aufs Display und ihr Herz raste. Hatte ihre Mutter die Nachricht endlich erhalten und darauf geantwortet?

Fehlalarm. Das Handy zeigte an, dass sie nur noch fünf Prozent Akku hatte. Die Mitteilung hatte noch immer einen grauen Haken. Was sollte sie machen?

KAPITEL 70

Plötzlich blitzte es auf. Sie sah zum Fenster, aber das Licht erlosch sogleich wieder. Was war das? Hatte jemand das Gebäude mit einer Taschenlampe betreten? War draußen vor der Anlage jemand gewesen?

Sie schrie sich die Seele aus dem Leib. Mit all ihrer Kraft drückte sie die Laute aus ihrer zarten Lunge heraus, die von einer Wand zur anderen schallten. Es war so laut, dass ihr selbst die Ohren wehtaten. Jeder, der den Schrei hören würde, musste ahnen, dass es um Leben und Tod ging.

Plötzlich passierte etwas. Sie konnte es nicht glauben. Ein gleichmäßiges Pochen drang durch die Halle. Von Sekunde zu Sekunde wurde es lauter. Waren das etwa Schritte, die sich näherten? War das etwa ihre Rettung?

Sie wollte sich freuen, aber sie konnte es nicht. Vielleicht war das ja auch ihr Verderben, schoss es ihr durch den Kopf. Falls die Schritte von der Person stammten, die sie hier gefangen hielt, könnte sich ihre Lage jetzt dramatisch zuspitzen.

Sie schaute auf ihr Handy, der Akku war leer. Hoffentlich war die Nachricht an ihre Mutter noch irgendwie durchgekommen, betete sie. Da erschien in der Öffnung der Tür ein Schatten.

Sie konnte die Silhouette eines Mannes ausmachen. Sein Kopf verbarg sich unter einer Kapuze und sein komplettes Gesicht war von Dunkelheit umgeben. Dann schloss sich die Öffnung wieder.

Sie fragte sich, was sie erwarten würde. Würde der Mann jetzt den Raum betreten?

Innerlich bereitete sie sich auf zwei Szenarien vor. Sie könnte dem Mann um den Hals fallen und ihm ewig dankbar sein, falls es sich um ihren Retter handelte. Oder sie würde einen bitteren Kampf mit ihm führen um Leben und Tod.

Klar, Männer waren Frauen körperlich überlegen, aber dafür konnten Frauen Schmerz besser aushalten. Sie brachten unter unvorstellbaren Qualen Kinder zur Welt. Einmal im Monat wurden sie von der Menstruation gequält, während Männer schon bei der leichtesten Grippe wochenlang im Bett lagen.

Und sie war sportlich. Seit Jahren ging sie joggen, dreimal wöchentlich quälte sie sich ab, um ihren Oberschenkeln eine ansehnliche Form zu geben. Und alle paar Jahre ging sie weit über ihre körperlichen Grenzen hinaus und lief einen Marathon. Diese Willenskraft und diese Stärke wollte sie nutzen, um sie gegen ihn einzusetzen. Sie würde sich wehren und ihm zeigen, wozu eine Frau wie sie imstande war.

Sie hörte ein Geräusch hinter sich, wollte sich umdrehen. Aber in dem Moment spürte sie einen Schmerz im Kopf und ihr wurde schwarz vor Augen.

KAPITEL 71

»Das können wir doch nicht machen«, protestierte Marie. »Ganz ohne Durchsuchungsbeschluss.«

Der Richter würde ihm nie die Erlaubnis erteilen. Aber das interessierte Simon nicht. Boser fuhr einen roten Jeep, das Fahrzeug des Mannes mit den Brandnarben stand auf der Straße und war vorn mit einer Folie abgedeckt, unter der sich die eingedellte Motorhaube befand. Simon war sich sicher, dass der Mann die Frau mit der Zahnlücke eiskalt totgefahren und Nina Wolff und Peter Dorfmann kaltblütig ermordet hatte. Und falls sich der Mann oder Hinweise zu seinem Aufenthaltsort in dieser Wohnung befanden, dann musste er alles tun, um daran zu kommen. Sie mussten jeder Möglichkeit nachgehen, so klein die Chance auch erschien. »Wir dürfen keine Zeit verlieren.«

Das Haus verfügte über mehrere Eingänge. Vorn befand sich der Hauptzugang, während eine weitere Tür aus dem Garten ins Innere führte. Zwar konnte man von der Garage aus nicht direkt ins Haus gelangen, doch eine Treppe im

Außenbereich führte hinab in den Keller. Wie erwartet, waren die Türen fest verriegelt.

Der große Mann mit den buschigen Augenbrauen vom Schlüsseldienst stellte seine Koffer ab, Simon zeigte seine Dienstmarke und der Mann öffnete die Tür, ohne Fragen zu stellen. Die Polizisten würden schon wissen, was sie taten.

Während der Mann am Schloss zugange war, fummelte Simon sein Handy aus der Tasche und rief Kowalski aus der Technik an. Nach dem dritten Klingeln hob dieser ab. »Hast du noch mehr rausgefunden?«

»Der Versicherung hat er den Schaden an dem Wagen nicht gemeldet.« Man hörte, dass der Mann beim Sprechen auf seinem Essen herumkaute. Wahrscheinlich Pizza, wie immer.

»Irgendwelche Hinweise auf seinen Aufenthaltsort?«

»Der letzte Standort seines Handys liegt an seiner Wohnadresse. Seit sieben Stunden sendet es keine Signale. Auf seinen Namen wurden weder Bahntickets noch Flugtickets gebucht.«

»Alles klar. Ich melde mich gleich noch mal.«

Simon betrat den Flur und schaltete das Licht ein. Es roch nach Holz und Öl von den Dielen. Mehrere Räume gingen davon ab, die Türen waren verschlossen. Mit lauter Stimme sagte er: »Polizei! Ist hier jemand?«

Marie folgte ihm, ihre Züge zeigten eine Mischung aus Angst und Anspannung. Sie hatte die Pistole in der Hand.

Simon stieß die erste Tür auf. Seine Waffe richtete er in den Raum, jederzeit bereit, einen Schuss abzufeuern. Aber da war niemand. Genauso wenig wie in den anderen Räumen.

Die Küche war in Weiß gehalten und glänzte von der letzten Reinigung. Simon öffnete Schubladen und Schränke. Besteck, Glas, Tassen waren penibel angeordnet und abgezählt. Sechs Gabeln, sechs Messer und die gleiche Anzahl an Löffeln, Gläsern, Tassen und Tellern. Es wirkte wie ein Vorführobjekt in einem Küchenstudio. Der Kühlschrank war bis auf eine angebrochene Flasche Wein leer. »Trinkt unser Mörder etwa Rotwein?«

»Sieht so aus«, antwortete Marie. »Den Herd scheint er jedenfalls nicht zu benutzen. Vielleicht isst er auswärts.«

Das Wohnzimmer war stilvoll, wenn auch minimalistisch eingerichtet. Vor der Couch aus schwarzem Leder stand ein Tisch mit einer Platte aus dunklem Marmor, auf dem verschiedene Zeitschriften lagen. Eine große Stehlampe ragte in den Raum hinein. »Alles wirkt so unpersönlich. Man kommt sich vor wie im Katalog eines Möbelhauses.«

»Schau mal hier«, sagte Marie, nahm das Buch von der Fensterbank und schlug die erste Seite auf. »Illustrierte Ausgabe von Grimms Märchen. Von 1983.« Langsam sprach Marie die Worte aus, die dort in verblasster Tinte standen. »Unserem lieben Geburtstagskind. Möge die Magie der Märchen dich immer begleiten, auch wenn die Realität manchmal grausam ist. Und mögen sie dich inspirieren, deine eigene Geschichte zu schreiben.«

»Das ist der einzige persönliche Gegenstand in dem Zimmer. Alles andere wirkt so leblos, ohne Seele.« Simon stellte sich neben seine Kollegin. Sofort fiel ihm der abgenutzte Zustand auf. Der Einband war an Ecken und Kanten beschädigt. Die Farbe war über die Jahre verblasst und der Buchrücken wies Kratzer auf. Die Seiten selbst hatten Eselsohren und Knicke. Es war nicht zu übersehen, dass das Buch oft benutzt worden war.

Vom Wohnzimmer führte eine Terrasse in den Garten, darauf stand eine Sitzgruppe aus Rattanstühlen, in der

Mitte ein Tisch mit einem Sonnenschirm und rechts stand ein unbenutzter Grill. »Sieht doch ganz gemütlich aus.«

Simon betrat das letzte Zimmer. Wann immer er eine neue Tür öffnete, fürchtete er, auf den Mörder zu stoßen. Er trat hinein und schaute sich um.

Es war ein Schlafzimmer mit Einzelbett. Die Decke und Kissen waren symmetrisch über das Bett verteilt, als wären sie mit dem Maßband platziert worden. Auch dieses Zimmer fühlte sich nicht wie in einem privaten Wohnhaus an. Eher wie im Hotel.

Auf den ersten Blick erschien alles ganz unverdächtig. Weder Mordwerkzeuge noch andere Gegenstände ließen auf den Killer schließen. Simon zog sich Handschuhe aus Latex über und öffnete vorsichtig einen Schrank. Darin hingen ein paar Hemden. Die Hosen waren perfekt gefaltet, so als wären sie neu. Auf dem Boden standen Lederschuhe, kein Körnchen Staub trübte den Glanz. Das passte zu den inszenierten Leichen, ging es Simon durch den Kopf. Sie waren akribisch aufbereitet, so als wolle der Täter sie noch im Tod kontrollieren. Die Kleidung der Königin, der Schnitt in den Bauch von Dorfmann, die Anordnung der Kissen auf dem Bett. Es schien fast zwanghaft.

»Das musst du dir anschauen«, sagte Marie. Sie stand vor einem Regal und hielt ein Klassenfoto in der Hand.

»Das ist doch unglaublich.« Simon betrachtete die Aufnahme. Während die Klassenkameraden in die Kamera lachten, lag eine tiefe Traurigkeit in seinem Gesicht. So als würde er schon ahnen, dass ihn mit seinem entstellten Gesicht ein ungleich härteres Leben erwartete. Henri Boser stand am Rand des Fotos, die Augen blickten zum Boden und seine Haltung war eingefroren. Man erhielt den Eindruck, als wäre er nur aus Gruppenzwang auf der

Aufnahme zu sehen, als würde er am liebsten weglaufen. »Von wann ist das Foto?«

Marie drehte das Bild um und las vor. In ihrem Gesicht standen tausend Fragezeichen. »Klasse 4b.«

Simon nahm ein Fotoalbum nach dem anderen aus dem Schrank und blätterte sie durch. Auf einem Bild befand sich ein Junge, der vielleicht gerade einmal sechs oder sieben Jahre alt war. Stolz saß er auf einem Mountainbike, unter seinem Helm fiel strohblondes Haar in die Stirn, die blauen Augen strahlten abenteuerlustig und er sah einfach nur glücklich aus. Simon schaute Marie an. »Ein Jahr später war sein Körper vernarbt.«

Still standen sie da. Man konnte förmlich spüren, wie sie die Puzzleteile neu anordneten. Marie brach das Schweigen mit dieser neuen Erkenntnis, die alles veränderte. »Er ist zweimal Opfer eines Brandes geworden.«

»Einmal bei dem Autounfall«, sagte Simon. »Und einmal in seiner Kindheit.«

KAPITEL 72

Die Treppe nach unten quietschte unter ihren Füßen. In die Kellerabteile konnten sie hineinschauen. In zweien befanden sich Regale mit Dosen und Gläsern voller konservierter Speisen. Damit konnte man wahrscheinlich zwei oder drei Monate überleben, ohne das Haus verlassen zu müssen.

»Wirkt, als hätte sich jemand einen Vorrat für schwere Zeiten angelegt«, überlegte Marie.

Simon lachte. »Dann weiß ich schon, wo ich hinkommen muss, wenn es wirklich mal so weit ist.«

»Was ich nicht verstehe«, fragte Marie, »wieso hat er sie gestalkt?«

»Ist mir auch ein Rätsel.« Simon zuckte mit den Schultern. »Hätte er das nicht gemacht, so wären wir niemals auf ihn gekommen.«

In dem anderen Abteil standen Werkzeuge. Entweder gehörte es einem Handwerker oder einer Person, die gewissenhaft mit Holz arbeitete.

»Das ist bestimmt von unserem Mann«, sagte Marie und zeigte auf ein Kellerabteil. »Ziemlich leer, was?«

In dem Raum befand sich lediglich ein rotes Rennrad, das an der Kellerwand lehnte. An der Stange und an den Rädern klebte getrocknete Erde. Kleidung hing von einer Leine und es roch nach Schweiß.

»So lange wohnt der Mann ja noch nicht hier.«

Simon zückte sein Handy aus der Tasche, stellte sich ans Kellerfenster und rief Kowalski an, der dieses Mal nach dem ersten Klingeln abhob. Ohne Begrüßung kam Simon auf den Punkt. »Hast du Zugriff auf seine Konten?«

»Ich gehe gerade die Zahlungseingänge und -ausgänge durch.« Dann schwieg Kowalski.

»Bist du noch da?«

»Das ist interessant«, sagte Kowalski. Eine gefühlte Ewigkeit verging, bevor er weitersprach. »Der Mann überweist regelmäßig eine Pacht für einen Schrebergarten.«

KAPITEL 73

Der zweite Vorsitzende der Schrebergartenanlage führte sie im fahlen Licht der Laternen zur Parzelle 26a. Auf dem Kopf trug er einen Strohhut und das karierte Hemd spannte sich über dem Bauch. »Hier ist das gute Stück.«

»Jetzt bleibt nur noch das Gartenhaus«, sagte Simon und schaute sich um. Die Hecke war genau 100 Zentimeter hoch und die Grashalme des englischen Rasens hatte eine Höhe von 5 Millimetern. Die Linien, in denen die Blumen aufgereiht waren, folgten einer mathematischen Genauigkeit, selbst der Apfelbaum ragte geradlinig in die Luft, als hätte ein Architekt die Pflanze geplant.

»Kontrollzwang«, flüsterte Marie.

»Unübersehbar«, erwiderte Simon und wurde nervös. Während die benachbarten Häuser mit Dekoration und Lichtern verziert oder mit einer knalligen Farbe angestrichen waren, bot dieses Haus nichts, was einem irgendwie in Erinnerung bleiben könnte. Es war einfach nur klein und grau und unscheinbar, das perfekte Versteck.

Er ging zur Tür und versuchte, den Knauf zu drehen,

aber er bewegte sich nicht. Wer von außen in das Haus wollte, brauchte einen Schlüssel.

Simon schirmte mit den Händen die Augen ab und versuchte, durch ein Fenster hineinzuschauen. Aber vor dem Glas befand sich Pappe, offensichtlich sollte man nicht hineinschauen.

Mit der Taschenlampe in der Hand ging Simon einmal um das Haus. Zwar war es nicht besonders auffällig, aber das musste nichts heißen. Allein die Tatsache, dass das Fenster von innen mit Pappe verkleidet war, erwies sich in der jetzigen Situation als verdächtig.

»Wie kommen wir da rein?«, fragte Marie.

Simon zog sein Hemd aus, wickelte es um die Faust und setzte zum Schlag an.

»Was machen Sie denn da?«, fragte der Vorsitzende. Panik lag in seinem Gesicht. Er schien die Sorge zu haben, dass die bittere Realität in diese scheinbar heile Welt mit der Gartenarbeit und den Grillabenden Einzug hielt.

»Eine polizeiliche Maßnahme«, gab Simon zur Antwort, die null Informationsgehalt besaß. Er schmetterte seine durch das Hemd geschützte Faust in das Glas und die Scherben brachen aus dem Fensterrahmen.

Durch die neu entstandene Öffnung führte er seine Hand und fand die Klinke. Die Tür quietschte, als er sie aufschob. Das Licht seiner Taschenlampe fiel ins Innere und ihm stockte der Atem.

Er zog den Kopf ein und ging durch die Tür. Auf dem Boden lag eine längliche Konstruktion aus Metall, die einem Stiefel ähnelte. Die Oberfläche war matt, Ruß und verkohlte Stellen verteilten sich darüber. Das mussten die Schuhe sein, die der Mörder erhitzt und Nina Wolff angezogen hatte.

»Sieh dir das an«, sagte Marie.

Simon kam zu dem Tisch, der an der Wand gegenüber der Tür stand. Er zog einen Latexhandschuh an und öffnete den Koffer, in dem sich zahlreiche Messer befanden. Auf der Fensterbank stand eine Kordel. »Hier hat er Dorfmann hergerichtet.«

»Was ist das?«, fragte Marie.

Simon hob das Objekt in die Höhe. »Eine Karte vom Hafen.« Wieder der Hafen, dachte er. Ob Boser dort seinen nächsten Mord begehen würde?

In dem Moment klingelte sein Handy. Kowalski war am Apparat. »Eine Frau hat eine WhatsApp-Nachricht ihrer Tochter weitergeleitet. Die Frau ist im Hafen einer Spur von Goldstücken gefolgt, die jemand ausgelegt hat, um sie damit in eine Falle zu locken.«

»Scheiße«, fluchte Simon.

»Schau dir auch die Fotos an, die ich geschickt habe. Da liegen unzählige Münzen.«

KAPITEL 74

Plötzlich schreckte sie auf. Sie versuchte, sich zur Seite zu drehen, doch ihr Körper wollte ihr nicht folgen. Ihr Kopf fühlte sich an, als hätte jemand mit einem Baseballschläger darauf eingedroschen.

Sie öffnete die Augen und die Sicht war verschwommen. Mit dem Arm wollte sie an den Kopf greifen, aber er ließ sich nicht bewegen.

Es dauerte einen Moment, bis sie realisierte, dass eine Kette um ihre Handgelenke befestigt war. Ob das die Kette war, die sie gestern selbst gelöst hatte, um zu dem Gold zu gelangen? Zu dem verfluchten Gold.

Fahl fiel das Licht in den Raum. Wieder sah man den Staub, wie er in der Luft hing. Sie war immer noch in diesem alten Hafengebäude. Der Plan, sich gegen den Angreifer zu wehren, war nicht aufgegangen. Sie hatte nicht einmal die Chance gehabt, sich zu wehren.

Ihr Magen verkrampfte und sie musste sich übergeben. Aber da sie nichts gegessen hatte, kam nichts als bittere Galle aus ihrem Mund, ergoss sich auf ihre Hose und floss von dort auf den Boden.

Wo war ihr Gold?, schoss ihr plötzlich dieser unpassende Gedanke durch den Kopf. Wo war ihr Handy? Die Sachen hatte er ihr abgenommen, auch den Schlüssel.

Sie beugte ihren Oberkörper nach vorn, um den Spielraum auszuloten, den die Fessel ihr ließ. Aber die Glieder der Kette zogen sich fester in ihr Handgelenk. Was hatte der Mann mit ihr vor?

Sie lehnte sich zurück, schloss die Augen und atmete durch. Normalerweise würde sie versuchen, verschiedene Möglichkeiten auszuloten und die damit verbundenen nächsten Schritte durchzugehen, um abzuschätzen, was sich am besten umsetzen ließ.

Doch in dieser Situation war es alles andere als einfach: Sie hatte keine einzige Handlungsoption. Das Einzige, was sie machen konnte, war, hier zu sitzen und nichts zu tun. Sie musste warten, bis sich der Mann zeigte und ihr das antat, was er sich für sie ausgedacht hatte. Sie schloss die Augen und schlief ein.

KAPITEL 75

Irgendwann wurde sie von einem grellen Licht geweckt. Sie öffnete die Augen und wurde von einem Strahler geblendet, der auf sie gerichtet war wie in einem Theater.

Sie schaute sich um. Der Raum war verlassen, weit und breit war der Mann nicht zu sehen.

Vor sich auf dem Boden entdeckte sie eine Scherbe. Die musste von der Scheibe stammen, die sie eingeschlagen hatte. War das ihre Chance?

Sie ließ sich an der Stange hinabgleiten, um in eine liegende Position zu gelangen. Den Arm verdrehte sie dazu weit über den Punkt hinaus, den die menschliche Anatomie zuließ. Es tat wahnsinnig weh in der Schulter, fühlte sich an, als würde sie sich selbst den Arm aus dem Körper reißen. Hoffentlich kugelte er nicht aus.

Noch ein kleines Stück fehlte ihr. Sie machte sich länger, reizte die Grenze an Flexibilität aus, die ihr Körper ihr bot. Das Bein streckte sie lang wie eine Balletttänzerin, drückte den dicken Zeh auf das Glas und fixierte es.

Gott sei Dank, dachte sie, schloss die Augen und atmete

durch. Obwohl noch ein weiter Weg vor ihr lag, machte sich Erleichterung in ihr breit. Sie hatte den ersten und damit wichtigsten Schritt geschafft. Nun brauchte sie die Scherbe nur zu sich heranzuziehen.

Die Schmerzen erfüllten ihren ganzen Körper. Aber sie musste weitermachen. Lieber durch den Schmerz gehen, als sich von einem Psychopathen umbringen lassen.

Doch dann verkrampfte ihr Bein, tat höllisch weh und zuckte unkontrolliert. Aber sie musste den Schmerz ignorieren und biss die Zähne zusammen. Ihr Wille kämpfte gegen den verhärteten Muskel an und tatsächlich gelang es ihr, den Zeh wieder auf das Glas zu pressen und dieses über den Boden zu sich heranzuziehen. Das Glas knirschte, als es über den Steinboden glitt. Eigentlich war das Geräusch nicht besonders laut. Aber in der nächtlichen Stille würde es bis in den letzten Winkel dieser abgelegenen Fabrikhalle gelangen.

Triumphierend nahm sie die Scherbe in die Hand und fuhr mit der Kante über die zarte Haut ihres Oberschenkels. Wenn sie damit zuschlagen und richtig treffen würde, könnte sie einem Menschen damit erheblichen Schaden zufügen, ihn vielleicht sogar töten.

KAPITEL 76

»Hallo Franziska«, sagte eine Stimme. Sie war kalt und voller Hass. »Kennst du mich noch?«

Sie hatte nicht mitbekommen, dass er sich angeschlichen hatte. So musste er sich auch genähert haben, als er ihr mit irgendwas Hartem auf den Kopf geschlagen hatte und sie ohnmächtig geworden war. Von unten nach oben schaute sie ihn an. Er trug schwarze Schuhe, eine dunkle Jeans und einen Kapuzenpullover. Wer war der Mann? Und woher kannte er ihren Namen? Ihr Magen zog sich zusammen.

»Wie geht es dir?«, fragte der Mann.

»Du feiges Schwein«, sagte sie und fauchte ihn mit trockenem Mund an. »Mach mich sofort los.«

Bei dem Mann hinterließen ihre Worte keine Wirkung. Warum auch? Er war in einer absolut überlegenen Position. »Das geht leider nicht, Franziska.«

»Ein letztes Mal«, drohte sie und sprach in der Tonlage, in der sie sonst ihren Kollegen klarmachte, dass dieses und jenes zu passieren hatte. »Lass mich frei.«

Der Mann schüttelte den Kopf und lachte. Er beugte

sich zu ihr hinunter, nahm ihr die Scherbe aus der Hand und hauchte in ihr Ohr. »Du kommst hier nicht mehr raus.«

Tränen stiegen ihr in die Augen. »Gib mir was zu trinken.«

Wieder musste er lachen. »Trocken brennst du besser.«

Brennen? Wieso brennen? Panisch schaute sie sich um. Jetzt realisierte sie, was in den Stunden ihrer Ohnmacht passiert war. In einer Ecke lag ein Haufen Holz. Kanister standen drumherum und sie erkannte, dass es sich um einen Ofen handelte, der in einen dieser riesigen Schornsteine aus Backstein mündete.

Er ging zu dem Holz, öffnete einen Kanister und schüttete ihn über das Holz. Der Geruch der Flüssigkeit, den sie von der Tankstelle kannte, verteilte sich im Raum. Scheiße, Benzin.

Mein Gott, schoss es ihr durch den Kopf. Was hatte der Mann mit ihr vor? Er wollte sie doch nicht wirklich bei lebendigem Leib verbrennen? »Lass mich hier raus.« Jetzt klangen ihre Worte nicht mehr fordernd, sondern flehend. »Lass mich gehen.«

Er nahm ein Feuerzeug aus der Tasche und zündete ein Scheit Holz an. Das Benzin entflammte im selben Moment. Der Geruch des Feuers verteilte sich im Raum. Schwarzer Rauch quoll empor.

Mit einem frischen Kanister Benzin in der Hand kam er zu ihr zurück. Er stellte ihn ab und ging in die Hocke. Langsam drehte er den Deckel auf, er wollte den Moment des Schmerzes hinauszögern. So wie Vorfreude die schönste Freude war, so quälte einen der Schmerz, den man kommen sah, um ein Vielfaches stärker.

Das Leuchten der Flammen flackerte an der Wand, die Hitze kam zu ihr hinüber und auf ihrer Stirn bildete sich Schweiß. Die Haare klebten an der Stirn. Sie bekam Panik und zerrte an der Fessel, aber es brachte nichts. Wie auch davor gruben sich die Ketten tief in ihr Handgelenk. Sollte das jetzt ihr Ende sein?

Der Mann löste sie von dem Balken, an dem sie befestigt war, und hob sie mit den Handschellen hoch. Das Holz knisterte, und es gab einen Knall, als ein Scheit auseinanderplatzte. »Du hast so viel Leid angerichtet«, sagte der Mann. »Du gehörst in die Hölle.«

Sie ließ sich auf den Boden fallen wie ein Sack. Wenn er sie schon umbringen würde, so wollte sie es ihm schwer machen. Er sollte sich dabei abmühen.

Doch er war kräftig. Mit einem Ruck stellte er sie auf die Beine und führte sie neben sich her.

»Du bist der Junge von damals«, sagte sie und Tränen flossen unablässig ihre Wangen hinab. Sie erinnerte sich noch wie heute an den Tag. Seit ihrer Kindheit musste sie mit der Schuld leben. »Der uns auf dem Fahrrad in den Wald gefolgt ist.«

Der Mann nickte. »Ohne euch hätte ich ein normales Leben führen können. So wie jeder andere auch. Aber ihr habt mich zum Monster gemacht.«

Plötzlich hob sie ihr Bein und trat ihm in die Weichteile. Er biss sich auf die Zähne, krümmte sich und stöhnte vor Schmerzen. Ein zweites Mal setzte sie zum Tritt an. Aber dieses Mal wehrte der Mann den Angriff ab und stieß sie weg.

Mit den auf dem Rücken gefesselten Armen verlor sie das Gleichgewicht. Ihr Schädel schlug auf den Boden und ein stechender Schmerz machte sich an ihrem Hinterkopf breit. Sie versuchte, sich auf die Seite zu drehen und aufzustehen. Aber mit den gefesselten Händen wollte ihr das nicht gelingen.

Er hob sie vom Boden auf und führte sie Richtung Feuer, das ihr Leben auslöschen sollte.

Es knisterte und die Flammen wurden größer. Sie spürte, wie die Hitze zunahm und ihr Körper darauf reagierte. Schweiß trat aus jeder Pore, die Haare und Kleidung klebten an ihr und ihr wurde bewusst, dass ihr nicht mehr viel Zeit blieb.

Der Mann zog sie weiter Richtung Feuer. Sie waren nur noch wenige Schritte entfernt.

Auch wenn sie nicht immer die beste Seite von sich gezeigt hatte, so hatte sie sich ihr Ende nicht vorgestellt, solch einen elenden Tod hatte sie nicht verdient. Obwohl sie nie konkret darüber nachgedacht hatte, war sie unbewusst von einem leichteren Tod ausgegangen. Vielleicht, dass sie friedlich in ihrem Bett einschlief.

Es wurde immer heißer, die Haut schmerzte, ihre Augen brannten und die Haare schmorten ihr vom Kopf weg.

KAPITEL 77

Simon parkte das Auto am Straßenrand und Marie und er stiegen aus dem Wagen. Die Straßenlaternen warfen ein blasses Licht.

Simon schaute sich um. Keine Menschenseele war zu sehen, nur ein einsamer Lkw stand neben der Straße, die Motorhaube war kalt. Auf der einen Seite der Straße fuhr die S-Bahn. Die Schienen liefen über eine Erhöhung aus Beton, die das Hafengebiet vom gegenüberliegenden Stadtteil abschnitt. Auf der anderen Seite standen verwahrloste Gebäude, rostige Kräne ragten in die Luft. Wenn die Frau wirklich in der Nähe war und sich in Gefahr befand, mussten sie schnell einen Ansatzpunkt finden, um dieses riesige Gebiet einzugrenzen.

»Ziemlich unheimlich«, sagte Marie und auf ihrer Stirn bildeten sich Falten. Sie öffnete die Fotos, die die beiden Polizisten über WhatsApp erhalten hatten, und ging eines nach dem anderen durch. Auf den Bildern stand das Gold im Mittelpunkt. Auf einem lag eine Münze zwischen moosbewachsenen Steinen, mal lag sie zwischen Kieseln neben einer Schiene.

»Sterntaler«, sagte Simon. »In dem Märchen fallen Sterne vom Himmel und verwandeln sich in Goldstücke.«

»Dadurch wird ein armes Mädchen für seine Großzügigkeit belohnt. Aber wie hilft uns das weiter?« Marie glitt mit dem Zeigefinger über das Display ihres Handys und ging die Fotos noch einmal durch, schaute sich um und zeigte auf einen Busch. »Da ist ein Himbeerstrauch. Wie auf dem Bild. Dort könnte es sein.«

Simon trat näher, ging in die Hocke und leuchtete mit der Taschenlampe ins Unterholz. Vor ihm taten sich dichte Sträucher auf. »Die Aufnahme muss woanders gemacht worden sein. Hier kommt man nicht durch.«

Sie gingen weiter. Mit ihren Taschenlampen leuchteten Simon und Marie die Gegend ab. An einem Baum lehnte ein rostiges Damenrad. Das Vorderrad war verbogen und auf dem Gepäckträger klemmte ein Korb, in dem Abfälle und leere Bierflaschen lagen.

Gegenüber stand ein Zaun, dessen Tor schief in den Angeln hing. Es sah so aus, als würde es bei der kleinsten Berührung auf den Boden fallen. Dahinter befand sich ein Ort, der vor langer Zeit einmal ein Parkplatz gewesen war. Inzwischen hatten sich Himbeersträucher dort breitgemacht.

Simon betrat das Gelände und stieg über ein auf dem Boden liegendes Schild, auf dem in verkratzter Aufschrift stand ›Betreten auf eigene Gefahr‹. Das Licht seiner Taschenlampe glitt über das Gebüsch. Zwischen den Sträuchern befand sich eine Art Trampelpfad, der kürzlich benutzt worden sein musste.

»Ich gehe vor«, sagte Simon und schritt voran. Unter seinem Fuß knirschten die Kieselsteine und mit seinen schweren Schuhen drückte er die Brennnesseln nieder, die sich ihm in den Weg stellten.

Marie folgte ihm und flüsterte von hinten. »Riechst du das auch?«

Natürlich war auch Simon der Geruch aufgefallen. Er drehte sich um und rümpfte die Nase. »Wie auf einem Bahnhofsklo.«

Ein alter Kastenwagen stand im Gestrüpp, die Kotflügel waren vom Rost zerfressen. Sträucher wuchsen durch die Löcher und das Logo eines Handwerksbetriebs ließ sich erahnen. Dahinter endete der Trampelpfad an einer Art Lichtung. Auf dem Boden lagen eine Matratze und ein Schlafsack, schmutzige Taschentücher und benutzte Spritzen. »Das Versteck eines Junkies.«

Sie gingen zurück. Vom Tor aus suchte Simon die anderen Lücken im Gestrüpp ab. Es wirkte nicht so, als wären sie vor Kurzem benutzt worden. Er schaute seine Kollegin an. »Das Mädchen in Sterntaler hat fast nichts, und es gibt trotzdem das Wenige, das es besitzt, an andere Bedürftige weiter. Am Ende, als es nichts mehr hat, fallen die Sterne als Taler vom Himmel, und das Mädchen wird für seine Großzügigkeit und Selbstlosigkeit belohnt.«

»Und?«

»Es gibt keine böse Figur in der Geschichte. Wen sollte der Mörder auf der Grundlage dieses Märchens umbringen?«

Sie gingen durch das Tor zurück auf die Straße und liefen am Zaun entlang. Plötzlich hielt Marie inne und starrte auf den Boden. »Hast du das gesehen?«

Simon drehte sich in ihre Richtung und schüttelte den Kopf. »Was meinst du?«

Marie streckte ihre Hand mit der Taschenlampe durch die Eisenstäbe des Zauns, sodass das Licht ungehindert die Umgebung erhellte. »Das.«

KAPITEL 78

»Los! Wir dürfen keine Sekunde verlieren.« Hastig drehte Simon sich um, ging zurück zum Tor, folgte dem Zaun auf der anderen Seite des Grundstücks, bis er zu der Stelle gelangte, wo die Münze lag. Er zog sich Latexhandschuhe über die Finger und hob das Goldstück auf. »Wie auf den Fotos.«

»Da vorn muss vor Kurzem jemand entlanggegangen sein«, sagte Marie und zeigte auf eine zertretene Sonnenblume.

Im Licht der Lampe glänzte die Münze zwischen Simons Fingern. Er schloss die Hand und steckte das wertvolle Metall in seine Hosentasche.

Durch das Gestrüpp drangen sie vor. Stacheln verhakten sich in ihren Jacken. Immer wieder entdeckten sie zerknickte Äste, die zu hoch hingen, um von einem Tier abgebrochen worden zu sein.

Sie kamen in einen Bereich mit Schienen. Marie blieb stehen. »Hm. Ob die Frau hier war?«

Simon zückte sein Handy und ging die Fotos durch.

»Schau mal, das sieht aus wie die Kieselsteine, die hier zwischen den Gleisen liegen.«

»Dann weiter.«

Mit ihren festen Schuhen traten sie auf Glasscherben und stiegen über Autoreifen. Sie passierten einen ausrangierten Güterzug, der von der Witterung so zerfressen war, dass er fast auseinanderfiel. Simons Magen zog sich zusammen. Bei den letzten Opfern hatte der Täter nicht lange gezögert und sie kurz nach der Entführung getötet. Er brauchte unbedingt einen Anhaltspunkt, wo sie die Frau finden konnten. Jede Sekunde zählte. »Wohin jetzt? Es gibt nur noch Fabriken.«

Am Ende des Schienenbetts lag eine aufgerissene Matratze. Dort blieben sie stehen und schauten sich um.

»Es geht nicht um Sterntaler«, erkannte Simon plötzlich. »Sondern um das Märchen von Hänsel und Gretel, in dem die Hexe die zwei Kinder mit Süßigkeiten anlockt. Der Mörder hat diese Erzählung für sich abgewandelt: Genau kennt er die beiden Opfer, bei denen er dieses Märchen inszenieren möchte. Er weiß um deren Gier und streut Goldstücke aus, um sie in seine Falle zu locken. Dabei ist ihm einmal eine der beiden entkommen, doch dann hat er es mit seinem Jeep überfahren. Und die Zweite, für die er diesen Märchentod ausgewählt hat, wartet in diesem Augenblick auf ihren Tod.«

»Der Ofen«, sagte Marie und legte die Stirn in Falten. »In dem Märchen wird die Hexe ins Feuer gestoßen und verbrennt. Wir suchen nach einem Gebäude mit Ofen.«

Simon nickte und schaute sich um. Zwei der alten Bauwerke ließen keine Rückschlüsse darüber zu, ob sich im Inneren ein industrieller Ofen befand. Aber bei einer anderen Fabrik war er sich ganz sicher. Von diesem

Gebäude ragte ein riesiger Schornstein aus Backstein in den Himmel. Der schwarze Qualm verdunkelte den Mond.

Auch Marie sah empor und sie schien das Gleiche zu denken. Und wenn beide denselben Gedanken hatten, dann mussten sie so schnell wie möglich dorthin. Wie konnte es anders sein?

KAPITEL 79

Simon ging die Rampe hinauf und griff nach dem Riegel am Haupttor. Mit aller Kraft zog er daran. Aber nichts passierte.

Marie griff ebenfalls nach dem Riegel, doch er war zusammengerostet mit dem Tor und ließ sich auch mit vereinten Kräften keinen Millimeter bewegen.

Sie traten ein paar Schritte zurück und nahmen das Gebäude in Augenschein. Simon zeigte auf das Ende, das am Wasser lag. Eine Treppe führte nach oben. »Dort ist eine Tür.«

Marie zeigte auf die andere Seite, an der ein Gebäude angrenzte. »Und dort ist auch eine.«

Jede Sekunde zählte. Wenn sie nacheinander überprüfen würden, ob sie durch die Eingänge ins Gebäude kamen, so würden sie wertvolle Zeit verlieren. »Wir müssen uns trennen«, sprach Marie das Offensichtliche aus. »Anders haben wir keine Chance.«

Simon nickte, es war das Beste, was sie für die entführte Frau tun konnten, und er war froh, dass Marie das auch so sah. Aber war es auch das Beste für seine Kollegin und ihn?

Er vertraute seiner Kollegin zwar zu einhundert Prozent, aber er musste sich doch eingestehen, dass er sich Sorgen machte. Er wollte den Mörder zuerst finden, vor Marie. Er hasste sich für diesen Gedanken, aber sie war eine Frau und er wollte sie beschützen. Eher würde er sich opfern, als dass seiner Kollegin etwas zustieß. »Viel Glück.«

KAPITEL 80

Simon gelangte gerade zu dem Eingang, den er sich vorgenommen hatte, als er plötzlich einen Schrei hörte. Es klang wie von den Schweinen aus seiner Kindheit auf dem Bauernhof. Die Tiere quiekten in Panik, sie wussten, dass sie kurz vor der Schlachtung standen und die nächsten fünf Minuten nicht überleben würden. Genau wie damals gingen ihm die Schreie durch Mark und Bein. Hoffentlich stammten sie nicht von Marie.

Er rannte die Treppe empor. Unter seinen Füßen polterten die rostigen Stufen, die seit Jahrzehnten vor sich hin rosteten. Mit aller Wucht trat er gegen die Tür.

Doch die Tür war verschlossen, stand da wie eine undurchdringliche Mauer. Er rüttelte an der Klinke, aber nichts passierte. Er trat dagegen, doch zu seinem Entsetzen brach der Griff ab.

»Scheiße«, fluchte er und lehnte sich gegen die Tür. Wie soll ich hier nur hineinkommen? Und wie weit war Marie bereits gekommen?

Plötzlich bemerkte er, wie sich die Tür bewegte. Sie quietschte und öffnete sich einen Spalt. Es war wohl nicht nur die Klinke, sondern auch die Mechanik im Inneren zerbrochen. Mit dem Rücken lehnte er sich gegen das Geländer und stemmte sein Bein gegen die Tür, die sich langsam auftat.

Mit seiner Taschenlampe leuchtete er in den Raum, der helle Strahl schnitt durch die Dunkelheit. Im Staub auf dem Boden entdeckte er Fußspuren. Er ging heran und begab sich in die Hocke. Die Spuren sahen so aus, als wären sie noch nicht allzu alt. Ob sie von Marie stammten? Oder der Frau? Oder vom Mörder?

Er folgte ihnen und gelangte zu einem Durchbruch in der Wand. Hier musste jemand ins Gebäude eingedrungen sein, sonst wäre das Laub auf dem Boden nicht so verteilt.

Er wischte sich den Schweiß von der Stirn. Komisch, dachte er und fragte sich, ob er sich so derart angestrengt hatte. Klar, die Tür aufzustoßen, hatte eine ganze Menge Kraft gekostet, aber dass die Tropfen davon wie ein Fluss an ihm herabliefen, hätte er nicht gedacht.

Dann verstand er, was los war. Es war sehr warm hier, ungewöhnlich warm. Der Ofen musste auf Hochtouren laufen. Ob das Opfer bereits verbrannt war?

Er ging durch das Gebäude, trat gegen eine Flasche, die über den Steinboden rollte und an einer Wand zerschellte. Hoffentlich hatte der Mörder ihn nicht gehört.

Sein Weg führte ihn vorbei an ausgemusterten Maschinen, ein verrosteter Lkw ohne Räder stand in der Halle herum. Aus den Wänden kamen meterdicke Rohre und verliefen von einer Seite zur anderen. Er fragte sich, ob Marie bereits ins Gebäude eingedrungen war. Zu hören war sie jedenfalls nicht. Nicht, dass der Mörder sie überwältigt oder ihr sogar Schlimmeres angetan hatte.

KAPITEL 81

Seine Taschenlampe leuchtete Simon den Weg. Er merkte, dass sich die Luft abkühlte, und kam zu dem Schluss, dass er in die falsche Richtung ging. Wenn der Mörder sein nächstes Opfer wirklich in den Ofen stecken wollte, so wie es der Plan der Hexe in dem Märchen »Hänsel und Gretel« vorsah, dann müsste er der Wärme folgen.

Hinter ihm lag das Ende des Gebäudes, von dem er gekommen war. Der Weg vor ihm führte in einen kälteren Bereich. Das hieß, er musste sich nach links oder rechts bewegen.

Da nichts für oder gegen eine der beiden Richtungen sprach, entschied er sich, ohne lange nachzudenken, dazu, nach rechts zu gehen. Er machte ein paar Schritte, legte seine Hand auf den Boden, auf ein Rohr und fühlte auch an einer Tür. Aber sie waren kalt.

Für ihn war das Zeichen genug, umzudrehen, und in die andere Richtung zu gehen. Er war sich sicher, dass er dort richtig war, denn alle anderen Seiten hatte er ausgeschlossen.

Er rannte los. Der Lichtkegel beleuchtete den Boden, dem die Spuren des jahrelangen Verfalls nicht erspart geblieben waren. Wenn der Mörder jetzt zwischen den Rohren hervorkommen und ihn mit einer plötzlichen Attacke angreifen würde, wäre er chancenlos.

An einer Tür, in die ein kleines Fenster eingelassen war, stoppte Simon. Er tastete das Metall ab und merkte, dass es eine angenehme Wärme abstrahlte. Das Metall hatte die Temperatur von der anderen Seite weitergeleitet. Er war sich sicher, dass er auf dem richtigen Weg war. Vielleicht befand sich der Täter sogar im Raum dahinter.

Er legte seine Hand auf den Türgriff, aus dem Halfter nahm er die Pistole und entsicherte sie. Dann riss er die Tür auf.

KAPITEL 82

Im Geiste hatte er sich darauf vorbereitet, dass ihm der Mörder gegenüberstehen und versuchen würde, ihn zu überrumpeln, dass die Frau bei ihm Schutz suchen oder an ihm vorbeirennen würde, um zu fliehen. Seine Waffe würde er entsprechend wegziehen oder ausrichten, je nachdem, was die Situation von ihm erforderte. Sollte es nicht anders gehen, so war er auch darauf vorbereitet, einen tödlichen Schuss abzufeuern. Eigentlich hatte er mit allem gerechnet. Und trotzdem geschah etwas völlig Unerwartetes.

Eine Welle der Hitze schlug ihm aus dem Raum entgegen und traf ihn unvermittelt. Seine Augen wurden trocken, auf seiner Haut und im Gesicht brannte es, als würde eine Wand aus glühender Hitze auf ihn stürzen. Die heiße Luft drang in seine Lungen, als wolle sie ihn von innen heraus zerstören. Für einen Moment dachte er, er würde ersticken.

Der Mörder nutzte die Situation.

Während Simon noch versuchte, mit der Hitze klarzukommen, spürte er plötzlich einen harten Schlag gegen den

Kiefer. Er wollte ausmachen, wo der Angriff hergekommen war, doch da war es bereits zu spät. Er taumelte nach hinten und ihm wurde schwarz vor Augen.

Der Mörder zog ihn zurück in den erhitzten Raum, drückte ihn mit roher Gewalt zu Boden und warf sich auf ihn.

Die Finger des Mannes wickelten sich gnadenlos um Simons Hals. Es fühlte sich an wie eine Schlinge, die sich unaufhaltsam zuzog.

Simon hatte keine Chance, sich zu wehren. Das Einzige, was ihm blieb, war zu reden.

»Warum tun Sie das, Herr Boser?«, brachte er mühsam hervor. »Warum töten Sie diese unschuldigen Menschen?«

»Sie sind nicht unschuldig«, antwortete der Mörder. Er lockerte den Griff und erzählte jene Geschichte, die er noch nie zuvor jemandem anvertraut hatte.

KAPITEL 83

Zwanzig Jahre zuvor

Sein Mund war trocken und seine Haare klebten an der Stirn. Würde er noch ein kleines Stück näher an die Flammen herantreten, so würde sein Wollpullover lichterloh in Flammen aufgehen. »Lasst mich gehen«, flehte er. »Bitte.«

Der Anführer, der eine lange Narbe direkt unter dem Kehlkopf hatte, verschränkte die Arme vor der Brust und schüttelte den Kopf. In seinen Augen lag ein bösartiges Leuchten, das sich nicht aus der Spiegelung der Flammen ergab, sondern eine Bösartigkeit, die auf diesem Weg aus seiner düsteren Seele kroch. »Du hast mir noch nicht geantwortet.«

Seit einer gefühlten Ewigkeit tanzte er jetzt um die Flammen herum. Anfangs hatte er großen Abstand zum Feuer gehalten, doch der Anführer hatte immer wieder geschrien, dass er näher herangehen sollte. So hatte er sich in einer Art Spirale dem Feuer genähert. Jetzt war die

Grenze erreicht. Mit dem nächsten Schritt würde er in der heißen Glut stehen und verbrennen.

Er war acht Jahre alt. Seit einem Jahr durfte er allein zur Schule, zum Bäcker und zum Fußballtraining gehen. Zuvor waren seine Eltern die Wege unzählige Male mit ihm gemeinsam abgelaufen. Sie hatten ihm genau erklärt, wie viel Abstand er von der Straße halten sollte, was er machen sollte, wenn ein Hund ihn anbellte, und wie er sich verhalten sollte, wenn ein Fremder ihn ansprach: Dann musste er so schnell, wie es ging, weglaufen und so laut, wie er konnte, um Hilfe schreien.

Doch niemand hatte ihn davor gewarnt, was passieren könnte, wenn zwei Mädchen, die höchstens zwei oder drei Jahre älter waren als er selbst, ihn fragen würden, ob er ein lustiges Spiel mit ihnen spielen wollte. Schon unzählige Male hatte er auf Geburtstagen, bei Spaziergängen im Wald und auf dem Bolzplatz neue Kinder kennengelernt. Was sollte also dabei sein?

Nichtsahnend war er dem Mädchen mit den strahlend blauen Augen deshalb auf seinem Fahrrad durch den Park, über die große Straße und in den Wald gefolgt. Das zweite Mädchen mit der großen Zahnlücke zwischen den oberen Schneidezähnen fuhr direkt hinter ihm.

Auf der Lichtung wartete der Junge auf sie, der sich gleich als Anführer herausstellen würde. Eine fünf Zentimeter lange Narbe verlief quer unter seinem Kehlkopf und hob sich rötlich von der hellen Haut ab. Auch diesen Jungen hatte er noch nie gesehen. Er war noch ein paar Jahre älter als die Mädchen, hatte den Stimmbruch bereits hinter sich.

Neben dem Anführer stand ein weiteres Mädchen, bei dem ein kleines, braunes Muttermal knapp über der Oberlippe saß. Merkwürdig grinste sie den Jungen an.

Der Junge machte sich nichts draus. Er freute sich, mit den neuen Freunden Zeit verbringen zu können, und fragte sich, was sie jetzt spielen würden. Für Verstecken oder Fangen eignete sich die Umgebung prima. Doch die drei Mädchen und der ältere Junge hatten ein ganz besonderes Spiel im Sinn.

»Legt die Äste in die Kuhle«, sagte der Junge mit seiner tiefen Stimme. Er war der Anführer, gab die Befehle, die die drei Mädchen eifrig befolgten.

»Reicht das?«, fragte das Mädchen mit den blauen Augen. »Oder brauchen wir mehr.«

»Noch ein bisschen«, erwiderte der Junge. Mit jedem Satz glitt die Narbe auf und ab, ein stummer Zeuge einer kürzlich erfolgten Operation.

Der Junge stand daneben und fragte sich, was gerade passierte. Plötzlich fiel ihm auf, dass die blauen Augen des Mädchens undurchdringlich wurden und ihn eiskalt anstarrten. Auch das Lächeln des Mädchens mit dem Muttermal sah jetzt ganz bösartig aus. Warum hatten die Kinder ihm eigentlich nicht ihre Namen genannt.

Das Mädchen mit der Zahnlücke zwischen den Schneidezähnen legte weitere Zweige auf den Haufen. »Noch mehr?«

»Das ist genug.« Der Anführer holte ein Feuerzeug aus seiner Hosentasche und zeigte auf das Mädchen mit den eiskalten blauen Augen. »Gib mir das Papier.«

Das Mädchen setzte seinen Rucksack ab und öffnete den Reißverschluss. Aus dem Inneren holte sie ein Bündel Zeitungen heraus und reichte sie dem Anführer.

Der Anführer schob das Papier zwischen die trockenen Zweige und zündete es an. Es dauerte einen Moment, bis die Äste Feuer fingen. Doch als die Flammen schließlich bis zu den Knien loderten, zeigte der Anführer auf den Jungen und befahl: »Du tanzt jetzt um die Flammen.«

Der Junge stand wie gelähmt da. Sein Blick ging von den drei Mädchen zum Anführer und wieder zurück. Wollte er wirklich von ihm, dass er im Kreis um die Flammen tanzte?

»Du hörst wohl schlecht«, zischte der Anführer und schlug dem Jungen mit der Faust in den Magen.

»Du sollst tanzen«, sagte das Mädchen mit der Zahnlücke.

Langsam setzte der Junge einen Fuß vor den anderen und sprang im Kreis um das Feuer. Die Flammen reichten ihm jetzt bis zur Hüfte.

Nach ein paar Runden sagte der Anführer einen Reim auf. Der Junge kannte ihn aus der Schule. Aber in seiner Angst konnte er die Worte nicht abrufen.

»Wiederhole den Reim«, befahl der Anführer. Wieder bewegte sich die Narbe am Hals mit jedem Wort.

Der Junge schüttelte den Kopf. Die Worte fielen ihm nicht ein.

»Sag endlich, wer du bist?«, fauchte der Anführer.

Tränen schossen dem Jungen in die Augen. Der Anführer hatte ihm den Reim aus dem Märchen mehrfach vorgesungen. Als er ein paar Jahre jünger war, hatte er ihn unzählige Male gehört. Doch er hatte Angst und jetzt wollten ihm die Worte einfach nicht einfallen. Die Flammen wurden länger und länger und wuchsen ihm über den Kopf hinaus.

Das Feuer befand sich in der Mitte einer Lichtung. Der Junge musste einen Ausweg finden und schaute sich um. Aber es gab kein Entkommen. Der Anführer und die drei Mädchen hatten sich mit gleichem Abstand um das Feuer verteilt. Wenn er losrennen würde, würden sie ihn nach wenigen Metern schnappen, und wer wusste schon, was sie dann mit ihm machen würden.

»Sag es«, schrie der Anführer. »Sonst bringe ich dich um.«

Wenn er das machen würde, was sie sagten, würden sie ihn vielleicht irgendwann in Ruhe lassen. Aber der Reim fiel ihm nicht mehr ein. Er war behütet aufgewachsen, die Menschen in seinem Umfeld waren lieb. Solch eine große Angst hatte er noch nie erlebt.

Er tanzte weiter um das Feuer. Sein Pullover, der aus hundert Prozent Baumwolle bestand, war inzwischen vollkommen trocken. Ein Funke würde genügen, um den Stoff in Flammen aufgehen zu lassen. Er bemerkte, wie seine Hose nass wurde, sah an sich herab und entdeckte eine feuchte Stelle vorn an der Hose.

Die Mädchen zeigten mit dem Finger auf ihn und lachten. Inzwischen hatten sich ihre süßen Gesichter zu hässlichen Fratzen geformt. Bösartig schauten sie ihn an, als würden sie hoffen, dass er in den Flammen verbrannte.

Der Anführer warf ein paar Äste von einer Tanne ins Feuer. Ein Tannenzapfen knackte und der Geruch von Harz stieg in die Luft. »Sag es«, fauchte er wieder. »Sag es jetzt, du hässliche Kreatur!«

Niemals hatte jemand ihm gesagt, dass er hässlich war. Mit seinen acht Jahren interessierte er sich für Autos und Fußball. Aber er hatte bemerkt, dass sein bester Freund im Supermarkt von den älteren Damen mit Gehstöcken angesprochen wurde. Die Omas bückten sich zu seinem Freund hinunter, streichelten ihm über die Wange und fragten, wie alt er war. Ihn hatte noch nie jemand angesprochen.

»Jetzt sag endlich den Reim«, sagte der Anführer wieder.

Wieder fiel ihm nichts ein und er biss sich auf die Lippen.

Das Mädchen mit dem Muttermal über der Oberlippe

gab ihm einen Tipp: »Ach, wie gut, dass niemand weiß, dass ich …«

Der Junge sollte doch nur den Satz ergänzen. Er überlegte, aber es war wie bei der letzten Klassenarbeit in Mathematik. Als er die Aufgaben vor sich sah, verschwamm alles und er bekam einen Aussetzer. Nicht die einfachste Lösung fiel ihm ein.

»Sag es endlich«, schrie der Anführer. »Dann kannst du gehen.«

Und plötzlich hatte der Junge einen Geistesblitz. Er schaute den Anführer in dessen böse Augen und sagte: »Ach, wie schön, dass keiner weiß, dass ich Rumpelstilzchen heiß.«

Der Anführer klatschte und auf seinen Lippen lag ein höhnisches Lächeln. Er machte eine flapsige Handbewegung und sagte: »Du kannst gehen.«

Endlich, dachte der Junge, endlich war es vorbei. Doch da kam aus Nordwesten eine Böe auf, hob ein paar brennende Blätter aus dem Feuer in die Luft und trug sie in den Pullover des Jungen.

KAPITEL 84

Innerhalb von Sekunden brannte der Stoff. Die Flammen erfassten die Wolle an seinem rechten Ellenbogen, fraßen sich blitzschnell den Ärmel hinauf über die Schulter zum anderen Arm, von wo sie sich über Bauch und Rücken verteilten.

Der Schmerz war unerträglich, ein höllisches Brennen, das seine Haut am Oberkörper durchdrang. Er rannte los, doch vom Wind wurde das Feuer noch heftiger angefacht.

Seine Hose fing Feuer. Er spürte, wie die Flammen die oberen Hautschichten abschälten. Der Geruch seiner verschmorten Haut stieg ihm in die Nase und seine Schreie wurden lauter.

Er wusste nicht, wohin seine Beine ihn trugen. Er wusste nur, dass er auf dem Weg zur Lichtung einen kleinen See gesehen hatte, der einige Meter weiter unten lag. Den musste er finden, das wäre seine einzige Chance.

Aber er konnte nichts sehen. Seine Augenbrauen, Wimpern und Haare standen in Flammen. Er schrie und kreischte, rannte weiter, verzweifelt und vom Schmerz gepeinigt. Wo ist dieser Teich, schoss es ihm durch den

Kopf. Irgendwo muss doch das Wasser sein! Ich werde elendig verbrennen.

Die Schmerzen waren unerträglich. Zuerst war alles rot vom Feuer vor seinen Augen, jetzt wurde es schwarz. Er merkte, wie ihm die Kraft ausging, viel weiter würde er es nicht mehr schaffen. Und dann stieß er mit seinem Fuß auch noch gegen einen Stein und stürzte.

KAPITEL 85

Er taumelte nach vorne, verlor das Gleichgewicht und fiel auf den Boden. Sein brennender Körper hatte nicht mehr die Koordination, schützend die Hände zu heben. Er plumpste einfach mit dem Kopf nach vorne und rollte die abschüssige Fläche hinab. Und dann passierte ein Wunder. Er hörte ein Zischen, spürte etwas Kühles. Er hatte die Wasseroberfläche durchbrochen.

Das Wasser des Sees erstickte das Feuer. Sein Schutzengel hatte ihm wieder einmal treu an der Seite gestanden.

KAPITEL 86

»Es wird jetzt ein bisschen ziehen.« Die Stimme des Arztes war warm und tief und vermittelte ein Gefühl von Vertrauen. »Wir werden jetzt den Verband entfernen.«

Auf seiner Schulter spürte er die zarte Hand seiner Mutter. Ob sie ihm Halt geben sollte oder sie ihn brauchte, um nicht umzukippen, war schwer zu sagen.

»Sind die Schäden bleibend?«

Er wusste nicht, was ›bleibend‹ bedeutete. Aber die Sorge in der Stimme seines Vaters verriet, dass es nichts Gutes heißen konnte. Er hatte Angst.

Es dauerte einen Moment, bis der Arzt antwortete. Er schien seine Worte besonnen und wohlüberlegt zu wählen. »Grundsätzlich ist die Haut ein Organ, das sich sehr gut regenerieren kann«, sagte er. »Gerade bei jungen Menschen beobachten wir immer wieder, wie ihre Fähigkeit zur Selbstheilung die Erwartungen übertrifft.«

»Dürfen wir uns also Hoffnungen machen?« Jetzt klang die Stimme seines Vaters froh, fast glücklich.

»Allerdings hat das auch seine Grenzen.« Ein einfühlsamer Ton schwang mit. »Ich befürchte, dass es in diesem Fall für die Haut schwierig wird, die Herausforderung zu bewältigen.«

Ein Schweigen folgte. Die Aussage des Arztes musste erst einmal verarbeitet werden.

Seine Mutter zog ihn an sich, zärtlich legte sie ihre Arme um ihn und drückte ihn an sich. Er fühlte, wie seine nackte Haut gegen ihr Hemd drückte und sich ihre Brust mit jedem Atemzug in seinen kleinen Körper hineindrückte und dann wieder löste. Er spürte, wie ihre Tränen sich in den Verband sogen und langsam bis zu seiner Kopfhaut durchsickerten.

Ihm kamen auch die Tränen. Wie immer, wenn seine Mutter weinte. Aber er wollte alles dafür tun, sie glücklich zu machen.

»Es wird jetzt ein bisschen ziehen«, wiederholte der Arzt.

Er spürte, wie der Mann an dem Verband auf seinem Kopf herumfummelte. Eine Lage nach der anderen löste sich und mit jeder Schicht, die von seinem Körper abgetragen wurde, fühlte er sich freier. Es war eine merkwürdige Mischung aus Erleichterung und Schmerz.

»Vorsichtig«, mahnte der Arzt. »Die Haut ist sehr zerbrechlich. Wenn du dich zu schnell bewegst, reißen die Wunden auf.«

Er spürte die kühle Luft auf seiner Haut, die sich straff und viel zu eng für seinen Kopf anfühlte. Der Schmerz war nicht mehr brennend, so wie er ihn direkt nach dem Unfall gespürt hatte. Stattdessen spürte er ein dumpfes Pochen. Die Narben fühlten sich hart und unnatürlich an, und an einigen Stellen war die Haut dünn wie Papier. Man musste Angst haben, dass sie unter dem kleinsten Druck zerriss. Aber am schlimmsten war das Gefühl der Fremdheit. Das war nicht mehr sein Körper.

KAPITEL 87

Der Junge blickte in den Spiegel. Er hielt seine Hände vor das Gesicht und wusste, warum alle so traurig waren.

Tränen schossen ihm in die Augen. Wäre er doch niemals den Mädchen in den Wald gefolgt. Hätten die Kinder ihm doch geholfen, als sein Pullover Feuer fing, statt einfach davonzurennen. »Lasst uns verschwinden«, hallten die Worte des Anführers in seinen Ohren nach.

Sein Kopf war übersät mit schwarzen Stellen, Löchern in der Haut und Wunden, die bei jeder Berührung schmerzen und niemals verheilen würden.

Von seiner Nase war die Spitze abgebrannt, seine Ohren waren verstümmelt und seine Haare waren komplett verschwunden. Sein ganzer Oberkörper war eine einzige riesige Brandwunde.

Im Spiegel sah er, wie sein Vater ihn von hinten betrachtete. Seine Hand fuhr vor Schreck zu dem weit geöffneten Mund. Kreidebleich setzte er sich wieder hin. Der Schock stand ihm in den Augen.

Er hatte noch keine genaue Vorstellung davon, was

»schön« und »hässlich« bedeuteten. Diese Kategorien waren ihm bei Menschen eigentlich fremd. Wenn er ein Bild malte, konnte er sagen, ob es eine schöne Sonne, ein schönes Haus oder ein schönes Pferd war. Aber bei Menschen? Da konnte er nichts dazu sagen. Doch jetzt als er in den Spiegel sah, wusste er, was hässlich bedeutete. Er fühlte sich wie eines der Monster, mit denen er immer gespielt hatte.

Seine Mutter legte ihre Hände um seinen Körper. Vor Schmerzen brannte es an den Stellen, an denen ihre Finger ihn berührten. Ihre Tränen flossen über seinen Oberkörper, das Salz brannte auf der wunden Haut.

»Ich hätte nicht mit dem Mädchen mitgehen sollen«, sagte der Junge und fing an zu weinen. Er umklammerte seine Mutter. »Nicht böse sein.«

Normalerweise sagte seine Mutter immer, dass es kein Problem war und sie ihn lieb hatte. Aber dieses Mal antwortete sie nicht.

KAPITEL 88

Die Finger an Simons Hals hatten ihn fest im Griff. Nur schwer kam die warme Luft in seinen Körper. Er versuchte, den Kopf zu bewegen, drehte ihn nach links und nach rechts und schnappte nach Luft. Simon war gefangen, seine Lage war aussichtslos.

Neben dem Mörder entdeckte er seine Pistole. Sie lag einfach so da, zeigte mit dem Lauf auf seinen Oberkörper. Ein Handgriff und der Mann konnte damit um sich schießen.

Simon versuchte, sich aufzubäumen, ohne Erfolg. Er versuchte, einen Schlag zu landen, doch der Mörder wehrte die schlaffe Bewegung seines Armes mühelos ab.

Plötzlich hatte Simon eine Idee. Wenn er Lukas und Laura jemals wiedersehen wollte, wäre dies seine einzige Chance.

Er wandte also seinen Körper und versuchte, erneut zuzuschlagen. Es gelang ihm, mehr Kraft in den Angriff zu legen. Ihm war klar, dass er den Mörder nicht treffen würde. Aber das war auch gar nicht nötig. Denn wie erwartet drehte der Mann seine Schulter zur Seite, blockierte so die Faust, die sich näherte, und wehrte den Angriff ab.

Die Flammen wurden größer und der Raum heißer. Es fühlte sich an, als würde man verbrennen.

Wieder zuckte Simon mit dem Körper und schlug mit der gleichen Faust zu. Wieder drehte der Mann seine Schulter. Und wieder landete Simon keinen Treffer.

So ging es mehrere Male. Mit jedem Schlag drückte der Mörder den Hals von Simon ein kleines Stück fester zu. Die Luft in Simons Körper wurde immer knapper. Lange würde er das nicht mehr aushalten. Er merkte, wie sein Geist entglitt und ihm schwarz vor Augen wurde.

Aber er hatte erreicht, was er wollte. Durch die Bewegung seines Körpers und die Schläge auf einer Seite hatte Simon sich und den Mörder um mehr als eine Vierteldrehung gedreht. Um die Pistole zu greifen, müsste der Mörder aus dieser Position von Simon ablassen. Und der Blick des Täters richtete sich jetzt nicht mehr auf die Tür.

KAPITEL 89

Plötzlich gab es einen lauten Knall. Simon fragte sich, ob er durch den Mangel an Luft halluzinierte, ob dieses Geräusch in seinem Kopf entstanden war. Er öffnete seine Augen, aber sein Geist war noch abwesend und er sah nichts. Er spürte nur, wie der Druck vom Hals wich. Oder war es seine Seele, die aus dem Körper glitt und die körperlichen Reize nicht mehr wahrnahm.

Doch das Bild wurde klarer. Vor seinen Augen befanden sich Beine und zwei feste schwarze Schuhe. Er kannte das Modell, es waren die Dienstschuhe der Polizei.

Er spürte, wie seine Lungen sich dankbar mit Atem füllten. Die Luft war zwar immer noch heiß, aber besser als gar nichts.

Dann hörte er einen bekannten Namen. »Simon«, das war doch er, stellte er fest. Und die Stimme kannte er auch, sie gehörte zu Marie.

Sein Bild nahm weiter Kontur an. Und er sah, dass ein Mann vor Marie stand. Das war der Mörder, der Lauf ihrer Pistole zielte auf seine Brust mitten aufs Herz.

Wenn sie den Zeigefinger an ihrer linken Hand nur ein

paar Millimeter nach hinten zog, dann würde sich ein Schuss lösen und den mit Brandnarben überwucherten Oberkörper des Mörders zerfetzen.

Simon drehte sich auf den Bauch, setzte die Arme auf den Boden und drückte sich nach oben in die Hocke. Dort verharrte er ein paar Sekunden, bis die schwarzen Sternchen vor seinen Augen weg waren. Er richtete sich auf, schwankte ein wenig und sagte zu seiner Kollegin: »Ich bin in Ordnung.«

KAPITEL 90

Gemeinsam standen Simon und Marie dem Mörder gegenüber. Beide hielten ihre Pistolen in der Hand und die Hitze wurde immer brutaler.

Der Mann zog die Kapuze seines Pullovers herunter und entblößte das entstellte Gesicht, das bei den Menschen Angst und Mitleid zugleich hervorrief. Ein Ereignis in seiner Kindheit, an dem andere die Schuld trugen, hatte aus dem lieben Blondschopf mit dem glücklichen Lächeln ein verbranntes Monster gemacht, dessen Leben nur noch einem Zweck folgte: Der Rache.

»Warum haben Sie nicht früher mit dem Morden begonnen?«, stellte Simon eine Frage, die ihn schon seit Längerem beschäftigte.

»Ich wusste nicht, wer sie waren«, antwortete Boser. »Ich habe alles versucht, um die Gesichter in meiner Erinnerung abzurufen. Ich habe die Szenen gezeichnet, aber als ich zu den Gesichtern kam, waren sie leer. Ich habe mich hypnotisieren lassen, aber das führte zu nichts. Ich habe den Ort besucht, habe ein Feuer gemacht und bin darum getanzt, um die Erinnerung wieder abzurufen. Aber auch das hat nicht geholfen. Ich sah keine Hoffnung mehr, mich zu rächen. Eines Abends bin ich in mein Auto gestiegen, um meinem Leben ein Ende zu setzen.«

»Doch der Busfahrer hat Sie aus den Flammen gerettet«, sagte Simon und es fügten sich die letzten Puzzleteile zusammen. »Und erst der Schmerz der Flammen war stark genug, um die Erinnerungen an damals zurückzubringen.«

Boser nickte. »Ich habe nach dem Unfall ein Jahr gebraucht, um wieder in mein Leben zurückzufinden.«

»Und dann haben Sie Nina Wolff auf der Straße angegriffen, wollten sie entführen«, schloss Marie. »Doch Sie hatten Pech, dass genau in diesem Moment die Polizei vorbeifuhr. Nina Wolff hat sie angezeigt und ihr Plan war erst einmal zunichte.«

Simon fuhr fort. »Wenn Sie Nina Wolff kurze Zeit später noch einmal angegriffen hätten, wäre die Polizei auf Sie gekommen.« Er machte eine bedeutungsvolle Pause. »Aber Sie haben eine Lösung gefunden. Sie sind in die Offensive gegangen, indem Sie zu Nina Wolff in die Nachbarschaft gezogen sind und sie eingeschüchtert haben. Als die Frau weggezogen ist, haben Sie einer anderen Frau nachgestellt und so das Bild eines Stalkers aufgebaut. Da Sie mit den anderen Opfern nicht in Verbindung gebracht werden konnten, konnten Sie davon ausgehen, dass die Ermittlung sich auf andere Personen fokussiert.«

Henri Boser nickte, drehte den Kopf und blickte in die Flammen. »Das Feuer begleitet mich seit meiner Kindheit.«

Simon schwieg. Was sollte man jemandem wie ihm sagen, der einmal so richtig Pech im Leben gehabt hatte. Jedem anderen hätte es genauso gut passieren können. Er selbst dankte dafür, dass er bisher im Leben immer Glück gehabt hatte.

»Ich bringe zu Ende, was vor Jahren hätte passieren sollen«, sagte Boser.

Simon fragte sich, was der Mann damit meinen könnte, und war sich sicher, dass es nichts Gutes bedeuten würde. Er nahm die Waffe runter und trat auf den Mann zu. Worte, die er nicht einmal selbst glaubte, drangen aus seinem Mund. »Tun Sie das nicht. Wir können Ihnen helfen.«

»Niemals hätte ich das Feuer überleben sollen«, sagte der Mann, rannte los und sprang in die Flammen.

EPILOG

Vier Wochen später

»Vielen Dank, dass Sie alle gekommen sind.« Bohrmann schaute in die Runde. Sein Blick ging von Hirschburg, zu Kowalski, Simon und Marie. »Lassen Sie uns den Fall noch einmal gemeinsam durchgehen, damit wir ihn dann endgültig abschließen können.« Er nahm auf seinem Stuhl im Konferenzraum Platz, schaute Simon und Marie an und signalisierte ihnen durch ein Nicken, dass sie übernehmen sollten.

»Marie und ich haben noch mal alles zusammengetragen.« Simon zeigte auf einen Tisch mit Dokumenten, Fotos und Gegenständen, der in der Mitte des Konferenzraums stand.

»Bis zu diesem Tag war Henri Boser ein glücklicher Mensch. Danach war sein Leben für immer zerstört.« Marie hielt ein Dokument in die Luft, auf dem der verschriftlichte Notruf stand, mit dem ein Spaziergänger damals den Krankenwagen für den jungen Henri Boser gerufen hatte, nachdem er brennend in den See gefallen war.

»Wo hast du den denn aufgetrieben?«, wollte Kowalski wissen. »Ich habe doch alle Informationen zu dem Mann gesammelt.«

»Der ist noch nicht digitalisiert«, antwortete Marie. »Als ich herausgefunden habe, wann das schreckliche Ereignis damals in etwa passiert sein musste, habe ich meine Nachforschungen angestellt. Und den habe ich im Archiv gefunden.«

»Aber das ist doch 20 Jahre her? Warum hat er sich nicht früher an den Kindern gerächt, die ihm das angetan haben?« Auf der Stirn von Bohrmann lagen Falten.

Simon übernahm das Wort. »Früh hat er dann den Entschluss gefasst, sich zu rächen. Aber er hat sich nicht an die vier Kinder erinnert.«

Marie ergänzte: »Die Rache hat er sogar zu dem Sinn seiner Existenz erklärt. Doch er hatte ein Problem. Seine Seele hatte das schreckliche Ereignis verdrängt und obwohl er es mit allem Möglichen versucht hatte, war er nicht in der Lage, die Gesichter der Kinder in seine Erinnerung zurückzubringen.« Sie hob einen Zeitungsartikel vom Tisch, darauf sah man einen untersetzten Mann, dessen Hemd über dem Bauch spannte und der ein Interview gab. »Er sah keinen Sinn mehr im Leben und wollte sich umbringen. Doch dieser Busfahrer zog ihn aus seinem brennenden Auto und rettete ihm das Leben.«

»Und wie hat er sich dann wieder daran erinnert?«, fragte Bohrmann.

»Im Feuer kam die Erinnerung zurück. Er musste ein zweites Mal die Situation durchleben, um den Tag, der alles veränderte, zurück in sein Gedächtnis zu rufen. Und plötzlich erschienen die Gesichter vor seinem inneren Auge.«

»Aber nach dem Autounfall war er schwer verletzt, in einem Zustand, der es ihm unmöglich gemacht hätte, jemanden zu ermorden. Es dauerte ein Jahr, bis er sich davon erholt hatte.« Simon deutete auf die schwere Hantel auf dem Tisch. »In seiner Wohnung haben wir Fitnessgeräte gefunden. Er muss hart trainiert haben, um wieder auf die Beine zu kommen und dann seinen Racheplan weiterzuverfolgen.«

»Aber der Mörder kannte doch nur die Gesichter, als sie noch Kinder waren. Im Alter mussten sie sich verändert haben.« Bohrmann trank einen Schluck Wasser, um den Gedanken zu Ende zu bringen. »Wie hat er die Menschen dann Jahre später gefunden?«

»Das hat er in seinem Tagebuch festgehalten«, sagte Simon. »Mit einem Mädchen war er auf dem Gymnasium. Es war zwei Klassen über ihm und die ganzen Jungs waren verliebt in ihre strahlend blauen Augen. Ihren Namen hatte er noch im Kopf.« Simon machte eine kurze Pause. »Einfach war es auch mit Dorfmann. Der Mörder wusste, dass er den Mann aus den Medien kannte. Aber er war sich unsicher, ob es ein Künstler, ein Musiker, ein Fußballspieler war oder ob er einer anderen Arbeit nachging. Und irgendwann hat er ihn dann in einem Interview im Lokal-Fernsehen gesehen.« Simon dachte daran, wie er in das Haus eingedrungen war, um in das Büro des Politikers zu gelangen. Zum Glück hatte die Witwe ihn nicht angezeigt und er ging auch davon aus, dass das nicht mehr geschehen würde. So etwas machte man entweder sofort oder nie.

»Und was ist mit den anderen beiden Frauen?«

»Er hat sich in mehreren Sportvereinen in dem Viertel angemeldet, in dem er aufgewachsen war«, sagte Simon. »In einer alten Vereinszeitschrift hat er die Frau an ihrer großen Zahnlücke erkannt. Die dritte Frau hat noch in dem Ortsteil gewohnt. Er hat die Wohnungen aufgesucht und so getan, als würde er Spenden für eine gemeinnützige Organisation sammeln. In Wirklichkeit wollte er die letzte Frau dort finden, was ihm gelungen ist.«

»Und mit dem Kokain hat das überhaupt nichts zu tun?«, fragte Hirschburg.

»Das war eines seiner beiden Ablenkungsmanöver«, sagte Simon. »Zuerst versuchte er, Nina Wolff zu entführen. Doch er hatte Pech, dass genau zu dem Zeitpunkt, als er sie überwältigt hatte, zufällig ein Streifenwagen vorbeifuhr. An Ort und Stelle erstattete die Frau Anzeige.« Simon hielt inne. Es war wirklich bemerkenswert, welche Lösung der Mörder gefunden hatte. »Wenn er sofort einen zweiten Anlauf genommen hätte, um sie zu töten, dann wäre die Polizei gleich auf ihn gekommen. Also zog er in ihre Nachbarschaft und stellte ihr nach. Als sie wegzog, belästigte er eine andere Frau und stellte sich so geschickt als Stalker dar. Es wirkte so, als würde es ihm nicht um die Person Nina Wolff gehen, sondern um Frauen ganz allgemein.« Nach einer kurzen Pause fuhr Simon fort. »Das zweite Ablenkungsmanöver betraf das Kokain. Er hat uns das Video zukommen lassen, um eine Verbindung zwischen Peter Dorfmann und Nina Wolf herzustellen. Die Datei haben wir auf seinem Handy und auf seinem Laptop gefunden. Sie war auch bei den beiden Opfern auf den Geräten. Über das Darknet hat er jemanden beauftragt, ihre Handys zu durchsuchen.«

»Noch irgendwas?«, fragte Bohrmann und schaute in die Runde. Keiner sagte etwas. »Alles klar, dann haben wir es ja.«

Sie packten ihre Sachen zusammen und verließen den Konferenzraum.

Simon war in Gedanken schon ganz woanders. Er hatte sich ein paar Tage freigenommen und freute sich darauf, mit Laura und Lukas an die Nordsee zu fahren. Seitdem sie den Fall gelöst hatten, hatte er viel Zeit mit den beiden verbracht. Sie waren fast jeden Nachmittag auf dem Spielplatz oder haben Fußball gespielt. Und wenn er mit Lukas gespielt oder ihm etwas vorgelesen hatte, war er nicht ständig mit seinen Gedanken abgedriftet oder hatte auf seinem Handy nachgeschaut, ob eine Nachricht mit einer neuen Erkenntnis eingetroffen war. Jetzt konnte er endlich abschalten. Und das merkte man auch an Lukas, der sich nicht mehr über Bauchschmerzen beklagte.

Kowalski hielt ihnen die Tür zur Straße auf. Sie traten nach draußen und Simon wollte seinen Kollegen zum Abschied die Hand reichen. Doch Hirschburg hatte noch eine Frage: »Was ist eigentlich aus der Frau geworden, die der Mörder in das Feuer stoßen wollte? Ich hätte gedacht, dass sie irgendwann bei mir in der Rechtsmedizin landet, aber bis jetzt ist das nicht geschehen.«

»Das letzte Opfer wurde aus dem Krankenhaus entlassen. Sie hat starke Verbrennungen und wird für den Rest ihres Lebens am ganzen Körper entstellt sein.« Simon hatte lange über sie nachgedacht und sich gefragt, ob das die gerechte Strafe war. Einerseits war sie mit für das Leid des Mannes verantwortlich und hatte es gewissermaßen verdient. Andererseits gönnte er niemandem ein derartiges Schicksal, so schrecklich dieser Mensch auch war. »Jetzt sieht sie für den Rest ihres Lebens so aus wie der Mörder.«

EIN GESCHENK UND EINE BITTE AN DICH!

Liebe Leserin, lieber Leser,

vielen Dank, dass du meinen Thriller gelesen hast! Ich freue mich riesig, dass du bis hierher gekommen bist – das bedeutet mir sehr viel. Ich hoffe, die Geschichte hat dich genauso gefesselt wie mich beim Schreiben. Es gibt ein paar Dinge, die du jetzt tun kannst, um die Welt von *Narbentod* und meine anderen Thrillern noch besser kennenzulernen:

1. Erhalte die Kurzgeschichte „Bittere Seele" kostenlos!

Wenn du wissen möchtest, was Simon als Kind durchgemacht hat und warum er Polizist geworden ist, trag dich in meinen Newsletter ein. Als Dankeschön bekommst du die Kurzgeschichte »Bittere Seele«, die ich nur für meine Abonnenten geschrieben habe!

Newsletter hier abonnieren oder fotografiere den QR-Code:

2. Unterstütze mich mit deiner Bewertung

Hat dir *Narbentod* gefallen? Dann hilf mir mit einer Bewertung auf Amazon! Schon ein Klick auf die Sterne macht einen riesigen Unterschied – du musst nicht einmal einen Text schreiben.

☞ Jetzt auf Amazon bewerten oder fotografiere den QR-Code:

3. Lies mehr von mir!

Der erste Band meiner Thriller-Reihe, *Stumpfer Schmerz*,

wartet auf dich – gewohnt spannend und fesselnd. Schau dir das Buch auf Amazon an:

Stumpfer Schmerz entdecken oder fotografiere den QR-Code:

4. Verpasse keine Neuveröffentlichung

Klicke auf Amazon neben meinem Bild auf »**Folgen**«, um immer über neue Bücher informiert zu werden.

Vielen Dank für deine Unterstützung!

Deine Bewertung, dein Feedback und dein Interesse sind das Herzstück meiner Arbeit. Ich freue mich, dich auch bei meinen nächsten Thrillern wieder begeistern zu dürfen.

Alles Gute und bis bald,

Philip Starck

Printed in Poland
by Amazon Fulfillment
Poland Sp. z o.o., Wrocław

52228001R10176